迎河子 著

生命的

邂逅

河南文艺出版社
·郑州·

图书在版编目(CIP)数据

生命的邂逅/迎河子著. --郑州:河南文艺出版社,2021.8(2023.7重印)

ISBN 978-7-5559-1138-8

Ⅰ.①生…　Ⅱ.①迎…　Ⅲ.①散文集-中国-当代　Ⅳ.①I267

中国版本图书馆 CIP 数据核字(2021)第 096139 号

策　　划　张　娟
责任编辑　张　娟
责任校对　殷现堂
书籍设计　张　萌

出版发行　河南文艺出版社
本社地址　郑州市郑东新区祥盛街 27 号 C 座 5 楼
承印单位　涿州汇美亿浓印刷有限公司
经销单位　新华书店
开　　本　700 毫米×1000 毫米　1/16
印　　张　21
字　　数　237 000
版　　次　2021 年 8 月第 1 版
印　　次　2023 年 7 月第 2 次印刷
定　　价　69.00 元

目　　录

生命的邂逅

倒座庙的歌声

序与跋

生命的
邂逅

第一章　释然之后是喜悦

　　今天是大年三十,刘改常坐在摆满一年到头最是好酒好菜的团年饭桌的上席上,如释重负地叹了一口长气。他在叹这口长气的时候,一扫往日的忧虑与愁气,眉飞色舞的面部表情相伴在那每一句不紧不松、不快不慢、不高不低的话语当中。他的妻子心甘情愿地穿梭于属于这个家庭的"三室一厅"的厨房与餐厅,看得出来老公的心情好极了,她料定老公在今年最后的一天,把他今年的向往与追求画一个圆满的句号。一句话,晓得丈夫已经实现他今年的抱负与夙愿。这一叹,不仅是舒心的,而且是亢奋的;不仅是一袖挥愁容,而且是一笑满堂暖。因此,作为妻子,她似乎看到了从那扇朝阳之窗射来的缕缕阳光,那拂面的春风,和洋溢着新春的喜气。一切好像在告诉她,她的老公从现在开始,简直就是一颗灿烂的星辰即将闪烁于浩瀚的夜空,隐去月儿的银辉,映照在这个山城的每一个人的头顶上。她认为这是一个好的兆头,瑞雪飘飘的今天中午,恐怕比过去的任何年都更

生命的邂逅

加吉祥了。

　　吃这顿团年饭的只有刘改常和他妻子跟儿子。这是他们这个三口之家一直以来的习惯。记得还是在刘改常的老婆"坐月子"的那天，刘改常的爹妈把卖猪卖牛的两千多块钱作为"喜酒"钱送到县城，在刘改常家里吃过一顿"大众饭"之后，再也无缘踏进儿媳家的门槛半步。因为老两口一直记得儿媳妇对他们说的那几句话，说"乡下人的习惯不好，不能把粗话脏话传给孙子，更不能让'老结巴'天天抱着孙子，结果抱出一个'小结巴'来"。当然还有很多更是不堪入耳的话，让刘改常的爹妈怄得不得不断了这条子孙路，从此孙子不认得爷爷奶奶，爷爷奶奶也不晓得孙子长什么样子。其间，刘改常曾不满过妻子的不孝，哪知刚一开口，他的妻子毫无顾忌地大吵大闹，一会儿扬言跳楼，一会儿声称要喝毒药，动作做得跟真的一样。刘改常一看就傻了眼，几经思考，息事宁人当为上，只好忍辱负重，从此把父母甩到了一边。算起来，这样子已经十年有余了。在父母面前，他最多是隔空喊话，心里万一过不去了，只得跟做贼一样，要么人托人地带点东西回去，千叮咛万嘱咐地要求保密；要么趁月黑风高之夜，编一个晚上加班的理由，偷偷地给他的爹妈象征性地送三五十块钱。就这样，他那个精明至极的妻子一直蒙在鼓里，而刘改常那颗憋屈的心也一直没有抻长过。他觉得他是一个里外不是人的不肖儿子，一个在妻子面前抬不起头和说不出半句硬话的穷酸丈夫，他不知这年复一年的"夹板舞"跳到何年何月才是尽头。因此灰心与失望废了他对生活的信心，喘不过气来的压力也赐予了他反弹的力量。

　　对于刘改常的心理状态，刘改常的妻子观察得出的结论可谓一点儿也没有走偏，她心里清楚得很，知道凡事总得有个解决的办法。长此以往的僵持，并非她个人的真实所愿。这些年来，她独辟蹊径，一直在突破性地寻找增加家庭幸福感的门路。最终，她依靠强有力的物质基础促进老公向上攀升来提升她个人家庭经济政治地位，进而打造一个贤内助、能干温良的好名声。

后来的事实足以说明，刘改常的妻子真的是具有坚强毅力的，她做着"跑跑生意"，然后又开了一个商店，那不屈不挠、一往无胜的精神，以及执意用自己创造的物质财富将丈夫"扶上马，送一程"的努力，让刘改常一扫往日妻子对待自己父母不恭不敬的不满，久久地燃烧在自己心中的那团怒火，被妻子的物质之水轻轻地浇灭于他的眼前。从此刘改常在老婆面前俯首帖耳起来，他简直五体投地，并时刻不忘表达对老婆的仰慕与尊重。

就这样，刘改常用两年的时间完成了从科员到科长的进化，又用三年时光实现了从副局长到锦绣乡乡长的跨越，这不能不说是"一路阳光一路歌"。在这条前行向上的路上，他少了很多的坎坷与荆棘，也少了很多的风雨与泥泞。那金钱的铺垫、关系的靠近和妻子表现出的八面玲珑，无不凝聚着妻子勤扒苦做的心血和汗水。以至于他深深地认识到，妻子舍小家顾大家的格局和放眼未来的胸怀是非常值得他学习和借鉴的，他在醒悟中告诫自己，摒弃自己的鼠目寸光和放大自己的视野是他当务之急要去做的事情。

昨天，他按照原定的计划，从锦绣乡驱车前往神龙山县去看望刚刚调到山南县担任组织部部长的赵子祥同志。殊不知早上一起来，下了大半夜的鹅毛大雪封住了所有的道路。山里下雪与山外不一样，要么不下，要下就是一尺多厚。与山南县山同脉水同系的神龙山县的海拔更高一些，不用说，那里的雪肯定下得更大更深一些。要想去百里开外的神龙山县把自己的心意给部长表达到位，刘改常唯有心一横，以步代车。他随手拄着一根探路的木棍，无所畏惧地置身于呼啸的北风和茫茫的雪海之中。直到晚上十点多钟，连头发和眉毛上都布满了冰凌的刘改常才哈着口中的热气，敲开了赵部长的家门。赵部长一家见状，顿时感动万分，一阵寒暄之后，刘改常自然礼貌地托起心意，以轻松之语和虔诚之心，将之交与部长之手，继而留下祝福，以示告辞。俗话说，人心都是肉长的，赵部长紧紧地握着刘改常的手，深情满满地说："小刘哇小刘，我之前只听说你工作能干，现在又亲眼见你重情重义，好好干，看来我该给你这棵成材的树浇水施肥了……"

今天一大早，刘改常从神龙山县搭乘第一班捆绑着防滑链的公共汽车，在三个多小时的担惊受怕中回到了山南县城。现在，可以偶尔听见别人家燃放的鞭炮声，这意味着城里人开始吃团圆饭了。面对自家的这桌不是佳肴胜似佳肴的宴席，回想起从昨天到今天的这个过程，刘改常终于欣然地出了一口长气，他认为，这口长气是无比愉悦和美好的，既是一种收获，更是一种希望……

第二章　儿子换来了票子

计划生育政策放开了,王改常的老婆二胎生了一对儿子,由于现在风声越来越紧,这半个月来,他一直在分批分期把他的那些同学、朋友接到他的家里,在庆贺之中收着贺礼。今天晚上,当送走了最后一桌客人之后,王改常独自坐在客厅里长长地叹了一口气。这口气,不是因为他有了一对双胞胎儿子,也不是由于今天操办这件事情的劳累,而是在他数了那些送来的"人情"之后,感觉自己终于掀掉了压在身上的那块巨石,一下子轻松了起来。

说来也是,王改常这七八年真的财运不佳,天天晚上和双休日,不是别人约他就是他约别人带水打牌,结果一个个"扒钱"的希望梦幻般地化为泡影,上万块的本钱全部输光了不说,还问张三、李四、王二麻子借了百把万元钱的赌债。久而久之,借了赌,赌了输,输了再借,循环往复,恶性循环,最后的债务竟然达到了三百多万。长期以来,要债的人整天三三两两地跟

生命的邂逅

在他的屁股后头，明眼人一看猜得出更看得出王改常过的不是日子，这若是放在别人面前，怕是早就寻了跳楼之类的短见了。

王改常之所以在被人逼得几乎没有退路的困境中，没有走上这样的不归之路，是源于他有着一种与人不同的强大而沉稳的内心定力，这是熟知王改常的人在亲眼见识王改常一次又一次地化险为夷之后得出的谁也推翻不了的结论。他们无数次地见过那些怒火中烧、来势汹汹、不达目的誓不罢休的"赢家"和"债主"，白天冲进王改常的工作单位或夜晚踢开王改常家里的大门之后，要不了七八分钟的工夫，一个个好像被灌了"迷魂汤"或完全被洗脑了一样，失去了进门时的霸气与威风，垂头丧气地离开了。人们在无尽的担忧中刚刚捏出的那一把把汗，忽然间在极度的佩服中显得无端的多余。

对于王改常在惊心动魄的事件面前总是能够表现出的"电闪雷鸣出彩虹"的驾驭能力，人们不约而同地认为这才是王改常"摆平就是水平"的气质所在和乐观豁达的可贵之处，联想起科局级的袈裟加身已是多年的王改常，普遍断定他在具备上述素养的前提下，从虚职必然走向实职，一旦到了那个时候，一切美好的东西和吉祥的运势都会向身居要职的王改常走来。

时序的变化和事态的发展果然不出人们的预料，三年之后，算得上王改常几辈子造化，毫不知情的王改常在一位贵人的引荐下，奇迹般地走向一个实职又一个实职。人们把他视为当下的一颗政治新星，投来了一束束羡慕与尊敬的目光，当年那些索账、催账、逼账的人，也生出了难以言状的自责与懊悔，他们恨不得抽自己耳光，让王改常从此忘掉往日那些不快的记忆。

说归说，做归做，人家王改常确实不是一个小气的人。打成功以后，他只栽花，不种刺，平日和任何一个人见面说话，他的那张嘴总是笑得跟开喇叭花一样，更使人不可思议的是，过去的仇人成了现在的友人，不可一世的债主在他面前成了低三下四的哈巴狗。于是乎，他欠下的几百万元赌债，除了必还国家公务人员的那一少部分之外，其余社会上的哥儿们弟兄主动赔着不是地跟他一笔勾销，有的甚至找上门来，送上一纸诸如王改常从不欠钱之类的证明，用以表达自己的情谊和拥戴。面对此情此景，王改常习惯地拍拍对方的肩膀，接着补上那句他说惯了的老话"你真是太搞笑了"，然后使劲地握手，给对方留下一个真挚而放心的印象。

　　现在，王改常终于把这口长气出了，因为他笼统地算了一下账，自从他这两个儿子来到人间的这半个月里，他收的这些"人情"用于还债之后还剩二十多万……

第三章　色狼的自慰

　　白改常是在婚姻调解处的工作人员把那个离婚证的小本子递到他手上的时候，两眼直溜溜地盯着天花板，发出了他从未有过的长长一叹。当时的几个工作人员看到他的神情，以为他要打一个大大的喷嚏，生怕唾液喷到了自己，赶紧用双手遮挡着面部或捂着耳朵，做好了招架这个喷嚏的充分准备。当他发出"哼"的一声的那一刻，在场的人才从错觉中走了出来，恍然大悟地感觉到这跟驴叫的声音完全没有什么两样。

　　提起这段糟糕的婚姻，说白改常为了今天的这个结果绞尽了脑汁、伤透了脑筋一点也不为过，如果不是他在 KTV 里拈花惹草，是根本不会走到今天这个地步的。这是白改常几乎用血的教训换来的恶果，以往只要他稍加回望这段温柔的血雨腥风历程，他在度日如年的煎熬与折磨中，就知道自己在一步一步地向苍老走去，因此患上的高血压病及其并发症也在一天天地危及他的生命。他现在还不到四十岁，但是从他的身上无法找到一丝的朝气与活力,也无法听到一句的欢声与笑语。现在他"赔了夫人又折兵",老婆与情人这两副牢牢地套在他脖子上的枷锁终于卸掉了一副,白改常此时欣慰地发出这长长的一叹,不能说是没有道理的。

先看白改常的职业。他是由一个搞修修补补的小工头起家的,从巴结人家到处打听装潢业务到承揽大型土建工程,一步一步地走到今天,可谓"天翻地覆慨而慷",其间当然干过不少偷工减料和招摇撞骗的事,也吃过诸如"买码"来赌和高息吸储之类的亏。俗话说,"山不转路转,水不弯河弯",就在白改常在商海里差点淹死的那些日子,他的三寸不烂之舌和之前施过的小恩小惠终于救了他一命。那天晚上他和几个局长一起"带水打牌",如果不是他利用上厕所的机会给税务局长塞了一万块钱的打牌钱,他就无法抓住这根救命的稻草。事情往往是顺向发展的,白改常毕竟是抓住了,后来得到了税务局长的倾力相助,没事做了帮他揽工程;质量出问题了帮他摆平;遇到竞争对手了,帮他"和谐";资金紧张了,帮他筹措。总之一条,帮得上的坚决帮,帮不上的想尽办法踮着脚帮,一时间使得白改常的生意一路顺风顺水,简直就是要风得风,要雨得雨,不到两年的工夫,他迅速完成了个人财富的原始积累。不过白改常不是一个忘恩负义的人,他主动找到税务局长,假装说自己工程上的资金紧张,要向他借二百万元钱,按月息两分计算,一下子把有钱不敢存入银行的这位局长感动得只差流泪,从此建立了比喝鸡血酒还要忠贞的情感。

一次,税务局长在打牌时对白改常随意地说,你在外面玩了这么多女的,也不找个小白胖子引过来让我们开阔一下眼界。说者虽是玩笑,却恰巧击中了白改常的软肋,于是他毫不掩饰地答应,立马拿起手机,拨通了那个与他交往已久的白小胖子的电话。十分钟不到,白小胖子女人果然来到。税务局长顺势将之推进白改常的怀里,一本正经地说:"你们去睡觉吧,别在这里影响我们打牌。"说着,指点着二人向门外走去。

经过白改常与白小胖子的这一来二去,月份久了,自然实现了从语言的远距离到肉体"零距离"的升华,也引起了白小胖子无数次堕胎的思考与省悟。她感到自己犹如白改常手中的一个玩偶,活在白改常设定的那个没有人格甚至见不得人的阴暗世界里。她决心今后不能再沿着白改常设定的魔鬼路线走下去了,要白改常以明媒正娶的方式挽回她的尊严。

再看事情发展的过程。又是一个夜晚,他们在一阵充满激情的相拥相爱之后,白小胖子直截了当地向白改常提出了自己的要求。白改常一听,觉得大事不妙,顿时软了下来,赶紧以哄为上。他答应明天就给白小胖子办一张十五万元的银行卡,一边要求她连续服用几天避孕药,一边请她到苏杭去转一转。次日,白改常以为白小胖子还是像过去一样那么容易打发,把银行卡交给白小胖子之后便忙自己的大事去了。不料白小胖子这次多了一个心眼,捏着银行卡,独自在自己的老家与肚子里刚刚怀上的宝贝静静地度过了四个多月的时光。此时的白改常也从未把他和白小胖子的事放在心里。那天,待到白小胖子要他去车站接她的时候,他发现她俨然一副大肚子的孕妇形象站在了自己的面前。呆若木鸡的白改常半天才回过神来,顿时恼羞成怒,大打出手。白小胖子强忍着自己的羞耻与伤痛,叫来一辆出租车直奔白改常的住处,静静地坐在他的门前,坚定了非他不嫁的信念。天黑时分,白改常原以为拳打脚踢就可以万事大吉,万万没有想到白小胖子竟然找上门来,他顿时气不打一处来,叫来自己的那位已经成人的儿子,两人联手对白小胖子施以暴打。白小胖子心想,既然坚定了的事就得坚定到底。她一不哭二不叫,咬紧牙关,忍受着白改常父子二人惨无人道的毒打。打着打着,上苍好像再也忍不住它的愤怒,终于以电闪雷鸣的方式制止了白改常父子二人的暴行,用倾盆大雨抚摸着白小胖子的满身伤痕。白改常父子二人"啪"地关上大门,像什么也没有发生一样,安然无恙地在床上呼噜了起来。因为按照他们的想象,在这个连屋檐也没有的地方,白小胖子不可能淋着大雨赖着不走,他们断定她今夜必然会离开这里,一去不回头地消失在茫茫人海之中。

早上醒来,白改常打着电话,大摇大摆地走下楼来,躺在花坛里的白小胖子一下子映入了他的眼帘。他不敢相信这是真的,揉揉眼睛,定神一看,真的是她。他唯恐白小胖子死在这里,于是他"妈呀"一声扔下手机,用手在白小胖子的鼻孔上探测她的呼吸。白小胖子缓缓地睁开双眼,乞求地望着白改常,轻轻而深情地说:"改常哥,你莫再打我了好吧?!"

"妹妹,我保证不再打你了,我保证今后一定好好地对待你。我这几天就去离婚,然后和你结婚!"白改常的那颗残忍的心突然来了个一百八十度的大转弯,话语中透露出了他对白小胖子的无比同情和爱恋。

这一幕,从发生到现在已经是五年有余了,白改常的离婚路途在一波三折中发生了太多的动人心魄和骇人听闻的事件,他的老婆见自杀不成,便大要补偿。此时税务局长不能见死不救,实施了一系列的调和手段。终于双方于今天一大清早在离婚协议上签字了。房子、现金两清之后,白改常生怕节外生枝,由税务局长亲自驾车,以最快的速度来到了民政局婚姻登记处,在这位局长的亲自见证下,最终领取到了这本心血与汗水交融的离婚证书。

　　白改常现在已是在精疲力竭中如愿以偿了。他确实很累，他确实应该

出一口这样的长气……

第四章　生命的另一种色彩

　　昨天下午五点多了，夕阳的余晖斜照在杨永康的办公桌上，他正收拾桌面上的笔墨纸张，准备下班吃饭。办公室的张主任走过来告诉他，县里决定后天上午要在运动场召开万人大会，公捕公判一批严重刑事犯罪分子，叫杨永康替县长起草一份在这个大会上的讲话材料，接着提供了一些素材，交代了写作要求和应该注意的地方。在张主任看来，杨永康的文字功底和吃苦精神是毋庸置疑的，在一天时间内保质保量地完成这个写作任务，他对杨永康充满信心。

　　按说，县长的这个讲话材料应该由县政府办公室的同志或县长的秘书来承担，但从以往召开这类大会的情况来看，材料的质量总是不那么理想，这些人起草的讲话材料，不仅内容空洞，缺乏针对性，而且起不到应有的震慑作用，犯罪分子听了无所谓，群众听了没意思，连执笔起草讲话材料的人听见这些议论之后，自己也感到脸上无光甚至有些无地自容。后来，县政

生命的邂逅

府办公室的负责同志干脆主动跟县公安局局长商量,由公安局办公室代为起草。作为一个半军事化的执法部门,公安局自然服从安排,领受了这个任务。

张主任是一个对杨永康再欣赏不过的人了,他一直把杨永康当作办公室的"笔杆子"和"台柱子"。每次交给杨永康的写作任务,杨永康都会认真对待,从谋篇布局到动笔起草细细考量,详略得当的文字安排和恰到好处的语言使用,让其文章语言通畅,引人入胜。所以平时,凡是杨永康起草的任何公文材料,只需经过简单的修改便可一次成功。因此他在这个方面几乎没有什么担心,也没有操过多大的心。现在,他把这个非同小可的任务交给杨永康,除了信任放心更是静候佳音。

杨永康是个急性子,他有一个"先做后玩"和"做好了再玩"的习惯,如果不把手头上的工作完成好,他是不会去干别的。于是他到食堂里呼呼啦啦地扒了几口饭菜,准备熬一个"穿头夜",打算在天亮之前把写好和抄正的这个讲话材料交到张主任手里。

随后杨永康就这样在办公室里写着写着,在初夜到午夜、午夜到黎明的时光里与灯光相伴,直到把自己亲手起草的这个讲话材料工工整整地抄到最后一个字的时候,挂在墙壁上的那面时钟的时针已经指向了第二天早饭后的上班时间。他无心顾及已经过了早上开饭时间的那顿早饭,带着欣慰与愉悦的快感等待着张主任的到来。

"看样子,你辛苦了一夜啊?!"张主任关怀道。

"昨晚若不加班,我怕今天来不及,误了事。"杨永康认真地应道。

"你是一个爱操心、很敬业的人,我就猜得出我今天上午一到办公室,你就会把这个材料交到我手里。"

"不知道你满不满意,请你审查修改了我再作进一步处理。"

张主任刚刚接过材料,办公室的固定电话响了起来。杨永康从对话中得知,张主任将去参加一个会议。

张主任告诉杨永康,会议需要两三个小时的时间,待他散会回来了再进行修改。

听罢,杨永康在等待中随机忙碌着手头上的其他工作。

快到中午了,杨永康实在是有些犯困,怎么也挡不住的瞌睡使他无法睁开眼睛,他决定不去吃午饭了,就势在办公桌上睡了起来。

"喂,小杨,你怎么还在这里啊,我刚才在会上简单地把这个材料修改了一遍,准备下午上班了交给你的。现在既然还有多的时间,干脆我再仔细斟酌一遍,到下午两点钟了,你再拿过去抄,然后交给打字员打印。"散会回来的张主任不假思索地这样说道。

杨永康点头称是,二话没说,接着又睡了起来。

后来,张主任把那份改动不多的讲话稿递给了杨永康,杨永康接下来也进行了仔细抄誊。这一串的动作,虽然极具机械性,但是相对于写作的创造性而言却轻松了许多。这时的杨永康已经忘记了疲倦,他用青春的力量让西下的夕阳带走了那浓浓的倦意,也用向上的情操请秋日的轻风吹干了他那饱蘸的笔墨。这一刻,他有些激动,因为他马上就要把稿子交给他心仪已久的那位美貌的打字员,他很想得到她的一句赞誉,接着在她射来的那束爱恋的目光里得到快慰。

其实这只是杨永康单向而行的心理期盼,他知道这是一种概率很低、概率似无的虚无主义之幻，出身的低贱和自卑心态的驱使，他充其量只能仰望星空，借着朗朗的月光，满足自己对"人间尤物是青衣"的独孤享受。

这一切都是杨永康自己想象的，他不曾表达过，生怕换来一阵白眼甚至一记响亮的耳光。一无所知的打字员，穿着一身再得体不过的公安制服，从他手里把讲话材料平淡无常地接了过去。

杨永康快快地走出打字室，一步一步地踏着楼梯的下行台阶，突然想起今天就是中秋佳节，再一联想从早上到现在自己已半口凉水未进、一口米饭未沾的情况，他开始同情和怜悯自己起来。他觉得自己太对不起自己了，所以他决定去大门外的那个商店买一盒平时没有买过的饼干来好好犒劳一下自己。过去一看，他又临时改变了主意，翻遍了荷包，凑齐了一块五角钱，心一横，买了两个从来未尝过的"火腿月饼"。

也许是太饿了，无暇顾及商店营业员的眼光，他站在那里狼吞虎咽似的大口大口吃着这有生以来未曾尝过的美味佳肴，又也许是他吃得太快、吞得太猛了，噎在喉咙的月饼，夹杂着父母双亡后的苦难思绪，把他的汪汪热泪豆子般地挤了出来。杨永康为了不让营业员看出他的狼狈和看透他的伤悲，他在深深地呼吸之后，长长地发出了一声不枉生命、负重前行的慨叹。

这一叹，好似上苍的指使，好似大地的呼唤；这一叹，犹如岁月的回声，犹如征程的凯旋……

第五章　要命的玩笑

朱改常今天差一点点惹下一个天大的横祸,他压根儿没有想到由他一手引发的这个祸端会兀地发生,若不是站在他背后的王瘪三放了一个相隔十丈八尺远的人也听得见的那个跟炸雷一样的响屁,朱改常肯定不会走神,也绝对会扣动了端在手上的那杆火铳的扳机,差点把李二狗子一枪毙命了。现在火铳响了,筛子大的一盘霰弹却鬼使神差地打到了别处,李二狗子在"砰"的一声中以为自己中弹无疑,随即应声倒下。朱改常顿感自己害了一条人命,冒着余烟的火铳从他的手中自然地掉在地上,他那稀泥巴一样的身子,在"哎呀我的妈呀"的一声尖叫之后,背朝黄土脸朝天地呈"大"字形瘫了下去。王瘪三见大事不妙,赶紧上前拍打着李二狗子的脑袋,接着又把手指头放在李二狗子的鼻孔上,看李二狗子还有没有呼吸,哪知李二狗子在惊厥后一跃而起,朝着朱改常直起嗓子大骂:"我 × 你妈呀朱改常,你个王八蛋给老子黑了一家伙!"

这一骂不打紧，骂醒了被吓得半死不活的朱改常，他翻滚着爬了起来，两眼直溜溜地看着活生生的李二狗子，深深地出了一口长气，之后，仰天而跪，双手托天，拼命地喊道："你们看，你们看哪，观音啊，天王啊，原来我没有杀人害命啊，狗日的李二狗子还是个活家伙呀！"

路过这里和住在周围的人听见，都感觉出了大事，走的走来，跑的跑来，不约而同地围着朱改常问长问短。已经被吓得魂不附体的朱改常不知道怎样回答，王瘪三便钻进人群，结结巴巴地把事情的原委一五一十地告诉了大家。

王瘪三是一个头脑简单、四肢发达、能吃能睡、无忧无虑的人，长得肥头大耳、膀粗腰圆。乡下的人有一种"响屁不臭，臭屁不响"的说法，而王瘪三放起屁来却是多而响、响而臭。有一次他先是把一口唾沫吐在自己的手上，然后蒙着屁股，等那个又臭又响的大屁一放出来，龌龊至极地抹到了一个人的嘴上，结果让这个人擦了也臭，洗了也臭。还有平时，王瘪三每次放出一个大屁之后，生怕别人没听见，总要用诧异的目光，把在场的人一一扫视一遍。朱改常则又是另一种类型的人，打小就干尽了数不清的"无屁眼"的事，现在人到中年了，一些不靠谱的事仍然隔三岔五地发生在他身上。有一次，他趴在隔壁家的新郎新娘的窗户上，偷看人家，并时不时地敲着人家的窗户，硬是害得新郎新娘三个晚上什么事也没搞成。还有一次，在他发小结婚的当天晚上，不知他从哪里弄来了一些刺激皮肤的化纤粉，乘闹房之机撒在了新郎新娘的床上，起码使这对新人的身上痒了半个月也不得止。现在，朱改常看见李二狗子的火铳，在欣喜中计上心来，准备用射击的姿势把李二狗子好好地"吓"一顿。

说起这支火铳,跟着李二狗子已有二十多年了。最近这几年来,公安局对各种枪支弹药的管理越来越紧,农闲季节和重大节日一律实行集中统一管理,等到一些野猪之类的野生动物开始危害庄稼了,再发下去,用完了之后再收上来。眼下已经进入秋季,山上山下的庄稼一天一天地成熟了,县公安局在守青护黄的这个时节,由李二狗子按照个人申请、层层证明、最后审批的程序,把公安局之前收上去的持有猎枪证的那支火铳领了回来。

　　李二狗子有将近大半年的时间没有摸到自己心爱的火铳了,现在他专门抽出一点工夫,吹着口哨,哼着歌,一阵抹油,一阵打蜡,坐在门口高兴而自豪地擦了一遍又一遍,然后装上了发令纸、火药和霰弹,刚刚靠墙竖了起来,碰巧朱改常和王瘪三有说有笑地路过这里,朱改常一见到李二狗子擦得锃亮锃亮的火铳,伸手拿了过来,笑嘻嘻地对着李二狗子。李二狗子连忙说火铳里面上了火药,千万不要乱来。哪知朱改常根本不信这一套,嬉皮笑脸地说:"你个狗日的才把它领回来,连油都还没有完全擦干净,咋可能上药呢?"说着说着,只见他把火铳随着吓得直打哆嗦的李二狗子身子一起移动,那只手的食指慢慢扣动着扳机,就在李二狗子吓得屁滚尿流的那一刻,早上饱饱地吃了一顿红薯干饭的王瘪三手足无措地站在那里救了李二狗子一命。他无意之中自然地放了一个奇特无比的响屁,就像打雷一样灌进了他们三人的耳朵。李二狗子真是大难不死,这个响屁一下子分散和转移了朱改常的注意力,屁一响,正在瞄着李二狗子的朱改常手一抖,火铳偏离了李二狗子的身子,随着"砰"的一声巨响,飞出来的霰弹与李二狗子擦身而过,最终换得了李二狗子死里逃生的这条命,让乐极生悲的朱改常从监狱门口过了一趟。

王瘪三说完,直怔怔地站在那里望着这群真相大白的人,大家一个个地叹着长气,无不庆幸李二狗子命大福大,也无不庆幸朱改常今生逃过了牢狱之灾……

第六章　罪恶的补偿

余改常像滚石上山一样,终于把一个巨大的石头滚到山那边去了,他从此再也没有了那个心头之患,神通广大的牛主任给余改常开的那服灵丹妙药,使他一下子止住了一年等于十年的苍老。今天晚上,他专门取了一瓶收藏多年而没舍得喝的老茅台,独自在家里自斟自饮,一杯下肚,简直过瘾极了。他顾不得这"天下第一酒"的余香在口腔里萦绕,在深深地吸了一口长气之后,又以哈气的方式,带着"哼"的声音,重重地出了一口长气。

余改常联想起这一年多来磨的牙、受的气、求的人、送的钱,还有那些唾沫四溅的议论和比网速还要快的传播,让他的绯闻恨不得全世界的人都知道了。现在好了,头也不涨了,心也不烦了,腿也不软了,老婆也不闹了,什么舒服感、轻松感,什么痛快感、幸福感一齐向他走来。他顿时犹如一个神仙,心旷神怡地飘挂在天上,悠悠然然地俯瞰着大地和人间的一切。

他现在太感谢县编办的牛主任了,如果不是他的两肋插刀和鼎力相助,余改常真不敢想象自己当下过的是什么日子。他咬牙发誓,一辈子也不能忘记这位在危难时刻把他从万丈深渊搭救起来的救命恩人,让他从此不再在刀尖上跳舞和铁炉里烘烤了,眼下在一切归于平静的时候,余改常决定捧出一颗看得见、摸得着的拳拳之心,来好好地报答和孝顺他的这位再生父母。

余改常的这个决定并非心血来潮后的冲动,而是切切实实地发自肺腑的心灵之声。他深深地感到现在去谢天谢地,远远不如去谢牛主任。因为牛主任对他的恩,比天高,比地大,忘了牛主任的恩,或者不去报牛主任的恩,那是会被雷劈死的。

酒在一杯一杯地下肚,余改常的万千思绪也在一阵一阵地翻滚。他回望着刚刚走过的这段泥泞和刚刚爬出的这个沼泽地,那颗刚刚安放下来的心,又一下子浮现出了那个令他食不甘味、夜不能寐的烂事。

那是去年春暖花开的季节,腰里票子装得鼓囊囊的余改常,瞒着妻子瞒着儿,把他在 KTV 认识的舞伴约到"漫山遍野尽是春"的地方去踏青,他们过小桥,看流水,拍照片,住帐篷,一个春天过去,撒欢弄情,无所不为。了解底细的人,一看就知道余改常这是在"玩小姐",不认识他的人以为他们是一对年龄不够匹配的"老夫少妻"。这段时间,KTV 小姐幸福极了,万万没有想到自己现在竟然会被一个千万身家的老板爱上,她觉得,这是上帝赐予她的最美好礼物。其间,她为了抓住这条"大鱼",一直用着顺水推舟和看水流舟的计谋。她一不索要任何礼品,余改常给什么,她就在含情脉脉中自然地接受什么。二不谈论要余改常何时离婚,和她什么时候结婚的事。因为她心里清楚得很,只要她肚子里怀着余改常的亲骨肉,无论余改常怎样"打离身拳",即便插上腾飞的翅膀像风筝一样飞翔在蓝天之上，她手中的那根线绳也能自然而轻松地把他收回来。对于这种结果，KTV 小姐是胸有成竹的。

为了按兵不动和暗度陈仓，KTV 小姐自端午节那天中午和余改常吃过那顿粽子餐分手之后，在余改常反复强调自己从现在到年底会一直很忙的情况下，拿着余改常给她的那张二十万元银行卡便一去无影踪，她知道余改常虽然没有明说分手，但是给她"分手费"却是一种最直接的告知。不过，余改常万万没有想到她已身怀有孕，因此她心里一点儿也不害怕和担心。她在等待着那么一天，让那余改常骑虎难下。

就这样，KTV 小姐肚子一天一天地变大。腊月的那天，她去医院检查，医生告诉他，她怀的是一对双胞胎。

KTV 小姐不相信这是真的，余改常更不相信这是真的。

余改常说："干脆打掉算了。"

KTV 小姐说："现在已经七个月的身孕了，更何况是两条人命啊?!"

余改常反问道："你是不是想生下来?"

KTV 小姐坚决地说："反正我是不忍心打掉的!"

"生下来可以，等满月之后你把这两个孩子交给我，我给你四十万元补偿费，然后给你介绍个男人，你和他结婚了，安心过你们的日子。"余改常没有商量余地地说。

"你想得太简单，我怎么可能离开我的亲骨肉啊?"

"刚才说了，我给你四十万元钱，然后把你娘家的房子改建成别墅。另外，给你找到合适的男人之后，举办婚礼的所有费用也由我承担。"

生命的邂逅

"那不行,我什么也不要,只想和你在一起。"

余改常听罢,顿时眼睛一翻,桌子一拍:"你妈的简直反了,盘子端的你不吃,偏要吃脚指头丫子夹的。你个狗东西完全是不到黄河不死心,不见棺材不落泪!老子叫你滚蛋就滚蛋,你滚也得滚,不滚也得滚!"余改常说这几句话的时候,已是恼羞成怒了。

KTV 小姐听了,心中的希望像泡沫一样彻底破灭了。在余改常的面前,她没有丝毫的反抗能力。她知道,她作为一个老实巴交的乡下农民的孩子,一个弱女子,唯一能够选择的便是接受余改常这个禽兽不如的畜生的摆布。

孕满十个月的那天,KTV 小姐真的生了一对双胞胎,而且是一对龙凤胎。

四十五天后,KTV 小姐坐满了月子,余改常的良心还算没有完全被狗吃,拿来了一张银行卡,里面包含了四十万元的补偿费、三十万元的别墅建设费和十万元的婚事操办费。然后由自己的老婆带队,从 KTV 小姐的怀抱里,强行抱走了两个无辜的孩子。

三个月后,编办牛主任以"月下老"的身份,把 KTV 小姐介绍给了从沿海打工回来的王猫子的智障儿子,经镇干部的周旋与协调,让王猫子在村委会换届过程中,顺利地当上了村里财经委员。

现在,这一切闹心的事全都解决了,余改常如释重负地喝着他的"落心杯",在环绕音响的节奏声中,使劲耸动着他的屁股,只见他那醉得比兔子的眼睛还要红得多的两个眼球顿时射出了狰狞的目光。看上去他像是十分庆幸,因为这次他赚的不是钱,而是一对关乎人丁兴旺、后继有人的儿女……

第七章　天助

　　杨保子坐在那把跟着他已有七八个年头的手动转椅上,抱着用编织袋子装着的一百元一张的那二十几捆钱,上气不接下气地大声号啕着。听上去,感觉他用完了吃奶的力气,把悲戚至极的声音送进了这一带的每一座不太远的山峦。一阵一阵的回音,不断地飘进人们的耳朵里,像要撕裂这群老实巴交的人心肺一样。这声音让本来就活得不成样子的这个高山之巅的人们,一塌糊涂的心情更加沉重起来。

　　这个顶子上的十几户人家,一直稀稀拉拉地住在各自的山坳里,他们不清楚他们的先祖从什么时候开始来到这里的,只知道一辈接一辈地在这里走着竖起来的路,种着挂起来的田。在这个一千五百多米的海拔高度上,他们手一伸,好像就能摸到天;他们脚一动,好像就能搅动满山的云。他们依靠从屋檐接下来的雨水,滋养着他们的血脉,也依靠那些老松树长出来的油脂,延续着他们的香火。在与人间几乎隔绝的特殊环境中,过着

生命的邂逅

普通山里人不具有和山外人更不具有的"土著人"的生活。

在最里头的那个山旮旯里,杨保子的家境更是糟糕一些。那年,他初中还没有读完,在外打工的爹妈由于同时患上了尘肺病,由两个走出去的活人变成了两副棺材,他从此放弃了读书的念头,跟着爷爷奶奶摸爬滚打在集体分给他们的那片贫瘠的土地上。十五岁那年,挡不住的"打工潮"从山下再次漫卷到了山上,杨保子被一位好心的乡邻哥哥带到贵州的高速公路的工地上。去的路上,他立志要用自己一双手,告慰英年早逝的父母,靠自己的勤劳,给爷爷奶奶捎回在极度贫困状态下生存的希望。半年下来,他的手机收到一条短信,工程队的会计告诉他,他挣了一万二千多元,要他提供一个银行账号。杨保子后来说,他当时不敢相信这是真的,把手机的短信看了一遍又一遍,直到那位老乡哥哥帮他确认之后,他才忍不住内心的喜悦把这个好消息,通过老乡哥哥的妻子转告了他山上的爷爷奶奶。爷爷奶奶听了自然高兴极了,纵横的老泪,滴落在满目干卷的苞谷叶子上,那溢出心窝的欣慰伴随着他们看得见的希望,让他们突然有了一种幸福敲门的感觉。于是他们走回家去,倾己所有,用最热情的方式表达了他们对她的丈夫把自家孙子带出去打工的深深谢意。

杨保子的爷爷奶奶当天晚上睡了一夜的"放心觉",他们于梦幻之中寄托和憧憬着孙子美好的未来,于清醒之时期盼和等待着孙子的佳音与喜讯,还相信终有那么一天,他们的孙子会牵着他的恋人走进洞房。总之他们一下子摆脱了那副套在他们身上的精神枷锁,认命地从儿子媳妇过世的伤悲中解脱了出来。天快要亮的时候,他们几乎将平日里很少有阳光照射进来的那扇窗子看到的山顶上的那轮明月当作自己孙子,他们相信要不了多大一会儿的工夫,月亮就会遇到从东边冉冉升起的太阳。山里人认为,太阳是神明的象征,只要月亮遇到了彤红彤红的太阳,便意味着人间这一年一定会过上红红火火的日子。

可谓人地两隔,天各一方。身在贵州高速工地上的杨保子,在千米隧道里的繁忙与劳累中并不知晓两位老人的万千思绪,他咬着牙,拼着命,用一个又一个的决心置换着一身又一身的汗水,用同龄人不曾有的斗志和勇气扛着每天的理想和明天的希望。

那天,施工队的刘队长要民工们加班,说是从晚上加到天亮,发给每个民工三百元的补助。杨保子同大家二话没说,接受了"工头"的号令与使唤。他们都知道自己的身份,在打工中流汗、在流汗中挣钱是他们唯一的追求。他们并不是不怕累和不知道累,他们却始终抱着"力气是奴才,去了再回来"的乐观态度,压抑和掩盖着自己的呐喊与哀叹。

次日早上收工的时候,这群刚刚露出一丝舒心笑容的民工,突然被一个冒顶的巨石挡住了去路,他们回头一看,一堆乱石把杨保子重重地压倒在地上。经过一阵抢救,杨保子虽然保住了性命,但由于腰椎神经断裂,导致了他下肢的终身瘫痪。

三个月后的隆冬,狠心的刘队长编造出杨保子违反劳动纪律的种种理由,用一张车票和五万元钱把杨保子无情地送回了老家,从此一了百了,心安理得地当着他的队长,也万事无忧地过着他那神仙般的生活。

杨保子的爷爷奶奶不懂外面的世界,更不懂外面的事情,他们任凭命运的摆布,在无力呻吟与伸手无助的交织中,默默地承受着这残酷的一切。

一年两年过去了,三年五年又过去了,两位老人带着轮椅上的孙子,伴着从屋顶飘向山顶的那股断断续续的炊烟,过着极度艰难的生活。

我们的世界,毕竟是一个由"有形"与"无形"构成的世界,宇宙总是用一种特殊的方式平衡和调和着万千生灵的命运。有时,偶然发生的事情,会决定着另一件事。这无疑是一种因果定律,由于人的思想、语言和行为的"因",所以这个定律决定了它必然产生相应的"果"。

上苍把"因果定律"在刘队长面前的兑现或者说对刘队长"恶有恶报,善有善报"的实施,有意安排在 2011 年的夏天。那天,已从贵州转战到鄂西北某建设工地的刘队长,已是官至县(处)级职务的分公司经理。当时鄂西北这个工地的征地拆迁工作迟迟不能往前推进,后经刘经理在碰头会上调查得知,原来是一个生活不能自理、走路靠手动轮椅的瘫子挡住了他们的进度。于是,刘经理先是痛骂手下无能,后又拍胸亲自上阵,声称越是艰险越向前,自己必须以身先士卒之态,坚决拿掉这个说起来让人嗤之以鼻的"钉子户"。

会议之后,刘经理立刻动身,开着丰田越野,带着护卫保镖,直奔杨保子家的那个山顶。

"哪个是杨保子?!"刘经理声严色厉地呵斥道。

"我。你是哪个?"杨保子手转着轮椅,从屋里走向屋外反问道。

"你个狗日的不得了哦,竟敢阻挠国家建设,拒不腾地和拆迁,老子今天非把你个小鳖子整服帖不可!"

刘经理气势汹汹、不可一世,简直像是恨不得一下子把杨保子置于死地。

杨保子定神一看来人,不禁吃惊地问道:"你不是刘队长吗?"他顿时大声痛哭起来,"老天爷啊老天爷,您真是长了一双眼啊,今天终于把这个良心被狗吃了的畜生送到我家门口来了啊。老天爷啊,我现在就到厨房里把薄刀架到我的脖子上啊,这个姓刘的王八蛋不给我这个残疾人解决好,我干脆就死了算了啊!"

杨保子使劲用手把轮椅转了一个向,果然在厨房里的案板上拿起薄刀毫不犹豫地放在了自己的脖子上。刘经理见势不妙,赶紧扑通一声跪在地上,作揖带叩头地连忙求饶:

"小爹啊,小爷啊,你千万莫走这一步啊,请你气平一平,气忍一忍啊,我保证听您的,一句话不多说!"

刚才还是耀武扬威的刘经理,哪知态度来了个一百八十度的大转弯,突然变成了龟孙子,跪在那里眼巴巴地望着杨保子。

在对面山坡上砍柴的爷爷奶奶听到门前狗叫声和杨保子的痛哭声,感觉家里又出了什么大事,拼着老命向门口方向走去。在越来越近的声音中,老两口意识到这一帮人绝对不是什么好人。待走到门口弄清真相后,杨保子的爷爷顿时火冒三丈,顺手抄起一根木棒朝跪在地上的刘经理的背后横扫过去:"老子今天和你个畜生拼了,你还老子的孙子啊!"

刘经理带来的那几个彪形大汉顿时吓得直打哆嗦。老乡们见状,生怕闹出了人命,经过一再劝说和阻拦,才使牙齿咬得咯咯响的杨保子的爷爷停下手来,饶了刘经理一命。

第二天,刘经理谁的麻烦也没找,不声不响地住院去了,他派来几位貌若天仙的会说话的女子,带来了昨天答应赔偿的二十多万元钱,好话连篇地交到了杨保子的手里……

杨保子失去了行走的自由,感谢上苍相助,使他得到了他后来应该得到的这些,尽管这些不足以弥补他的那些损失,但是老天爷却给了他力所能及的安慰。

　　杨保子,我在怜悯中为你庆幸;杨保子,我在庆幸中向上苍为你叩首。

第八章　天意

黄改常死了,周围没有一个人说他不该死的。

说他死有余辜、死得其时。

说天叫他死,他不得不死;地叫他灭,他不得不灭。

说他如果不死,那他活着,一定会把人丢死的。

说他如果不死,他不仅会导致两个家庭的破碎,两个家庭的孩子今后面临的不是一个后爹便是一个后妈,而且极有可能引发血案,必然出现杀人犯被抓直至被判处死刑的情况。

这些说他罪该万死的人当中,有他的爹妈、他的兄弟姐妹和他的那些已经懂事的侄子侄女,有他的同乡、他的同事、他的同学和所有认识他的人。当然更包括被他偷情的那个女人、那个女人的男人和那个女人与那个男人的亲朋好友。

那天,住在龙腾小区 A 栋一单元十三层的黄改常,是从这个单元的十四层掉下去摔死的。当时他无路可逃,选择了从十四层打开窗户翻越到他住的十三层。殊不知,他在惊慌失措之中乱了方寸,所以,他掉下去的时候连哼都没有来得及哼一声,就这样神不知鬼不觉地一命呜呼了。

现在回过头来看这件事情,其实黄改常到十四层去偷情,他和住在楼上的那位女人是完全商量好了的。他们前前后后偷情已达一年之久,每次经过一番严谨而神秘的合计,偷起情来,那简直是一千个放心、一万个畅快。这一次,楼上的女人又眉飞色舞地告诉他,说她那个在沿海打工的男人这个黄金周因为加班赶任务不回来了,老板表态在元旦放假期间一并给予考虑。黄改常听了,心中的那团熊熊偷情之火一下子像冬天的干柴一样燃烧了起来,于是微信传书,暗定日期,定于 9 月 30 日的傍晚到女人家里去。

女人的男人本来已经一再地说他这次是不会回来休假的,女人对此不够放心,她又专门进行了反复确认。直到她认为是铁板上钉钉和万无一失了,才兴奋无比地把这个情况分享给了黄改常。黄改常心里再也清楚不过了,楼上的女人是一个为人处世沉着牢靠、考虑问题滴水不漏的人,虽然每次偷情没有出现过任何的纰漏,但是为了慎重起见,他还是在问了又问、稳了又稳之后,才放心地做出了他们"疯狂一场"的决定。

这天下午,黄改常找了一个充分的理由把老婆打发了出去。先是理发修面,后是洗澡更衣,西装革履、风度翩翩,在这个秋高气爽的季节里他显得格外的风光和潇洒。傍晚时分,黄改常如约而至,一进门便是一阵急切的拥抱。他们虽然只有一层之隔,虽然朝夕相处,但他们碍于家人和邻里的目光,不得不忍痛割爱,那昼夜不眠的相思之苦和翻腾难平的万千思绪,常常只能使他们在相遇时,通过一个个会心会神的眼色和深夜里的一个个相拥相爱的梦境,感受相聚和拥有的美丽。这一刻,他们的一切愿望都实现于眼前,一切欢快都浓缩于零的距离。他们愉悦极了,在游离于妻子与丈夫之外的海洋里,把庆幸变成了骄傲和自豪。若不是床的结实和楼层隔音效果的优良,若不是傍晚噪声的覆盖和楼栋炊具的鸣响,黄改常和女人在偷情过程中所发出来的叫声,不光左邻右舍,恐怕连整个楼栋都会听得见的。

"砰,砰,砰。"门,突然被敲响了三下。这对偷情的男女立即竖起了耳朵。

紧接着又是三下。

黄改常以迅雷不及掩耳之势,连忙搂着裤子,看着女人。

女人指着卧室窗户,示意他从那里翻下去。

黄改常唯命是从,连连点头。

"点你妈个腿,赶快给老娘翻下去!"女人压低嗓门,在痛骂中指点着黄改常。

黄改常唯恐被发现,就在毫不迟疑地翻过窗户的那一刻,心惊肉跳的身子顿时失去了无力的四肢的支撑,瞬间坠在了五十多米的地上。

女人并不知道发生了这一切,她的男人敲了两遍门之后,又转身乘坐电梯把刚才没有拎完的东西拎了上来,待他第三次敲门之后,女人一本正经地迎了上来,一边接过行李,一边问长问短,殷切地服侍着远道回来的老公。这样一来,一晃便是半小时。处乱不惊的女人情意绵绵地对蒙在鼓里的老公说:"你原来说不回来的,我什么菜也没有买,准备简单地混几天算了。没想到你今天却回来了,我现在去超市里买点像样的菜,晚上把我老公好生慰劳一下。"老公听罢,很是感激。

女人出门,坐着电梯很快到了一楼。在她心目中,她说去买菜,完全是打的一个幌子,她其实是想知道黄改常翻窗逃跑之后的情况。急人的是,无论怎样拨打黄改常的手机,黄改常总是没有接听。女人顿生疑问,向着她家里窗户垂直下来的一楼地面走去,她看到了一堆看不清的黑乎乎的东西,打开手机手电筒,只见黄改常躺在血泊之中……

黄改常死了,这无疑是一种报应。由于他拥有了他不该拥有的东西,所以在因果定律的作用下,上苍让他用生命的句号圈定了他应得到的这种结局。

三天之后,真相大白了。那位偷情女人的老公为了不伤及自己孩子的幼小心灵,把被人侮辱的泪水默默地吞进了自己的肚里,他同意依照调解人的意思,赔了黄改常家里五千元钱,以示息事宁人和遮掩自己妻子的丑行。不过他也做出了十头牛也拉不回来的决定,那就是待儿子参加高考之后,甚至在读完大学或者参加工作之后,再去结束他现在这样过着的在众人面前抬不起头的窝囊日子……

第九章　救赎心灵

　　岳父走了,我几乎一路守着他,看着他清清白白地走的。在他病入膏肓的那段时间,我和家人在医院里轮换地守护着,一直生活在抱着药到病除的良好愿望与认识到病情可能无法逆转的复杂心情中,向往着美好的未来和准备着那些不曾想过的而且是不愿去料理的后事。

　　翻开岳父的那页普通而平凡的完全属于社会底层的人生档案,我看到了一个名门望族在战火中走向没落,再由没落向和平年代复苏的三代人的历史镜像,我沿着这个家族生存与繁衍的曲曲路径,不由得发出人生的不易和人生原来是场梦的感叹。

　　回望岳父的爷字辈,那可是当地于鸦片战争前后时期出现的一代商业枭雄,他们兄弟三人在襄阳古城旁边的商业重镇吴家集完成原始资本积累之后,带着一手精湛绝伦的糕点、酱菜制作手艺,举家进军南漳县城,在文庙街以南的中心地带斥巨资购买城区土地三百余亩,建起了两千余间的手工作坊。一时间,作为县城资产阶级上层人物不可分割的重要组成部分,他们腰缠万贯家财,抽大烟,娶妻妾,放大鹰,骑马匹,独领人间奢侈风骚,享尽世上寿喜福禄。更令人仰慕的是,三人又恰似一株株南山的不老松,创造了五世同堂、家丁无数、孙子育重孙的奇迹。不料日本帝国主义的铁蹄开始践踏中华民族的土地,岳父的爷爷奶奶和他们的儿女们无法逃脱战火纷飞、山河破碎的厄运,日本侵略者在惨无人道地实施烧抢奸杀罪行的同时,又从战机上扔下一枚枚罪恶的炸弹,使家族的全部作坊在一片火海中化为灰烬,岳父在没有了自己的栖息之地和找不见父亲尸首的境况下,沦落成了寄人篱下的难民。

好在到了 1949 年,中国人民翻身得解放。岳父在重振山河的浪潮声中,在一家公私合营的建筑公司里当上了一名恢复家园的建筑工人。随后的日子里,他从徒弟到师傅,从小工到工头,一直到了六十岁那年,他才停止了奔波的脚步,舒展着长期在风雨中躬耕的身子,饱尝起有生以来未曾想过的幸福生活。

岳父的膝下有三个儿女,我娶的是他的大女儿。那时候我是一名入职不久的普通刑警。他之所以允许我成为他的女婿的唯一理由,是因为我是一名父母过早双亡、懂得艰难辛苦的孤儿。在那个物质匮乏、经济落后的年代,我的全部积蓄仅有一百五十元钱,几乎所有的结婚物品都是人托人赊过来的。他知道我没有多的钱,就让我在他家里举办了婚礼和接待了那些前来祝贺的客人,省去了城里流行甚广的"过礼"和"回门"的礼数。他这样做的目的,是他坚持认为"留得青山在,不怕没柴烧"。在他的内心世界里,我断定他觉得我将来可能是一个比较有出息的人,我也更知道,他用有限的力量来感化于我，绝对是希望我从今往后能够对他的女儿好一些，至少不会去做对不起他女儿的事情。人心都是肉长的，都说女人嫁人是第二次出生，岳父用自己的方式，力所能及地表达着对女儿的牵挂与祝福。

现如今，岳父驾鹤西去，我作为这个家里排行老大的后辈，除了在脑海中回放和追忆我所知道的他的为人与处世、高兴与悲愤、热爱与恼怒、善良与怜悯的那些过往之外，当然有施行自己孝道的自觉。我完全做到了对前来吊唁慰问的每一个长者双膝而跪，也必不可少地陪同每一位友人给岳父虔诚地送着香火与纸钱。临到安葬的那天，我总觉得在礼节上还有什么残缺，于是赶紧从乡下请来了一班"响手"，让他们在岳父的墓地旁来补充表达我的哀思与怀念。听着听着，那一阵阵悲痛至极的唢呐声，在低沉得不能再低沉的锣鼓声的伴随下，简直把人带入了撕心裂肺的境地，让我这个年近六十的后辈怎么也止不住纵横的泪水。类似这样的泪水还是三十九年前的正月初十淌过，那是我母亲去世的日子。

岳父"五七"当天，是一个双休日。我和妻子及早从省城赶回岳母家里，放眼厅堂和岳父往日习惯倚靠的地方，突然感到岳父为之打拼一生的这个家好像屋顶是"通"的一样没有了支撑，虽是大白天，却比往日暗淡了许多、许多。

我曾经在这个家里重复地从他那张饱经风霜的脸上，体会过他劳累后的哀叹与艰难时的忧愁，在他不善吐露的心扉里装满了他人不会有过的痛苦与煎熬。他没有倾诉或很少倾诉过，他选择沉默的方式，依靠自己的内力渡过了普通人生的道道难关。这对于芸芸众生来说，虽然无从称为伟大，但对岳父本人来说，他完全可以被视为常人的楷模。

想着岳父一生的劳碌，也自然想起了自己四岁丧父、十九岁丧母之后所走过的风雨历程。说自己的命不好，父母走得早，其实是父母的命不好。他们"受尽世间苦中苦，只盼儿女人上人"，但最终落得个还没有来得及享受人间的起码尊严与福分便撒手人寰。而我却在"子欲养而亲不待"的沉重包袱之下步履艰难地闯荡着自己伸手无助的生活。我犹如一个朝圣者，踏着坎坷与荆棘在黎明前的黑夜里，用力地掰着那扇朝阳之窗，祈求闯开一条升华人生价值的宽广之路。现在屈指数来，这一程，一闯便是三十九年的时空，一闯便是叩了一万四千二百多个响头。

这期间，尽管受尽了人间的"眉高眼低"和他人的凌辱与非难，但是我咬紧牙关，除了前行还是前行，不知回头也压根儿没有想过回头，无论身为黎民还是位居七品，我以爱憎分明之态，坚持着自己的人格与品行，在善与恶、美与丑、是与非的分水岭上，坚守着自己的初心与使命。现在想着这些，似乎有两种感受同时交织于我的心头，经过反省和自问，我没有做错但是很累，我不会浪漫但很酸楚。

因为这些年来，我好像与风和日丽、春光明媚无缘，始终顶着一片时而风雨交加、电闪雷鸣，时而冰天雪地、北风呼啸的天空，在泥泞中、在寒冷里、在屋檐下、在黑夜里演绎着行进的泪水与歌声，叠加着梦中的惊险和堆积着躲闪时的伤痛。

还是这些年来，在我追求完美人生的过程中，为了体现自己遵德守礼的普世价值，我过多地在意和关注了别人的口舌与目光；在坚持真理正理的过程中为了把持自己弘扬正气的道德底线，有意地忽略了自己的智谋与情商；在对人施以善举的过程中为了证明自己对别人的始终呵护与长期负责,以至于"好心没有得到好报",总有几个"翻脸不认人"的人,时不时地让我想起《农夫与蛇》的故事,让我无数次地理解着"过河拆桥""忘恩负义"等成语的含义。若不是一位尊者对我说过"这种人连自己的父母都不孝顺,怎么可能把你当回事呢?"这句话,我真的从这种人的行为表现里走不出来。

好在是我的一些悲伤、一些苦难、一些汗水和哪怕一些少得可怜的快慰一直在行进中与我形影不离,它们于伸手看不见五指的时候,于信心和斗志瘫痪的时候,总是毫不吝啬地赋予我无穷的力量。

岳父的走,对我这个五十多岁的女婿而言,像是给了我关于人生的提醒,这就是:无论怎样拼啊搏啊,最终都将不自觉地去画那个句号,我们应当趁自己的人生开始下半程的时候,着手放下一些不必要的劳累,享受人间的快乐时光,无疑是一种自我解放和自我救赎的灵丹妙药。我想,只要对自己不再那么苛刻,不再那么较真,不再那么过意不去,敢于为自己松开那些自找的束缚,浪漫与洒脱就会春风般地向我们扑面而来,相伴全程……

　　　　　　　生命的邂逅

第十章　向往田园

在已走过的人生旅途中,曾经驻足于一个又一个的生命驿站,在无私的教化与清脆的警钟声中,一次又一次地安放过自己那颗向上向善的心。

从青葱少年到鬓角霜白,从翻山越岭到渡过险滩,我像一个朴素主义的跟随者,无意沾染浪漫的色彩,在一条遥远的"朝圣"路上,拨开层层刺腿的荆棘,与沉沉的行囊相伴,以带血的脚印为证,传统而严肃地守护着自己对信仰的尊敬和虔诚。我用一种与众不同的敬畏之态,凭借烁亮如炽的神圣之光,燃亮着前行的光明和希望。一颗被涤荡或洗礼的心灵,每当在没有了尘埃和杂念之后,是那么的纯良与洁净,那么的淡然与安逸,是那么的平和与友爱,那么的优容与宽阔。

因此,我认定了这是春风的吹拂,这是中秋的饮月,这是甘露的滋润,这是道德的传授与熏陶。正是常常如此,才使我的灵魂绕过了邪恶的地狱,沐浴了向我射来的缕缕阳光,登上了人间善良的殿堂;才使一把秉持公道正派的正义之剑始终拐在我的肩上,让我风雨兼程地踏过了泥泞与坎坷,在无尽蹉跎的岁月里,饱尝了行进的沧桑和汗水的喜悦。

眼下,我的生命之手好像在恍然间触摸到了往日不曾留意的西山红日的帷幕,它似乎在弱弱轻轻地告诉我,这样的场景将预示着夕阳生活的来临和一切归于平静的开始。

或许是期待早一些向滚滚红尘挥手告别,或许是盼望不再扮演匆匆过客这个角色,翻腾的思绪里突然闪现出了田园的镜像,所以我隐隐地生出了向往田园的念头。

这倒不是因为长途跋涉之后累了困了的缘故,也不是因为世事缠绕之后厌了烦了的使然,而是我在思考夕阳光景的快慰与愉悦的实现方式上,选择一种与逃避现实生活无关的精神取向,从而把自己的身心植入日出而作、日落而息的精神乐园,去享受乡间时空的美好生活。

作为一种向往,我追求的是一种静谧,一种陶冶,一种疏离,一种零的开始。它的高雅之处,在于由一个熔炉到另一个熔炉的冶炼,也在于从一种境界到另一种境界的升华。所以,我很想从告老还乡的那一天起,在明媚的春光里唱响童年的歌谣,在摇曳的杨柳下欣赏姑娘的秀发,在放牧的山冈上追赶红红的太阳,在儿时的嬉闹中找回青涩的时光。

向往田园,便是向往新的人生;向往田园,便是向往精神上的高远与宁静。沧海桑田,阡陌纵横,篱下种菊,鸡犬相闻,这无疑是一个好的去处,这无疑是一个好的归宿……

第十一章　断手

　　英子今天终于醒了，她庆幸自己今天一下子找到了和刘改常一刀两断的方向感。一直以来，她根本没有把刘改常两年前说的那句话放在心里，除了她从来不"迷信"之外，刘改常的帅气、诚实、靠得住，着实让她从他的身上看不出一丁点儿不安分。

　　那天，刘改常和英子的情感发展到了可以牵手的地步，他们依偎在那棵被柔柔月光穿过树枝的柳树下的那个草坪上，尝到了朋友间的那种亲近的甜蜜。当时刘改常告诉英子，说他长了一双"断手"，英子问"断手"是什么意思，刘改常说他之前也不知道，直到前不久，一个算命先生在倒座庙主动给他看了手相之后，才知道"断手"就是自己两只手的手板心上生了一条与众不同的"过江"的纹路。算命先生说这样的纹路好的一面，是它意味着他这个人今后在生活的路上执着、坚定、有主见；不好的一面则说明他这个人固执、偏激，一旦绝起情来是没有任何人情味的。英子听了之后觉得有些无聊,就毫不经意地让这些话过耳走了。

又是一个秋高气爽的晚上,英子终于处理完了厅长、处长们安排给她的那一大堆子工作事务,把刘改常还是约到了他们依偎过的那棵大树底下,说是要告诉刘改常一个天大的好消息。这两年多来,刘改常在英子面前可谓言听计从,因为英子对他讲的每一个故事、每一个道理和出的每一个主意,都是刘改常向往的结局和等待实现的期望。他在心里对英子真的是佩服极了,不知多少次坚定又坚定了他今生一定要和英子走到一起的信念,和她结为谁也不能取代的人生伴侣。关于这个想法,刘改常曾经专门跟他的父母开门见山地讲过,每次把英子引到他家的时候,那两张笑得跟开喇叭花一样的嘴,无不表达着他们对英子的中意和对儿子眼光的赞许。刘改常的爹妈都是县里那所知名小学的资深语文老师,老两口夜里一高兴,不可避免地在私下说起了笑话。他们把苏小妹新婚之夜与夫君妇唱夫随的那段被称为千古绝唱的"微笑吹灯双得意,含羞解带两痴情"的佳话,当作有朝一日成为这对新人洞房花烛夜的真实写照。他们不知多少次在喜悦中入眠,也不知道多少次在睡梦中笑醒。总之一条,他们对这个"打着灯笼也找不到"的未来儿媳,是十二万分满意的。

英子打开手机微信,正儿八经地对刘改常说,她的舅舅叫她转告他去参加省里即将进行的公务员考试,里面有好几个非常适合刘改常所学专业的岗位。刘改常看了微信内容之后感激极了。这两年,他一直被英子的勇气鼓励着,也一直在一种他配不上已是国家公务员身份的她的非议声中,承认着自己与英子地位的悬殊。面对这次好像专门为自己创造而走来的机遇,刘改常下定决心,发誓要去拼命一搏。

英子对刘改常的这次考试无疑是充满信心的,她知道刘改常的功底和实力,凭着一种胸有成竹的自信,她准确地规划着刘改常的明天和他们的未来。

后来果真如此,年仅二十八岁的刘改常犹如"黄袍加身",一张耀眼的博士证书和他那能言善辩的口才,让他在一场"招硕引博"的公务员招聘考试中脱颖而出。他被地委组织部破格录取后任命为山南县的挂职副县长,一夜之间结束了"满腹经纶何所用"的无奈与困惑,也迎来了壮志可酬的黄金岁月。

三个月后,如日中天的刘改常一反常态地切断了和英子的全部联系,在拉黑英子的电话名单和删除英子的微信名字的那一刻,将与英子近三年来的情感切割,他狠心得像什么也不曾发生过一样,给英子发出了最后一条微信:

"英子,我一直很忙,今后不想再接收你的任何骚扰。因为你我不仅是天各一方,最明显的是你我不在同一条水平线上。志不同,道不合,现实不允许我再与你延续过去那些无聊的时光。最后一信,并非要你饶恕。"

这种犹如突然从上空划来的一声晴天霹雳,如果回响在别人耳旁,绝对是一件无法接受的极其要命的事情。或许是英子在国家机关受过的多年教育,或许是英子自身素养所具有的内在定力,面对眼前出现的这种异常的情感抛物线,她淡淡地挥舞着长袖,毅然地荡去了刚刚沉落在自己纯洁心灵上的这抹灰尘。她为此感到幸运,庆幸自己在一条冻僵而复苏了的毒蛇面前,还好没有被它咬着,早一点扔掉它或者将它置于"死地"肯定是一种最好的抉择。想到这里,英子笑了,笑得是那么的自然和灿烂,足以让人听得见的发自内心的一串串的笑声像是正好吻合了上苍"一别两宽,各生欢喜"的呼应。此时此刻,她并没有"奈何青云士,弃我如尘埃"的失落与抱怨,而是戴着蓝天之下的朵朵祥云,和着迎面而来的缕缕阳光,回到了自己的家里。

英子静静地坐在书房,瞟了一眼她读了好几遍的冯友兰的那部《中国哲学简史》,记起了刘改常向她说过的他生了一双断手的那些话,用辩证的心态看穿了刘改常的本质。她在想,刘改常的这双象征和意味着寡情薄义的断手,不知今后还会断在多少人的面前……

第十二章　天变一时

李保田是在送往医院抢救的路上不幸死亡的。

大前年的夏天,村里的几条公路都修通了,唯独通往他住的那个湾子的几百米还是乱石路,一直搁在那里。几经犹豫之后,李保田厚着脸皮到百里之外去找那个跟他年龄差不多的"老领导",软缠硬磨地要回了这截路的建设指标。当时正是"小农闲",李保田打算利用这个抽得开身的机会把这截路修起来,让他们那个湾子的七八户人家也能走上盼望已久的水泥路。

他的那位"老领导",是当年在李保田的那个镇里当过多年镇长和镇委书记的杨永康。他们两个人虽然在职务上有些距离,但是彼此之间还是有特殊情结的。

2000 年以前,农村负担很重。李保田作为"皇城脚下"的那个村的支部书记,一年四季挑着那副沉重得把人的腰都能压弯的担子。农民穷了缴不起税费,老是在税费征收任务面前落伍摆尾的李保田为此挨过数不清的批评。批评多了,李保田和村里其他几位干部只好无可奈何地撂了挑子,一旦他们撂了挑子,村里便像塌了天似的,邻里纠纷、生产发展、畜禽的疾病预防和税费征收等,什么也没人管了。就是在这背景下,镇委书记杨永康上门找到李保田,要他儿子拜自己为"干爹"。这样一来,僧面佛面都磨不开,李保田只好忍辱负重,硬着头皮,重新挑起了那副怎么也卸不下来的担子。

六年之后的一纸文件,杨永康摇身一变,坐上了县交通局局长的位置。就凭这层关系,祖祖辈辈走在能戳破脚底的烂石路上的李保田和他的那些山民看到了摆脱这种折磨的希望。

那天一大清早,李保田采取"自己的事情自己做"的办法,发动湾子里的几户人家无偿地出工出力,他跟大家一样,毫不例外地做着他自己应该做的事情。如果不这样的话,要想修好这段公路,就得付给施工队好几万块的工钱。现在村里没有一分钱的积累,集体经济的荷包空空如也,要求大家自觉地出"义务工",这实在是没有办法的办法。

借齐了所有的施工工具,稍懂一点电工知识的李保田从家里扛来一把梯子靠在五米多高的电线杆上,就在他爬上去准备接电的那一刻,梯子突然滑落,把他兀地摔在地上,村民们赶紧拢上前去,只见他脸色乌紫,口吐鲜血,昏了过去。

一辆拉着李保田的农用车冒着黑烟,在海拔一千多米的盘山公路上开足马力,还是无法挽回李保田的生命。在那条离县城还很遥远的路上,李保田的心脏停止了跳动……

这个时候,已是山南县"四大班子"领导成员的杨永康很快得知了这个不幸的消息,他毫不迟疑地放下手头上的工作,驱车赶到了李保田家里。他先是给这位与自己在艰苦环境里携手并肩的"老兄弟"下跪、烧纸、叩头,接着又以老书记的身份召集在场的亲朋好友了解李保田的家庭状况,在李保田的妻子儿女撕心裂肺的哭声中,当即表态自己掏钱给这位从来没有过过舒心日子的村支部书记请来"粗细两班"响手并添置一副上好的楸木棺材,让他在天之灵,感受人间对他的缅怀与留念。

去年的某天,时光轻轻飘过了李保田的三周年忌日,或许是失去丈夫的女人再也撑不起那间没有了顶梁柱的房子,或许是无法继续忍受没有丈夫的孤独与寂寞,李保田的妻子无心再去顾及她与李保田的往日情感,向前迈开了人生新的步履。她第二次走进了婚礼殿堂,嫁给了村里那个被当地人认为是"溜皮混"的单身男人。

消息传开,生活在山区传统礼仪中的人们怎么也接受不了这个残酷无情的现实,有的说他的妻子"不守妇道",有的说那个"溜皮混""鸠占鹊巢",更有的说是"两味相投"。总之一句话,大家认为这种不道义的行为没有丝毫对得起李保田的地方,一个是对李保田的报复,一个是对李保田的背叛。后来人们仔细一想,女人有女人的难处,毕竟还有几十年的路要走,如此上纲上线似乎过于严重。但是对于那个"溜皮混"的单身男人而言,人们心头的抱怨与不满却久久挥之不去。因为他们清楚地记得在农村税费改革之前的那段岁月那个单身男人的所作所为,他顽固抵制法定的农村义务工政策,从不参加村里组织的每个成人应参加的公益建设和义务劳动;他拒不缴纳"三提五统"和"农业四税",煽动纠集他人上访闹事,等等。

虽然不是无恶不作，但从他的身上看不出有一丁点儿正能量的东西。为此，李保田作为村支部书记把他当作典型在大会小会上进行过不计其数的批评。现在好了，李保田死了，"溜皮混"却咸鱼翻身，乘虚而入，以胜者之态昂首于李保田的亡灵之上。人们觉得他这种"娶亡者之妻为己妻，居亡者之屋为己屋"的举动，并非一般意义上的婚姻行为，而是一种利用女性的柔弱心理实施人财共占的强盗行为。

不管人们的愤慨和呐喊到了何等的程度，都无法阻止"溜皮混"和李保田之妻走到一起这一铁的事实。他们在静静地思量之后，不约而同地认识到了"夫妻的情感根本在于人活着"的道理，如果李保田不遇到那个不测事件，"溜皮混"做梦也混不到今天这光景。"人走了，茶就凉了"，这是活人对活人的做法；人死了，情就断了，这是活人对死人的态度。人活在世上，什么都不重要，唯有生命最重要，一旦没有了生命，包括妻儿、财产在内的一切的一切，就都不是属于你的了。所以，人生在世，要珍爱自己的身体，珍爱自己的生命，拥有了健康的身体，才拥有生命的一切。

由此看来，"天变一时"，我们可以拿健康来预防；"天变一时"，我们可以用生命去抵挡。

第十三章 疏离

　　每每到了雨纷纷的清明时节,杨永康和妻子都会跟往年一样,带着一些纸钱,去睡卧在黄土无烟的父母坟前寄托他们的哀思。去着去着,在不知不觉中,又多了一个大嫂子的去处。看得出来,渐行渐多的这些土堆,令杨永康的心情一年比一年沉重。倒不是因为自己的年岁大了,越来越多叫他爷爷的后生,而是由于平日里相亲相近的活人逝去,无情地阻断了与他们在人世间的交流与情感的往来。这不同于天各一方的离别景象,而是一种"走出去了便回不来了"的令人伤悲的心理隔阂。

　　杨永康小时候似乎不懂这些,直到他有了家室之后,才开始了这年复一年的规定动作。他先是在先一天甚至更早的某个晚上,和妻子进行一番简单的商议,第二天一大清早便到街上纸货店里,按照几位亡人的人头准备几捆火纸和几沓上千亿的阴币,加上几个象征着"吉祥平安"的橘子、苹果和几束用于祭祀的鲜花,就从省城赶往离县城二十多里的那些地方。一路之上，杨永康几乎没有什么言语，脑海里装着的尽是一些亡人在世时的影子。他像放电影一样，潸然泪下地回放着他们在人间岁月里对他施下的让他今生根本无法遗忘的恩德。杨永康的记性超好，能够把亡人们在世时对他关爱与教诲的每一个情节和细节，都一幕幕地展现在自己的眼前。他越是翻阅着这部无法尘封的记忆档案，越是止不住那汪酸哀的泪水。若不是他穿越在这个时空里，若不是这个时空的广袤与浩瀚，真的会让人以为这场雨是从他心上下来的。

这次要去祭拜的一共有爷爷奶奶、父亲母亲、大嫂子和小侄女这六个坟头。大伯二伯和大嬷嬷二嬷嬷的坟墓在杨永康还没学会说话的时候就被"人造梯田"的运动变成了耕地，外公外婆的坟墓也没有躲过这场运动，在那些庄稼地里怎么也寻觅不到他们的踪迹了。杨永康还掰着指头简单地数了一下，在离开老家的这三十多个年头里，倒座庙这个地方去世了至少四十位知根知底的父老乡亲。既然是去上坟，自然也得对他们一起表示一下自己的思念之情。杨永康和妻子按照顺序，在对自己的亡亲一一地进行送钱、祈祷、献花、叩头的一系列程序和一阵沉思瞻望之后，在旁边的另一块地上画了一个圈圈，同样重复着上面的那些动作，然后燃放起一串长长的鞭炮，由此结束了在这"满眼蓬蒿共一丘"的祭祀活动。

老家的三个哥哥一直住在乡下，早上出发的时候，杨永康专门跟二哥说了今天的祭祀安排。按照他的预料和推断，二哥二嫂肯定会挽留他们在家里吃顿"无花无酒过清明，兴味萧然似野僧"的午饭，因为每年这个时节，他们都会顺便带回一些礼品之类的东西，看望一下"脸朝黄土背朝天"的哥哥嫂子们。杨永康心里十分清楚，一母所生的兄弟四个，这辈子是兄弟，下辈子再也不会见面了。正是出于对血缘关系的念记与看重，条件较好的杨永康代替他们的儿女行使了义不容辞的养老之责，从自己的工资收入中为三个哥哥分别购买了养老保险。年过六旬的三个哥哥已经陆续享受到了国家养老保险政策的红利，杨永康为此也深感欣慰与无憾。他觉得，只有这样做了，才不会枉为今生的兄弟，才能够呼应父母生前的期望与叮嘱。

从山上到山下，走过一段不远的羊肠小道，就到了二哥的家。每次看到二哥住着的这栋在 20 世纪 80 年代在老屋的地基上盖起来的房子，总觉得邻里的住房条件都发生了天翻地覆的变化，唯有能说会道、天下唯我是英雄的二哥山河依旧，一副贫困落后的面貌长期得不到改变。杨永康一直认为这是二哥知足而并非懒惰所致的状况，直到今天，他才隐隐地感觉到了他这种观点的错误与片面，甚至产生了对二哥二嫂在情感上的漠视和冷淡的抱怨与不满。

杨永康和妻子站在门前的场子里，正在锯柴的二哥和做着针线活的二嫂并未起身相迎，几句无比平淡的对话，丝毫没有耽误他们手中的"活儿"。明眼人一看，邻里家的午饭的炊烟正在飘荡的时候，而明知他们从数百里之外回来的二哥，家里却是一片冷火冷灶的样子。杨永康的心顿时凉极了，妻子的无语，更是让他倍感无奈与羞辱，面对连坐一下的基本礼节和说一句吃午饭的套话也没有的尴尬场面，杨永康为了捡回自己的颜面，只好撒谎地说了一句"单位叫我紧急赶回"的话，带着挥不去的乡愁和无法再续的亲情，悔恨交织地离开了二哥二嫂的家。

在返回省城的路上，杨永康怎么也走不出对亡亲的思念，特别是在摆脱不了兄弟情感如此疏离的阴影下，无法找到与自己有关的理由与根源。

回想起二哥二嫂如此陌生、冷漠和刻意与他们疏远的神态，他知道了"疏离"的要义，也知道了自己今后的抉择……

第十四章　王丫头与李二猴子

仲夏的晚上格外闷热,劳作了一天的人们有的紧闭着门窗在家里吹着空调,有的牵着孙子在公园和广场里转悠。在通天市的各条街道上虽然成排成排的行道树上爬满了知了,但是无法听见它们的叫声,唯有川流不息的汽车鸣笛声,把这座城市喧嚣得怎么也安静不下来。

在王丫头设在开发银行内部食堂里的那个馆子里,王丫头招来刘改常和李二猴子,他们酒过三巡之后,开始密谋起了一桩不可告人的事。

说起王丫头、刘改常和李二猴子,他们可谓同流合污、臭味相投。他们同年实施犯罪,同年被判刑入狱,又同年刑满释放回家,有着共同的爱好、共同的经历和共同的语言。

今天晚上,王丫头作为他们的老大,首先提出了实施这个行动计划的主导性意见:

"现在老子们已经山穷水尽,只差把喉咙管子扎起来了,你们说怎么办?"

刘改常和李二猴子异口同声地回答:"我们听大哥的,你说咋办就咋办!"

"好。我们不愧是铁杆弟兄,一个战壕的战友。我现在说了,你们给老子听好,我们要去悄无声息地干一场惊天动地的大事!"

"什么计划? 真的惊天动地?"刘改常和李二猴子一听到"惊天动地"几个字,心里就有些发怵和害怕。

"你看你们两个狗东西那没得用的样子,老子的话还没有敞开说,你们两个狗畜生就吓得缩成一团了。"王丫头停顿了一会儿,"老子今天打开窗眼子说亮话,这件事老子是铁了心、钉了钉的,你们搞也得搞,不搞也得搞,不然的话,老子不挑断你们的脚后筋,让你们回家永远哄孙娃子了算是个稀奇!"

王丫头越说越硬,使刘改常和李二猴子没有一丝的退路。

"我们听大哥的,我们听大哥的!"

"既然说听老子的,那就必须按老子说的去做。如果哪个通风报信或者有什么闪失的话,老子真的是不会客气的!"王丫头说到这儿,伸出右手,突然向他面前摆的那张桌子上狠狠地一捶:"听到没有?"

"听到了,听到了。"刘改常看了一眼李二猴子,"大哥,我们现在等你发话,听你的指示。"

"好!"王丫头站起身子,接着又在桌子上狠狠捶一下。

"刘改常!"

"到!"

"你负责准备两根尼龙绳子和一条麻袋,还有一条毛巾,半小时之内给我赶回来,交我验货!"

"好,绝对没问题!"

"二猴子!"

"到!"

"你马上到街上买一把钢丝锁回来,然后把我这个馆子的地下室收拾干净!"

"好,我现在就去!"

二人离开之后,王丫头拨通他老婆的电话:

"我在旅行社已经为你订好机票了,你这几天去九寨沟和黄果树瀑布玩一圈,等我这段时间把馆子重新粉刷好了你再回来。儿子上学的事,我已安排好了,每天有人接送、送饭、洗衣服。另外给你准备了两万块钱,你就放心地去吧,到时候,我亲自手捧鲜花到机场去接你。记住,在外面千万不要背着我玩小白脸哟!"

"去你的! 你又在放我的鸽子。老实交代,你准备和哪几个狐狸精在一起鬼混?"

"不会,不会。糟糠之妻不能欺。你是原配,你就是老大,我哪敢背着你玩小三? 我是心疼你,你跟我一场,吃了这么多年的苦,受了这么多年的罪,守了七八年的活寡,你说我不应该有这点最起码的良心吗? 好了好了,还是那句老话,你就放心地出去玩吧。这次不算,等到我手里这桩生意做好了,保证叫你天天吃香的、喝辣的。现在就说到这里,机票马上给你送来,祝你开心,祝你平安,拜拜!"王丫头做了一个飞吻的手势挂断了电话。

王丫头的老婆说王丫头是在放鸽子,不能说没有道理。其实早在昨天上午,王丫头就已盘算好了,无论如何也要让他这个老婆闪到一边去,一来可以避避她问长问短,多管闲事;二来可以避免他们实施这个行动计划时,他老婆担惊受怕;三来怕老婆即使避开上面两点,如果事情搞砸了,警察会连他老婆一起逮,到时候鸡飞蛋打了,赔了夫人又折兵,上学的儿子也没有人管了,那才叫糟糕。因此,与其这样,不如来个轻装上阵,无牵无挂,一锤定音,一气呵成。

想到这里,王丫头笑了,笑得是那样的狰狞。

刘改常和李二猴子,唯恐怠慢,很快完成了各自的任务,分头向王丫头报到。王丫头倚靠在那把老板椅上,问道:

"都准备好了?"

"老大,都准备好了!"

"那我现在正式向你们下达行动命令。"

"大哥请讲!"

"今天晚上九点左右,你们二人负责在市交通局守候,等杨永康走出大门的时候,立即用毛巾把他的嘴捂上,然后装进麻袋,放进你们事先开去的吉普车后备箱里,直接拖到我这个馆子的地下室里。记住,行动的时候,手脚要快,用力要猛,如果遇到反抗,就先把他击晕。"

刘改常和李二猴子站在那里,立即做了一个立正的姿势,大声答道:

"是!"

王丫头顿时火冒三丈,看了看门口,压低嗓门骂道:

"是你妈的腿,你们两个狗东西生怕外面不知道!"

刘改常和李二猴子迅速低下了头，任凭王丫头训斥。

"我跟你们说，杨永康白天上工地，夜晚喜欢在办公室加班看文件、处理公务。差不多晚上七点半进办公室，九点多钟从办公室回家休息。你们去守候的时候，只能提前，不能晚到，如果放空了，老子要你们的命！"

"知道，大哥！"

"还有，如果有人陪他一起走出办公室，你们要快步上前，一个人负责收拾杨永康，一个人负责把那个家伙往死里整。总之一句话，你们今天只能成功，不能失败。我已打听好了，杨永康他今天没有出差，上午在市里开会，下午说要陪上级来客，你们要趁他晚上酒后半醉不醉之时一步到位，一下搞定。把他弄到我这馆子的地下室以后，捆住他的双手，用膏药封死他的嘴巴，再用链子锁把地下室的铁门锁好，叫他这个王八蛋喊天天不应，叫地地无声。然后老子给他一本信笺和一支笔，等到他啥时候给老子批几个两千万以上的工程条子，并且把保证书写好了，老子再给他放出来。否则，老子先给他剁掉一个手指头，让他尝尝老子的厉害！"

"如果他出来后报案咋搞？"李二猴子胆战心惊地问。

"老子谅他没得这个胆子，不然的话，老子连他老婆、娃子一起整！"

说到这里，李二猴子始终不敢相信这是真的，更不相信这次行动会成功。

王丫头不知道李二猴子的思想开了小差，也不知李二猴子打着另外的算盘，他一直沉浸在胜利的喜悦中——用即将到手的那笔极其可观的人民币规划着他的美好未来。

按照王丫头的计划安排和最高命令，刘改常和李二猴子各自回到家里，为了晚上的行动有足够的精力，简单地扒了几口饭之后，开始睡起觉来，所不同的是，一向吃得香睡得香的李二猴子躺在床上，翻来覆去怎么也睡不着。八年监狱生涯让他吃尽了苦头，家庭解散了，老婆跑掉了，唯有一个三岁的儿子，跟着他的老娘过了八年的凄苦生活。现在看上去，老娘已苍老得生活不能自理了，十一岁的儿子也变成了一个性格孤僻、不合人群的内向孩子。如果他李二猴子再把握不好人生的道路，再有第二次的牢狱之灾，会连老娘去世时的一眼也看不到，到那个时候，谁来照顾孩子，孩子会变成什么样子，恐怕谁也说不准。最起码的结果是，只会变坏，不会变好。真是到了那个时候，他李二猴子活在世上还有什么意思？何况我与杨永康这位公职人员一无冤二无仇，凭什么去绑架人家？更何况王丫头想的尽是好事，怎么就没有想到一旦事情搞砸锅了，会承担何等的刑事责任呢？算了算了，老子李二猴子只能当一次劳改犯，绝不当第二次劳改犯，宁愿饿着死，也不偷着生，老子凭什么要听王丫头的？老子干脆洗手不干了。说洗手，就洗手，老子现在就设法查找杨永康的电话，告诉他王丫头想纠集他人绑架他，让他有思想准备，帮他躲过人生的这场劫难。

半小时后，杨永康果真接到了李二猴子打来的电话：

"喂，杨局长吗？我是街上的李二猴子，现在我有一个重要的事情告诉你。"

"什么事？什么？哪个李二猴子？"

"我的学名叫李风云，我长得瘦，像个二猴子，所以他们就给我取了个'李二猴子'的绰号。"

"哦，你好，你说有什么事？"

"杨局长,你今天晚上千万莫到你们局里办公室去。街上的王丫头,你可能听说过他,他叫我今天晚上和另外一个叫刘改常的人来绑架你。你听我的,你今晚待在家里,哪里也莫去。"

"他为什么要绑架我?"杨永康有些迫不及待而紧张地问。

"王丫头说,你是市交通局局长,手里管着全市每年数以亿计的路桥建设工程。他说把你绑架起来后,把你关在他开在开发银行的馆子里的地下室里,给你一些笔和纸,直到你给他批几个两千万元以上的路桥工程项目之后再把你放出来,如果你出来向公安局报案,他会把你的家人往最坏的方向整。如果我和刘改常今天晚上不把你绑架起来,他就挑断我们的脚后筋。现在我是冒着生命危险向你通风报信的。你千万不要说是我告诉你的,不然的话,我的后果不堪设想。不过,今天晚上我还是要假装和刘改常去绑架你,等到晚上扑空了,我和刘改常一同回他那里,就说你今晚没去办公室,没有抓到你。"

李二猴子在电话里和杨永康说了这番话,杨永康相信了。于是,他立即改变他今天晚上到办公室阅文、看报纸的习惯,打算在家里待着。

夜晚时分,街上的行人和车辆穿梭个不停,李二猴子和刘改常如期来到市交通局大门阴暗处守候杨永康,刘改常全然蒙在鼓里,还时不时地提醒李二猴子注意目标。为此,李二猴子在心里笑,认认真真地玩弄着立功心切的刘改常。因为王丫头今天在安排这个行动计划时说过,如果今晚的事搞定了,给他们每人发五万块钱的奖金。刘改常一直怀着窃喜的心情,等待着太阳的下山和猎物的到手,仔细地盘算着五万块钱的用处和开销。说起这刘改常,现在吃的没吃的,穿的没穿的,平时寄人篱下,全靠王丫头把自己不穿的破旧衣服给他,撇开好吃懒做不说,这刘改常也算是蛮可怜的。今天好不容易遇到一个发财和改变他命运的机会,他希望尽快变成他梦想的现实。到那时候,一旦功成名就,他再卷被盖走人,远走他乡,带着老婆娃子过一段无忧无虑和惬意的幸福生活。此时刘改常如进入梦幻一般,想象中的一切,都是那么美好和令人快慰。

眼见八点、九点、十点过去了,手机不停地振动着,隔三岔五地收到王丫头的询问短信,遗憾的是,猎物一直没有出现,这让刘改常和王丫头之间出现好像既要屙屎又要尿尿的"两头急"的局面。

夜晚十一时,气不打一处来的王丫头干脆打来电话,问刘改常和李二猴子现在是什么情况,刘改常说未见目标,仍在守候。谁知王丫头大发雷霆:

"守你们妈的腿,都给老子回来,老子算你们的总账!"

刘改常和李二猴子顿时面面相觑,只好刀枪入库,马放南山,回到王丫头那里,去等待他那残酷无情的惩罚……

第十五章　冰天雪地里的那户山民

这场一尺多深的厚绒绒的大雪,弄不清昨晚上什么时候下的。冬日暖阳昨天还是好好的,现在一下子变成了这个样子,让陶常楚对这个突然到来的冰天雪地简直没有一丁点儿的思想准备。

今天一大早,他并不是在真正的天亮之后起床的。如果不是那一阵接一阵的鸡叫声把他从睡梦中催醒,他还没从舒缓过来的劳累和还没有完全甩掉的疲倦中走出来,再加上昨晚上抿的那几口自家酿出来的苞谷酒使他还有几分昏昏沉沉的醉意,他真的还想蜷在床上一觉睡到大天亮。

错就错在这场大雪映亮了他住的这个湾子的天空,恍惚了家里那几只公鸡往日的知觉,它们在见到白花花的光亮之后,以为是天快要亮了,所以就不停地你一声我一声地叫了起来。

陶常楚开始有点不敢相信,他在迷迷糊糊中挪起身子掀开了那张被柴火烟子熏得黄黄的窗帘子,看了之后以为真的天亮了,先是轻轻地蹬了老伴一脚,意思是提醒她天快亮了,然后自己穿起了衣服。

陶常楚住的这个湾子,过去有七八户人家,后来条件好的都搬走了,有的到县城里买了小产权房,有的则在镇里的街道上盖起了舒适的楼房,现在只有他这一户人家仍旧住在这个像盆地一样的湾子里,与老伴跟那个老实巴交的儿子和看上去很是精明的儿媳妇在一口锅里吃饭。一年到头,除了种地、喂猪、砍柴和洗衣做饭之外,还要照顾那个非常听话的孙子,从上幼儿园到现在小学六年级,天天送去接来,一天也没有间断过。

眼前的这场大雪,令陶常楚很是忧愁。因为现在的山里人跟过去不同了,尽管大集体时期分给他的几十亩责任山上长满了碗口粗的花栗树,由于封山育林的政策越来越紧,是以他祖辈留下来的那座专门用于烧木炭的窑,不得不在十年前就开始沉睡在那里,世代以来赖以取暖的木炭成了他可望而不可即的过往回忆。这些年来,他一直依靠从山上砍回来的木柴在火笼里供全家人围着取暖,但自从那年的那个冬天把坐在火笼上打瞌睡的孙子的一只脚烧伤之后,陶常楚在冬季里只要一烧燃火笼,心里的畏惧感和对孙子的愧疚感怎么也挥之不去,在一种不让孙子烤火笼和又心疼孙子脚手被冻的矛盾之中束手无策。好在今年县里搞"精准扶贫",镇里的工作队给他家送来了一套封闭式的既能安全取暖又能当灶台和桌子做菜吃饭的柴火炉子,这犹如射来的一束足以让陶常楚倍感温暖的阳光,为他全家度过这个残酷的冬天带来了始料不及的生机。过了一会儿,他安排老伴,要她去把孙子送到学校,由他自己在屋里按照说明书上的说明来把这套柴火炉子装好。虽然有些字他不认识,但是他会用"是字不是字,认个半边字"的笨办法,思情想理地慢慢地装起来。

对于这一件没有别的门路可想的事情,陶常楚无意间又想起了他那个通情达理和人见人夸的在外头打工的儿媳妇。如果她在家里,利索地把这套炉子装起来是绝对没有什么问题的。说起他的儿媳妇,当年完全是看在这一家人的厚道和陶常楚的才情而嫁给他那个别人看来略微智障的儿子的。那时候,陶常楚是大队的支部书记,把农业生产、集体经济和群众关系以及大队里的文艺活动搞得头头是道,公社里的广播经常表扬这个大队和推广这个大队的经验,大队连续几年都是全公社的学习榜样。当年这个能说会道的黄花闺女在自家的广播里听多了,便主动找上门来硬是要嫁给他儿子的。当时陶常楚觉得自己的儿子配不上人家,向她毫不隐瞒地告诉了自己儿子的实情和老婆生来就不会做饭洗衣的缺陷,哪知未来的儿媳妇毫不嫌弃,不顾家人的反对执意嫁到了这里。一时间,这事像一条爆炸新闻,传遍了整个大队乃至整个公社。后来,儿媳妇果真忠贞不渝、初心不改,除了勤劳扒苦做活孝敬公婆,还与自己那个看似智障实则忠厚老实的丈夫生下了一个聪慧过人的儿子,在这个比较贫困的家庭里过着自己心甘情愿的生活。

　　上午时分,年过七旬的陶常楚挂着那副老花眼镜,终于装好了炉子,接着又叫他那个老实巴交的儿子锯了些柴火搬到炉子旁,从菜园子里弄了半篓子的萝卜白菜之后,燃起炉子,操着锅碗瓢盆,开始做起了他这个普通人家的这顿早饭。从不远处望去,只见炊烟融化着纷飞的鹅毛大雪,在北风的呼啸下,零零散散地飘逝在湾子的上空。

　　现在,陶常楚和他的老伴以及他的儿子,在这栋高山上的盆地里用"干打垒"垒成的热乎乎的房子里,端着盛有苞谷糊粥和萝卜白菜的饭碗,慢慢地品着他们今天的幸福,也细细地嚼着他们知足的明天……

第十六章　样衰的乐神

　　根本不能怪倒座庙的人们个个直摆脑壳,那个住在深山老林里的羊咩子简直没有费二两的力气,竟然跑到倒座庙轻而易举地嫁给了那个相貌堂堂的张满仓。

　　那段时间,人们百思不得其解,一个一年四季在山里捆着头巾、穿着带襻鞋的山里人,完全是饥老鹰吃到了天鹅肉,真不知道哪方神仙给她弄来的桃花运,凭着那个谁看了都没有好感的女人相,把那个帅得让那些倒座庙的姑娘直流口水的张满仓一夜之间变成了自己的男人。

　　张满仓的家境贫寒是事实,他七岁没了爹,二十二岁又没了妈,住在一间油毡房子里过着极度困苦的生活,尽管如此,乡邻们认为张满仓千不该万不该地把自己的婚姻当作儿戏,做出了一个不负责任的选择。

　　说起这间房子,充其量算是能够起到一点挡风的作用。冬天冷,夏天热,晴天屋里出星星,雨天外面大下,屋内小下,根本称不上什么"安身之地"。还有衣不遮体、食不果腹的可怜日子,把他的青春活力与人生理想敲碎得云消雾散。他几乎没有了生活的信心和生存的希望,在不起眼的角落里和看不到黎明的黑夜里无声无息地存在着。

羊咩子不仅配不上张满仓而且还活生生地糟蹋了张满仓,这是倒座庙人的一致看法。在他们眼里,张满仓长得跟《闪闪的红星》里的潘冬子简直一模一样,若是生在一个有钱有势的好人家,他一定会娶到一位如花似玉的姑娘。一些大人毫不遮掩地说,张满仓的爹妈隔潘冬子的爹妈这么远,不知他们是怎样私下交流感情的,不然的话,张满仓的妈是绝对生不出一个跟潘冬子不差分毫的娃子的。

张满仓长得如此帅气,自然把羊咩子的长相甩到了十丈八尺远的地方。人们有些嫉妒甚至有些打抱不平,认为羊咩子完全是"乌龟吃大麦——活糟粮食",别说她和张满仓结为夫妻,即使是站在张满仓的身边,也是对张满仓的贬损和不敬。在这片为张满仓喊冤叫屈的议论声中,张满仓似乎一句也没有听进去过,因为他心里再明白不过了,既然上苍叫他接受了羊咩子,那就等于羊咩子和他便是一体。所以他没有心思去考虑什么漂亮与丑陋,只知道自己穷得整个身上没有一件像样的衣裳,那袄子棉裤、那上衣裤子,不是露着看得见的棉花,便是打着一个又一个的补丁,再加上住着一间破烂不堪的油毡房子,无论长得怎样标致和帅气,都不可能找到自己的心仪之人。

受这种心态的影响,越来越强的自卑感把张满仓向往美好的信心一步一步地拉到了谷底。他一直在苦闷中没有振作起来,也没有去寻求任何力量来改变自己的命运。思索之后,出于延续香火和传宗接代的需要,他不得不降低自己的择偶标准，在一位好心人的撮合下，在那个更是叫作鬼不生蛋的地方，草草地娶回了别人白天看了不想吃饭、夜晚看了不想睡觉的糟糠之妻。

就这样，张满仓没有向任何人吐露过心里话，只是一个人孤独地走在自己的内心世界里，羊咩子并不知道这些，自打走进这个家门以来，她把冲动与兴奋、知足与愉悦化为一串串的笑声播撒在这个穷苦人家的屋里屋外，带着美好的憧憬，用手用心创造着幸福的未来。

羊咩子是一个很会算账的精明人，她都是用算账来判断好与不好。她算的第一笔账，就是能够跟张满仓结为夫妻，这已经证明了她在生活的路上，大大地赚了一笔。因为她从穷山恶水的地方赚到了再也不需要翻山越岭的平原，赚到了一个她从来没有看见过的长得跟画上画的一样的男人。所以她对自己的婚姻非常的中意和珍惜，她的那张与众不同的嘴天天笑得跟开喇叭花一样。至于张满仓屋里穷得叮当响和吃不饱、穿不暖的问题，她觉得只要饿不死、冻不坏，通过他们四只勤劳的手，一切肯定会慢慢改变的。羊咩子算的这个账，不得不让倒座庙的人见识了她宽广的胸怀和长远的目光。

羊咩子还是一个明白人，与张满仓错得天远地隔的长相，她心里绝对是有数的。每当听到有人说她糟蹋了张满仓的时候，她总是一个哈哈打过山，然后无比自豪地说："老子这就叫本事，你莫看老子长得丑，老子生的娃子比你们哪个生的都标致。"然后屁股一扭，笑盈盈地扬长而去。

在后来的日子里，羊咩子确实始终以乐观无虑的姿态出现在倒座庙的这个冲积平原上。她一方面无怨无悔地打理着那个根本称不上家的家，起早贪黑,勤扒苦做,与张满仓一起,一天一天地改变着一家人的生存状态。另一方面,她一如既往地在倒座庙展示着自己不卑不亢的人格与尊严,在凡是能够改变她的心理情绪的任何场合中,尽力地丰富自己的精神生活。结婚的头两年,哪里热闹哪里有她,时不时地穿梭在邻里的红白喜事活动的人群当中,端盘子洗碗筷,搭讪客人倒茶水。一句话,只要是有音乐的地方,就有羊咩子在那里晃动的影子,以至于她成了这一带凡事必请的帮忙干活的人。

有一天,在隔壁的铁锤子为他妈搭起的灵棚里,羊咩子专门坐在棺材旁边不厌其烦地换着磁带找歌曲,不仅没有丝毫的恐惧感,反而为自己干了这份活儿感到无上的光荣。有时候,她还选择性地播放一些情歌山歌唢呐之类的欢快曲子,硬是把悲痛中的铁锤子的家人和前来奔丧的亡亲们弄得哭笑不得。铁锤子实在忍不住了,干脆请求主理丧事的督官把羊咩子支到外面干起了其他的活儿,才使得欢快的气氛恢复了沉痛。

最为特殊的是,羊咩子平时像是离开了音乐就不能活命一样,天天抱着收录机当饭吃。早些年,无论是割谷收麦子,也无论是锄草挑担子,那台双卡收录机不是挽在她的胳膊上就是挂在她的腰窝子上,硬是气得张满仓恨不得一砸了之。近几年科技发达了,羊咩子又用大功率的手机取代了收录机,从早到晚,从头到尾,从房前屋后到田间地头,让那些富有节奏和含情脉脉的音乐一刻不停地回响在她的耳旁。她一会儿哼着小曲干农活,一会儿唱着歌儿做家务,让快活的细胞和沸腾的热血活跃于自己的整个神经,于不知不觉中,甩掉了生活的烦恼,纾解了劳作的疲惫。现在更好了,羊咩子的大儿子从一个四处闯荡的打工仔当上了酒店的 CEO,二儿子经过十多年磨砺,在部队里当上了三级士官,家里的油毡房也变成了跟城里差不多的小洋楼。然而她却没有安于现状,又把歌声与微笑带进了五冲十八洼。她在手机上上网发现,现在都讲究食品安全,乡下的水果和蔬菜是城里人的"抢手货",于是她与张满仓没日没夜地开垦荒山,种上了好几十亩的果园和菜地不说,还喂养了几十只山羊和上千只的"上树鸡"。等到果子熟了,鸡下蛋了,蔬菜出田了,去城里大赚一把。果然到了这一天,羊咩子一点儿也不怕城里人笑话她这个丑陋的乡巴佬,大胆地跑到城里租了一间宽敞的门面,挂着"有机水果蔬菜供应站"的牌子,骑着那辆带有音响的"电麻木",风里来雨里去,快乐地挣着自己的辛苦钱。

半年下来,她毫无顾忌地拍着自己的大腿说,老子整整赚了一辆小车子的钱。如今,羊咩子虽然饱经了风霜,双手长满了茧子,脸上也布满了道道皱纹,但令人敬佩的是,她那带有磁性的朗朗笑声犹如天籁之音越来越清脆响亮地穿透在这个冲积平原上,那样子,生怕星星与月亮听不见;那神情,生怕彩虹和太阳不知道。

第十七章　从杨家寨到施家桥子

（一）

人到中年,总是有太多的回忆和牵挂。当完成长篇小说《躁动的山乡》和文集《我心深处》之后,我怎么也甩不掉老家和孩提时代这两个难忘而永恒的历史命题。这促使我在接下来的创作活动中,将小时候的那些欢笑和酸楚,用文字的形式吐露出来,以慰藉我那装满伤痛与委屈的心灵,捡回我那丢失已久的童心与欢乐。

（二）

跟一个不起眼的人联系在一起的,无疑是一个不起眼的地方。我的老家只不过是蛮河流域中游南岸的一个小得不能再小的冲积平原。她东起杨家寨，西至施家桥子，南靠一座绵延的山丘，北临一条弯曲的小河。知道她叫倒座庙的人，在南漳县并不多，在古城襄阳则更少。关于她的渊源，我只听说在嘉靖年间，一位宗教人士在这里建了两座寺庙，一座坐南朝北，一座坐东朝西，人们因而将这里取名为倒座庙。至于其他的事情，我几乎一无所知。

（三）

在我尚存的记忆里，倒座庙的村落主体是一家一家的商铺连接而成的一条古老而悠长的街道。她的身旁是波浪滚滚的蛮河。放眼望去，街道和河流浑然一体，相得益彰。白天，河里千帆竞发，百舸争流，"一条大河波浪宽，风吹稻花香两岸"的诗情画意，在这里表现得淋漓尽致；街上车水马龙，川流不息，"商人农人皆如此，讨价还价论高低"的交易场景，在这里表现得相当充分。夜里，河面波光粼粼，渔歌唱晚，有"孤帆远影碧空尽"之寂静；店铺万家灯火，推杯换盏，有"夜半笙歌颂乾坤"之喧闹。

在一年四季的大多数时间里，她像一幅"春风又绿江南岸"的美丽图画，向来来往往的匆匆过客展示着五彩斑斓的绰约风姿。听大人们说，她是西接南漳县城，东下宜城、汉江的水陆交通要道，南来北往的商贾们在这里尽显过无数风流。在我出生前后的那段岁月，经过重重波折，倒座庙由原来的那种原始和传统的繁荣，渐渐地走向衰落和萧条。

生命的邂逅

（四）

我至今仍不知道爷爷奶奶的名字和去世的时间，更不知道他们活了多大岁数和长什么样子。我曾经听母亲说过，父亲上头有两个哥哥，他们是在新中国成立前和爷爷奶奶前后离开人世的。父亲从十二岁那年开始，帮地主放了几年牛，随爷爷当了几年商贩；1948 年被拉去当了壮丁，编入国民党冯治安将军的部队，成为炮兵上等兵；1949 年初加入中国人民解放军，参加了淮海战役和抗美援朝战争；1952 年转业回乡后，与搬招子他爷和陈二奶奶一起，分得了草房各一间。再后来，陈二奶奶搬到倒座庙街上的中心地带，父亲以六十元的价格，用三年付清的办法，把陈二奶奶的那间草房买了过来。

（五）

我有两个名字，一个是小名，一个是学名。小名是父母根据家里的门向取的。因为我家的大门对着东去的蛮河，所以他们给我取了"迎河"这个小名。时间长了，左邻右舍的父老乡亲都把我喊成了"迎河子"。

到了上学的年龄，母亲按照自己的意思，给我取了一个叫"张志学"的学名。上小学一年级那年，我硬是哭着喊着要与三哥换名字，结果把三哥在学校里已经用了两年的"张志华"这个学名变成了我的名字。

（六）

　　搬招子、杨老五、杜强国是与我同年不同月的儿时伙伴。无论捡柴、打猪草，还是上学、挖药材，我们都是结伴而行，形影不离。他们中间，搬招子和杜强国是姑舅间的表兄弟关系。按倒座庙约定俗成的规矩和父母沿袭下来的习惯，我们虽然年龄相仿，但辈分不一样，他们二人一直称我为"四叔"。平日里，他们对我唯命是从，给了我最大的尊重。我们和谐与友好相处的程度，是周围任何儿时伙伴所不能达到的。

　　唯独那个机灵过人、聪明绝顶的杨老五，和我之间的关系始终处于好不了三天、离不了两天的波动状态。我与他无数次刀棍相交，在倒座庙的大人们面前，演绎了一系列惊心动魄和鸡飞狗上屋的令人啼笑皆非的故事。

（七）

　　小时候，在那些可供我们玩耍的地方，我们不断地变换着玩耍的形式和内容。与杨家寨连在一起的百亩洲、和尚塔、杀人洼和乌龟包子等，给我们带来了无穷的乐趣和欢笑。

　　杨家寨是倒座庙这个地方海拔最高的寨子。白莲教盛行时期，白莲教的首领向杨家山运送了大量石头，然后垒成山寨，杨家寨由此得名。到了我们这一代，杨家寨已经失去了往日的风光。我们小时候常常爬到杨家寨顶上,搬起那些石头,将它掀向五百多米深的寨脚,此举不知吓倒了多少从寨脚路过的人,他们无不在"妈啊"连天中幸免于难。

杨家寨脚下,是蛮河之水冲积而成的一个沙滩,叫作百亩洲,那上面长满了芭茅,与电影里的芦苇荡一样。我们小时候在仰望头顶上飞着的"人"字形大雁之后,跑到这里面捡过一窝又一窝野鸭蛋,也围追堵截过不少野兔子。

紧挨着百亩洲的是一片茂密而高大的柳树林子。小时候,我们除了在这里乘凉,还在这些树上捣过很多鸟巢,捅过大人们根本不敢捅的马蜂窝。

和尚塔是专门为倒座庙的和尚圆寂而建的一座塔。不知何时,塔身被人掀掉了,但是它的痕迹依然存在。小时候,我们不晓得它的来龙去脉,在这里无数次地玩过、耍过、打过、闹过。

杨家寨半山腰的平地上,有一个小山包,因形似乌龟而被叫作乌龟包子。它的周围长满了各种药材,小时候,我就在这一带采挖药材。

杀人洼是一个让人毛骨悚然的地方。听大人们说,1949 年以前,日本人和当地的土匪在这里杀害了不计其数的百姓。小时候,我每次到镇子上去卖柴,母亲总是提着马灯,一直把我送过杀人洼,才一步一回头地走回家去。

(八)

小时候,最让我和我的伙伴一年四季流口水的,莫过于百亩洲的那片淤泥和河沙相融合的土地了。因为它是倒座庙的萝卜、花生、西瓜和香瓜的最佳生长地。我们每年都盼望着它们成熟的季节的到来,企求在那个吃不饱、穿不暖的年代,能够吃上这些令人垂涎三尺的上等零食充饥解渴。我们白天侦察,夜间偷袭,进行一次又一次诡秘行动,在提心吊胆中饱食了这些非常可口的食物。

(九)

从柳树林子和百亩洲头往东走去,是蛮河流域浑然天成的一个回水湾。这个宽大无比的回水湾中间,有一个好几十米深的深潭。深潭旁边长着许多四五十米高的参天大树。小时候,我们常常在夏天爬到这些树上,然后毫不畏惧地跳向深潭。刚开始时,我不懂这种跳水技术,平着身子跳到水面,肚皮受到了水面的重重撞击,那疼痛难忍的滋味,没有这种经历的人是无法体会的。

(十)

乌龟包子的药材、桐籽、木梓和那些乌梢蛇、松花蛇,在我懂事之后,几乎成了我和母亲生活中的绝大部分经济来源。我的全部学费和第一双尼龙袜子,就是依靠这些东西从供销社换来的。记得有天晚上,我从乌龟包子回来,到门前的水沟里洗脚,无意中被一种叫"桑树根"的毒蛇咬了一口。就是因为它咬的这一口,我的双腿在不到十分钟的时间内迅速浮肿,以致全身疼痛万分。于是我大声哭喊,大哥和三哥闻声赶来,迅速把我背到乡卫生所救治。如果当时没有他们，就很难想象我能活下来。

（十一）

施家桥子是我姐姐的婆家所在的地方，房屋附近的山那边有两棵千年的樱桃树，山这边有三棵百年的柿子树。在那个饥饿难耐的年代，我常常以到大柏树那里玩耍为由，去那里弄一些柿子和樱桃来充饥。我的母亲其实知道自己这个年幼的儿子的幻想和动机，表面上允许我去玩耍，心里想的却是由着我。因此，我在施家桥子那里，从樱桃的酸和柿子的涩一直吃到它们成熟。

（十二）

其实我完全知道父亲去世后的贫穷家境与母亲守寡的艰辛和不易，但是在内心深处，我仍然企盼客人来我们这个贫困潦倒的家里做客。这样，我不仅能够闻到扑鼻的香气，而且能够尝到客人剩下的饭菜的味道。这时候，哪怕是喝汤，哪怕是抄碗，其中的滋味是平日的萝卜饭和南瓜汤无法比拟的。我还可以利用母亲叫我去供销社打酱油、买醋的机会，拿到一两分的零花钱，然后买上一两颗糖果，含在嘴里好好品味。尽管当时这种概率小得不能再小，但我仍然不厌其烦地等待着这种机会的到来，哪怕一百次等待里只有一次。

（十三）

老雁子、小强国和唐如意这三个人，是要么比我大两岁、要么比我小两岁的娃子。其中老雁子喜欢独来独往，一般情况下，我想跟他玩，他却不跟我玩。小强国则是一个他想跟我玩、我也想跟他玩的人。他的母亲在他刚刚懂事的时候，迫于生活的压力，在他人的拐骗下去了河南。他从小就没了母亲，我从小就没了父亲，我的心中始终怀着对他的无限怜悯。此间我虽然一直关爱着他，但是在一次水下嬉闹过程中，由我和杨老五亲手导演的一场"倒插葱"的游戏，差点儿让小强国死于非命。

（十四）

我和杨老五、杜强国、搬招子最见不得的，要数那个年龄跟我们差不多的叫"王少爷"的娃子了。他从小就是一个屙屎不擦屁股、一到夏天身上就长满痱子、让我感觉跟母猪一样肮脏的娃子，再加上他是一个偷了五个杏子，只说捡到一个桃子的极端自私的家伙，我不得不多次警告而且经常发动杨老五、搬招子和杜强国他们，把他赶出我们的圈子。后来，他从我和一位复员军人手中，强行夺去了生产队里蛋鸭的承包权。

（十五）

在我小时候的那些故事中，我最想写的是关于张家玉的事。他比我大十好几岁，是一个父母早逝、寄人篱下的孤儿。

1983 年 8 月，当听说我将离开家乡、奔向县城的时候，他没有受任何外界因素的影响，自发地找到我，从他的荷包里，把他不知积攒了多长时间的三块五毛钱的积蓄掏出来，慷慨地送给了我。我当时非常迟疑，他坚定地说："兄弟，接着吧，你现在最缺的就是这个了，千万不要不好意思，等你得志之后再还给我吧！"这句话，我一直牢牢记在心里，一直寻找着报答的机会。

1986 年，当我成为一名人民警察之后，我却突然改变了加倍偿还这笔钱的想法。为了记住这位兄长的恩德，我决定永远欠下这份无法用金钱衡量的厚重人情，让我的妻儿和我一起永远记住，在我人生转折的关键时刻，这位孤儿出身的兄长所给予我的令我毕生难忘的一助。

（十六）

在我小时候的故事情节里，唯一没有写到的是我的姐姐和妹妹。在这里我只想告诉大家，我那年迈的姐姐早已光荣退休于新疆乌鲁木齐建设兵团。我的妹妹在农村过得非常艰辛……

（十七）

这些故事的创作完成,得益于"中国香漳缘论坛"的网友和"迎河子博客"的粉丝,特别是舒静女士、雷光映、肖棣、徐皓、王云峰老师和易学大师邓贸麟先生的支持与鼓励,在此一并表示衷心谢忱!

第十八章　关于我和女儿的话题

（一）

更加感到作为父亲的责任重大和父女情感的重要,是在女儿去年上初中以后开始的。

从那个时候起,不管我在天南海北,还是在城里乡下,心中的牵挂总像一根悠长飘逸的纽带时刻把我和女儿紧紧地系在一起。

也许是过去的那些日子我在女儿面前欠下了太多的情感和留下了太多的遗憾,也许是我在不惑之年的岁月里,成熟与老练向我频频地发出了向它走去的信号和靠拢的邀请,所以才使得我把血肉和亲情的珍贵,当成了生活中的天大事情,那呵护的重心和疼爱的天平在陡然间倾向了女儿。

（六）

我在女儿面前做得比较好的,应该是在她不懂事的这些年,从来没有在她让人恼火的时候滋生过用武力让她屈服的念头。之所以这样,是我总认为人生的短暂和人格的平等应该在父女间得以恒久地珍惜和实现。我始终把女儿放在一个与我同样的平台上,让我们在实现自己人生的时候,没有老与少、大与小的差别。吃饭,我让女儿优先;叨菜,我让女儿选择,一切的一切,像兄妹,也像同志,似知己,也似友人。为什么? 原因很简单,因为她是我的影子,也是我的后代,是我的继承和延续。

（七）

我很感激女儿在清晨上学的时候为我提供了与她联络情感的机会,然后又在她学习精神的带动下,启发了我接着再去晨练。当我在一个个清晨把女儿送到学校门口挥手告别的时候,我便自觉地跑到蛮河岸边开始了自己的锻炼。一年多来,我既收获了父女间情感的硕果和女儿学习成绩的位次前移,又促进了中年时期的身体康健和对过去执意追求的东西的淡化,一种淡雅的平衡的心态使我的人生观、世界观和价值观慢慢地、慢慢地步入了正确的轨道。

（八）

女儿的天赋，似乎得到了所有认识她的人的认可，我不指望女儿今后有惊天动地的壮举，只希望她像常人一般，充当这个社会中与律师、与医生、与科教有关的正常的能够担当社会公平与正义的人。

说实话，每当闲暇之余，哪怕是女儿不在自己的身边或者是自己处江湖之远的那几天，我都没有忘记思考"父亲"这个沉重而神圣的命题，更没有忘记对女儿成长过程中的忧虑与期盼，整个心路历程竟然魂牵梦萦般地沿着女儿的言行举止记录在历史的页码上。

现在，我已经一次又一次地认定了女儿是我的精神支柱，因为她那即将释放的光环，可能会照亮我今后的生活航向。

现在，在生活中，我已无法离开女儿，她为我增添了生活的力量，因为她像一束绽放的花朵，正在我的身边散发着任谁也挥之不去的芳香……

第十九章　记录冯娟

冯娟，一个文静而温柔的名字，一位憧憬美好未来和向往幸福生活的女孩。

也许是山里太穷了，在新世纪的钟声还没有敲响的那一年，这位正当花季的山妹子，带着美好的憧憬，步履维艰地走出高山，开始试探性地揭开大千世界的神秘而精彩的面纱……

临走时，老实巴交的父母一再叮咛年方十八的冯娟："孩子，如果路不好走，就早点回来。"

"嗯。"冯娟淌着泪水，默默地点着头。

走的那天，父亲在床头底下翻出了他积攒多年的五百元钱交给她作为南下打工的盘缠，母亲也为她置了一套在山里人看来比较高档的衣服。就这样，她离开了她的父母、乡亲和这片土地。

打那以后，父母一直等待着娟子的消息。

谁知一走就是大半年。这段日子，娟子在人地生疏的沿海四处奔波，始终没有找到一份属于她的工作。

那天，她在用完最后一元钱之后，终于想起了父母，她想放弃打工。

就在她大步走在回家路上的时候，一只罪恶的黑手突然向她伸来："要工作吗？跟我走。"

于是，娟子就跟着他走，以致走向了禁锢人身自由的深渊……

开始，魔鬼要娟子无条件顺从于他，并企图强行施暴，娟子不从，断然反抗："不，就是不！"

魔鬼凶相毕露，随即递过一把菜刀："那你就自己砍掉自己的手指吧。"魔鬼恶狠狠地威逼着说。

"只要你肯放过我。"说罢，娟子双眼一闭举起菜刀，随着"嘭"的一声闷响，鲜血溅满了她的衣衫。

魔鬼见状无奈，顿时变本加厉，拿着药进一步威胁道："即使你今天死了，我也不会放过你。"

此时，可怜的冯娟孤身一人，欲逃不能，欲叫无力。为了保全自己的清白和贞操，做出了连魔鬼都不敢相信的选择……

2002 年 7 月 5 日写于板桥西流水

（这是一个悲壮的故事，也是一个不应该复制的故事）

第二十章　灌满耳朵的天下第一骂

　　搬招子他妈是一位城里姑娘。为了娶到这位城里姑娘,搬招子他爹天天给杨老五的老爹炒花生和大豌豆。杨老五的老爹终于被感动,才把这位城里姑娘介绍给搬招子他爹的。

　　杨老五的老爹年轻的时候就是倒座庙这一带的风云人物,凭着他喝的一肚子墨水和三寸不烂之舌,硬是把县城陈氏家族号称五朵金花之一的搬招子他妈从城里骗到乡下,最终让她走火入魔地嫁给了搬招子他爹。

　　搬招子他爹和迎河子的父亲一样,住在政府从地主那里没收过来后分给他的那间草房子里。搬招子他爹能够把搬招子他妈娶到手,足以显示了杨老五的老爹翻手为云、覆手为雨的神通。倒座庙的年轻男人们好长时间都不敢相信这个事实。

　　随着岁月流转和时间的推移,由杨老五的老爹亲手成全的这桩神话般的婚事渐渐地褪去了那层迷人的色彩,倒座庙的乡土气息把这位来自县城的姑娘演变成了一位十足的农家妇女。

搬招子他爹对他这桩神奇而浪漫的婚事不再像当初那样上心,那时,他天天哄着、围着搬招子他妈提心吊胆地过日子,但是他那种惰性和无所谓思想不时地显现在搬招子他妈的面前。那悠然自得、漫不经心、撅屁股懒动的样子,简直让心直口快的搬招子他妈不知道用什么办法才能收拾他。为此,搬招子他妈在恨得牙痒之际,只有破口大骂。

那一天晚上,搬招子他爹一顿吃了两大碗干饭,又喝了一小盆子稀饭,然后,点着煤油灯,大口大口地抽着他的旱烟袋。搬招子他妈叫搬招子他爹把煤油灯吹灭了再抽,免得无事抽烟浪费油。搬招子他爹听后不仅没有把灯熄掉,反而还嘿嘿笑着抽出一根火柴棒,把煤油灯拨得更亮。搬招子他妈气急了,顺手从厨房里拿起一把锅刷子直接朝搬招子他爹头上打去。搬招子他爹简直跟没有发生任何事情一样,若无其事地照样抽着他的旱烟袋。搬招子他妈拿他无门,于是便破口大骂起来——

搬招子他妈把这些骂人的话重复了多遍,一骂就是一个时辰。

遗憾的是,对于搬招子他妈这些骂得跟歌儿一样的话,搬招子他爹却像取乐一样,在那里笑眯眯地听着,任凭搬招子他妈对他轮番轰炸。一直等到搬招子他妈骂得有气无力了,搬招子他爹才慢吞吞地站起身子,伸了几个不紧不松的懒腰,打完几个习惯的呵欠之后,才带着一天的疲惫,进入他的梦乡。

就这样子,搬招子他妈不知骂了搬招子他爹多少年,一直骂到搬招子谈恋爱了,搬招子他妈才停止了对搬招子他爹的"天下第一骂"。

而搬招子他们五个当儿女的,从来没有对父母这种行为进行过丝毫干涉和责怪。因为他们不懂得笑骂之间的各种缘由,他们只知道这是他们的父母,他们是儿女……

　　现如今,搬招子的爹妈已是八十多岁的老人了,岁月的风霜虽然吹皱了他们的脸颊,却没有吹老他们那颗年轻的心。每当迎河子回到倒座庙的时候,搬招子他爹妈那笑嘿嘿和呱嗒嗒的声音总是亲切地回荡在他的耳旁。此刻,他好像回到了过去,好像回到了童年……

第二十一章　好一个尖嘴子

　　甄狗屎是通天市的干部圈子里给市机电管理局的副局长甄世怀取的一个绰号。一些认识他的人之所以这样叫他,是因为他一是嘴不值钱,热衷于评头论足,说长道短,成天在办公室里除了抽烟、看报、上厕所之外,绝大部分时间,习惯于把张三的不足、李四的混账总是放在自己的舌头尖上。二是乐于道听途说,打探小道消息,然后以此为据,通过各种渠道进行传播。时间长了,人们便看穿了他丑陋的嘴脸和肮脏的灵魂,说他好比是"狗嘴里吐不出象牙"和"人肚里拉出的尽是狗屎"。后来,人们不约而同地把甄世怀喊成了甄狗屎,于是乎,甄狗屎这个古怪而不雅驯的名字便不翼而飞,传遍了通天市市直机关的每个角落,几乎达到了家喻户晓、人人皆知的境地。

　　今天上午一上班,甄狗屎就端起了泡着铁观音红茶的那个又粗又长的塑料茶杯,开始串起门来。他先是来到财务科,满脸堆笑与那个美女嫂子打着招呼,不料美女嫂子一见他来,拎起自己的女式包,站起身来,开门见山地说道:"甄局长,我现在要到银行划几笔款子,你先到这里坐一会儿。"美女嫂子说时迟,那时快,像风一样地从甄狗屎面前刮过,她用力把门一关,将甄狗屎一人关在财务科里。甄狗屎顿时不知所措,呆呆地听美女嫂子的高跟鞋发出的走路声,渐行渐远地向楼下走去。

甄狗屎自知讨了个没趣,不敢独自在财务科久留,否则怕别人看见了,他说不清也道不明。僵硬的身子像木偶一样,做着起身、开门、关门的动作,然后拖着沉重的步子,犹如一头在泥潭里行走的怪兽,艰难而怪异地向另一个地方走去。

甄狗屎带着自己的癖好,最终来到了与财务科相隔不远的机电档案馆,他皮笑肉不笑地站在门口,见大厅坐着十几号人,一眼望去,有生人,也有熟人,有叼着香烟的男人,也有浓妆艳抹的女人,他顿时眼前一亮,清了清自己的嗓门,用领导的姿态和口吻向大家打着招呼。

"同志们好,同志们辛苦了!"

"哎哟,甄狗……"话刚出口,档案员小静赶紧打住,吐了吐舌头,连忙改口道,"哎哟,甄局长大驾光临啊,欢迎欢迎,快坐快坐!"

"什么大驾光临呀?!我昨天下午还来了的,不过呢,我这人很注意联系群众,对同志们可谓一日不见,如隔三秋啊!"

"甄局长,看您说的,说明您心里始终装着我们哟。呃,甄局长今天给我们带了什么大新闻、好消息啊?"

"莫说起,我今天还真给你们带来了特大新闻:昨天晚上,市纪委一夜之间双规了三个'一把手'局长!"甄狗屎瞪着双眼,眉飞色舞地说道。

"哼,妈的,'四大金刚'进去了三个,还剩下一个,我看是'兔子尾巴——长不了啰'。"甄世怀说。

档案员小静听到这里,连忙追问欲言又止的甄狗屎。

"不会吧,怎么会一下子进去了三个?"

"信不信由你,反正人进去了是真的,我现在的兴趣已不是这三个进去的人了,现在让我最纠结的是,我在想还有一个什么时候进去。"

小静听到这里,顿时不悦起来,拉着脸,毫不客气地问着甄狗屎:"你这人怎么这么喜欢落井下石、幸灾乐祸呀?"

"呃呃呃,姑娘,话可不能像你这样说啊。我的意思是既然同是'四大金刚',那么就应说一起进去,何必冷火秋烟、吊儿三垮的,今里进去一个,明里进去一个呢?"

"你这完全是唯恐天下不乱!"小静毫不客气地说。

"这不是乱不乱的问题,而是屁股丫子干净不干净的问题。我就不信那个杨永康就这么廉洁,不为金钱所动。一年从他手里过往资金一个多亿,我只说他一百块钱贪一块,那一年下来也是百把万啊。他不是圣人,也不是神人;他不是君子,也不是完人,问题肯定有,无非是多少说话。我敢打保票,不查他便罢,只要一查,我敢保证一查一个准。好,就算我不说他贪污,起码他也有受贿啊,你想想,整个交通系统一共一千七百多名干部职工,各种'公鸡头上一块肉——大小是个官'的,起码有两百多人,只说一人一年给他送一千元钱,那么二百多人算下来就要给送二十多万元。你算算,三年下来就是六十多万元,四年下来就是八十多万元,这还不包括外面求他给他送的,平时赌博让他赢的,如果通盘算账,无论怎么说,一年也不会少于三十万元。你说说,在这样的岗位上工作的人不犯错能有几个?"

"甄局长,我现在要抓紧时间整理档案,没有时间陪你捕风捉影了,你觉得现在谁不打你、谁不骂你你就到哪里去吧!"档案员拿起甄世怀那个满是茶垢的茶杯,捂着鼻子递给他,下了一道不由分说的逐客令。

甄世怀几乎是被档案员小静推出档案馆大厅的,里面的十几号人没人阻止小静的这一举动,只见他们的目光对小静既有些诧异,又有些钦佩,同时对甄世怀既有贬看,又有些讨厌。直到他们发现小静的脸上有几丝愤怒的时候,才对小静不停地安慰起来。

原来,小静和杨永康认识。当年杨永康在市供水公司当临时工的时候,身为公司办公室主任的小静的母亲,对杨永康的好学精神、勤劳态度以及谦虚为人方面很是佩服,同时对杨永康自幼失去双亲和在公司里做临时工的处境又很是怜悯和同情。这还不算,最让小静的母亲心动的是,这位来自农村的小伙,与小静的年龄十分相当,如果把杨永康作为自己的未来女婿,应该说是牛郎配织女,麒麟配凤凰,叫作天生的一对,地造的一双。小静的母亲一直在自己心里把这当成一件好得无二的事情。每逢星期天的中午,便事先告诉杨永康,要他去她家里吃午饭,高桌子、低板凳的,搞得蒙在鼓里的杨永康满头都是雾水。因为自卑一直萦绕着他,他根本不知道在他心目中形象崇高的办公室主任的这种安排是什么意思,也不敢奢望自己能够有缘走进这个家庭,使这里成为他的爱的港湾、爱的归宿。所以,他只会在这里干一些诸如打扫卫生,或者转煤球之类的事情。到了吃饭的时候,便是一声不吭地低头吃饭,如果不遇到小静她妈说话、打招呼,他是不敢说任何话的。虽然这其中带有紧张和不好意思的成分,但是在小静看来,看他这个拙口笨腮和老实巴交的样子,今后不可能有什么大的出息,也不可能给她带来什么幸福。三个月过去,小静想来想去,向她妈妈婉拒了这门亲事。小静的妈妈是个教书出身的知识分子,对女儿的选择没有干预下去,所以毫不知情的杨永康退出了她妈刚刚搭起的这个爱情舞台。

现在,这件事情虽然已经过去二十多年了,但是后来随着命运的安排,杨永康一直没有跳出小静的视线。他先是一夜之间成为人民警察,这让好像睡梦中的小静突然被唤醒了一样,她责怪起自己当年的错误决定。几年后,她的那颗心好不容易平静下来,殊不知这个当年老实巴交的乡下娃子当了警察不说,五年之后又成了负责侦查刑案的市公安局副局长,再后来,又是镇长、镇委书记的,硬是不间断地在她心海里掀起一层又一层的涟漪和波澜。眼下,身为交通局长的杨永康,被甄世怀说得唾液四溅,若不是看在甄世怀是她顶头上司的分上,小静恨不得走上前去狠狠地抽他甄狗屎几耳光,以解她的心头之恨。坐在那里一直在观看刚才一幕的人们,似乎注意到小静在情感上的微妙变化,但他们谁也没有问,谁也没有说,只觉得甄狗屎所说的那些话,好像一根钢针深深地刺进了小静的心里,他们感觉到,现在小静的心,好像在流泪,也好像在流血⋯⋯

第二十二章　万能的杨猫子

　　杨永康好几天没有上网了,今天晚上待他批阅完那一沓厚厚的文件,一打开电脑,只见自己的QQ上不断地闪烁着一个陌生的头像。他点击定神一看,一串长长的文字,介绍着对方的情况:

　　　　四哥,我是老家倒座庙村十组的小猫子,原来在市电视机厂工作。十年前工厂倒闭后,我先是蹬了几年的人力三轮车,后来,三轮车不准搞了,我又开了几年的馆子,赚了一点小钱。去年听说基金、股票行情好,我索性当起了股民,结果,买的基金不赚不赔,买的几只股票,把我前几年开馆子赚的一点血汗钱全部砸进去了。现在老婆子要离婚,兄弟间不来往,社会上的人瞧不起,吃饭打饥荒,现在我什么都不差,就差跳楼自杀了。四哥,你我都是姓杨的,求你看在我们同宗同族的分上帮我一把,不然的话,我只有死路一条了。

此致,敬礼! 期盼四哥回音。

杨猫子

　　杨永康看完这个不长不短要求加为好友的留言之后,想起了杨猫子。在他的印象中,他们是老乡、同学,但不是同宗同族的家门弟兄。杨猫子称他为四哥,这是根据杨永康在家里的排行来喊的。他把杨猫子加成了好友。因为俗话说得好,"亲不亲故乡人",杨永康的心里也想和这个"前搭后"长大并且在一起玩耍过的老乡兼同学在一起联络联络,回忆一下过去的感情。

　　杨猫子简直就像天天守在电脑上等待杨永康一样,杨永康刚把他加为好友,他就"嘣"地一个留言发了过来。

　　"四哥你好,谢谢你瞧得起我,把我这个穷困潦倒的人加为你的好友。"

　　杨永康现在既有兴趣,也有时间,于是便跟他聊了起来。

　　"只要时间允许,聊天并不是什么坏事,更何况不加你为好友,心里过不去啊!"

　　"没想到,四哥官已至此,还这么重情重义,在这么强势的政府部门当局长,能和我聊天,大大地看得起我了!"

　　"什么强势不强势,你我都是人一个、命一条,当官的早晚是要回归平民生活的,不能当官了,就忘了七情六欲了,你说是吗兄弟?"

　　"是哩是哩。我小时候就觉得你与众不同,穿衩衩裤子的时候你是我们的头,长大了你是县里的官,说实话,我打骨子里佩服你!"

　　"过去都是小娃子,不懂事,成天疯疯打打,吵吵闹闹,天真无邪,无忧无虑。那时候虽然生活水平低,但是过得很愉快。现在不知不觉长大了,立了业,成了家,虽然增添了小时候不曾有过的风光,品尝了改革开放和物质丰富的果实,但是总觉得现在生活也累,工作也忙,不如意和不理想的状态时刻笼罩着我们。越是想搞好的事情,越是搞不好,越是想回避的现象和情况,越是要直接面对。比如你买股票想赚钱,结果亏了个一塌糊涂,比如我想当一个'不粘锅'的局长,人家却说你不懂人情世故,硬是想着法子非把你拉下水不可。总之,现在为人夫,为人父,为人君,为人臣,为人友,为人亲,都不是一个简单的事情,困扰你的东西太多了,太形形色色了。所以说来,人人都有一本难念的经。"

"四哥,你认识分析问题很到位,很有深度,这些话说得很到位、很有理。但是说去说来,我还是厚着脸,请求四哥在适当的时候拉我一把。我现在的精神垮定了,理想破灭,事业衰败,家庭不和,妻儿远离。混得人不像人、鬼不像鬼的,我真的很想一死了之。呜,呜,呜。"

"兄弟,别这样,摔跤子不怕,怕的是摔了之后不爬起来,怕的是破罐子破摔。"

"四哥所言极是。冲破黎明前的黑暗,需要太阳;黑夜里前行,需要灯光。我现在什么依靠也没有,只有依靠四哥这根救命稻草了!"

见杨猫子说到这里,杨永康一是感觉到他还有一些文化素养,所说的这些言语还符合逻辑规律。二是感觉他说的这些话,还算是一些掏心窝子的话,让人同情,也让人动心。怎么办呢?杨永康对他毫不戒备地回道:"等哪天休息的时候,市里无会或手头上的工作闲点了,我们回老家转转,一是散散心,甩掉这些乱七八糟的事情,轻松轻松。二是到我们小时候玩耍或打猪草、捡柴火的地方,拾回我们童年的记忆。"

杨永康这么一说,正合杨猫子的心意,他一直巴不得近距离接触几十年来陌生而熟悉的杨永康,为他当前十分糟糕的生活窘境找到一条扭转乾坤的出路。而杨永康的想法却是简单的,这就是联络乡情,叙旧话新。

三天之后,杨永康迎来了一个无会无事的双休日。这天早上,杨永康少有地睡着懒觉,在洗掉昨日灰尘的同时,也想甩掉往日积累的困倦。杨猫子自从那天晚上和杨永康网上聊天之后,兴奋得几乎睡不着觉。他与他的妻子共同分享着喜悦,以迫不及待的心情,盼望着这个双休日的到来。

这天早晨,杨猫子早早地来到了杨永康所住的市交通局家属院,从七点等到八点,从八点又等到九点。快十点了,杨猫子再也无法按捺自己的焦急,掏出手机,战战兢兢地拨通了杨永康的移动电话。

那天,杨永康在网上把电话号码告诉杨猫子的时候,并没有索要杨猫子的电话号码,因此还有几分睡意的杨永康见显示的是一串数字而不是人的姓名,在蒙眬中就直接挂断了杨猫子的来电。杨猫子好是失望,无奈地站在那里。过了一会儿,他再次打开手机,按下了重拨键。杨永康听见铃声,无法再睡下去,起身接听:

"喂,请问哪位?"

"是我,四哥! 我是小猫子。"

"有什么事吗? 我还在睡觉,对不起呀老乡兄弟。"

"没事没事,我看今天的天气好,刚好又是个星期六,我想约你到老家转转。"

"好的好的。我马上起床。"

"我现在在交通局家属院等你，你莫急。"

"好好好，半小时后我就下来。"

挂断电话，杨猫子心中大喜，他庆幸自己终于与这位主管全县大量交通工程项目的局长挂上钩了。在以往的日子里，他和别人一样，对可望而不可即的杨永康总是敬而远之，现在看来，他过去这种观点确实错了。原以为居高临下的杨永康难近难交，实际上一旦接触起来，却是如此的容易。现在，他的心情非常爽，骨头有些酥，那爽的味道和酥的感觉是根本无法形容的。他现在晕了，好像天在转，地在旋；好像云中飞，雾中游。他认为，如果说前些年是他的相克之年的话，那么今年无疑是他的相生之年，因为人事顺达、心想事成是他今年最好的写照，前几天的聊天和今天的约会成功，就足以说明了这一点，易经哪易经，你真是太神奇、太奥妙无穷了。有人说前些年上苍克我，灵了；现在，有人说今年上苍生我，也灵了。他双手合十地放在额前，做着谢天谢地的样子，看上去有几分虔诚，也有几分庆幸；有几分感激，也有几分得意。他的脸上，神采飞扬，他现在有说不出的高兴、欢欣和鼓舞，恨不得像雄鹰一样，在天空上展翅飞翔！

听见杨永康的下楼声，杨猫子赶紧镇静了一下自己。

脚步渐近门口，杨猫子迎了上去：

"四哥，今儿没打扰你休息吧？我今天真是矛盾两重天，一方面既想约你回家转转，另一方面又生怕影响了你难得的休息。"

"其实不必，其实不必，你我又不是陌路相逢的，虽然多年不见，但彼此至少有过挂念。今天同回老家，是你我共同的愿望，所以客气的话就不必说了。"

经杨永康这么一说，杨猫子紧张的神经似乎舒缓过来了一些，说道："四哥，今天就不用你的坐骑了，就坐我这个破旧的车子。虽然让你有些委屈，但免得别人说闲话。"

杨永康听之有理，愉快地坐进了杨猫子那辆半新不旧的富康轿车。

"四哥，今天你坐车如果不严肃，我开车就不会紧张。我慢慢开，慢慢聊，不紧不松，保证你一路安全。"

说走就走，车子奔驰在与通天河流域相向而行的那条省道上。杨永康打开玻璃车窗，映入眼帘是万亩良田的滚滚稻浪和扑面而来的泥土芳香。屈指算来，自从他离开家乡，至今已有三十一个年头没有回来了。他的母亲因病去世也有三十三年了。想到这里，杨永康突然有些心酸起来，联想到母亲去世后的这些年，自己背着沉重的行囊，从做临时工开始，像在黑夜里摸索一样，在举目无亲的背景下独自一人艰难地前行着。他记得1983年8月28日的那天早上，时任村支部书记的二哥，第一次走进了分家另居的杨永康那个巴掌大的家里，告诉了一件让杨永康怎么也不敢相信的事情。二哥说，根据全国关于开展严厉打击严重刑事犯罪活动的通知精神，市里决定当月30日晚上在全市开展拉网式的秘密搜捕行动，在此之前，市公安局将面向全市农村选拔五十名优秀青年民兵，到市收容审查站担负看守任务，要求次日上午前往公社武装部接受政治审查和身体检查，如果通过了这两个关口，就等于跳出了家门，到市里过上亦工亦农的舒心日子。

杨永康听罢二哥的这席话，顿时消除了过去对二哥的所有不满和怨气，以眼中溢出的滚滚热泪表达着对二哥的无限感激之情，他毕恭毕敬地送走了二哥，祈祷九泉之下的父母庇佑他能够从此走向新的生活。

这一夜,杨永康是在兴奋和忧虑的交织中度过的。他好不容易等到了鸡叫,盼到了天明,简简单单地吃过早饭,把自己好生梳理和装扮了一番之后,像赶考一样,踏上了接受上级组织检验的征程。

后来的事情正如杨永康期盼的那样,一切障碍在与他相遇的时候,全部为他让开了一条平坦之路,他双手接过那张盖着市公安局大印的录取通知书,揣在自己的怀里生怕有什么闪失。他一路小跑在返回老家的路上,恨不得把这个天大的好消息马上传达给他的二哥,传达给杨老五、搬招子等,那些天天在一起摸爬滚打的童年伙伴以及老家的所有父老乡亲。

杨老五说:"你是生产队里的民兵排长,又是倒座庙唯一的高中毕业生,要长相有长相,要文化有文化,要口才有口才,这个事非你莫属。"杨老五说这话的时候充满了真挚、坦诚和信任。

搬招子接过话茬:"我四叔十四岁就在生产队里办黑板报,从小就看得出来会是一个有出息的人。从现在起,我四叔再也不愁娶不到老婆了。"搬招子在带有几分口吃的话语中,寄托着他对杨永康的祝福与希望。

杜强国和小强国坐在那里一直在虔诚而由衷地笑着,他们笑得是那样的憨,是那样的甜。

话别之后,杨永康回到了那个属于他的方寸之地,把今天的整个过程向二哥做了如实汇报。

"从今天起,就靠你自己的努力和造化了,二哥过去有很多对不起你的地方,现在把你推荐出去当民兵,也算是我对你的一种补偿和对父母的一种告慰。你到那里以后,人生地不熟,礼貌很重要。母亲在世的时候说过:'叫人不折本,只要舌头打个滚。'搞工作的时候要认真对待,踏实敬业,一样一样地做出成效。你虽然上过高中，读过不少的书，但是平时有点话多嘴长，所以你今后有什么话，一定要想着说，不要抢着说。母亲过去曾多次教育我们：'话到嘴边留半句，莫让是非惹上身。'工作中要注意团结同志，尊重领导，加强学习，不断更新知识，这就是毛主席他老人家说的要吐故纳新的道理。同时，你还要注意保持你高中毕业以来热爱写作的好习惯，做到边想边写，边干边写，边学边写，边发现边写，把你的文笔和写作水平提高到一个较高的层次。让领导和同志们从你的工作和写作中发现你的本领和才能，为你今后招工转正吃商品粮打好牢固的基础。你现在才二十岁大一点点，个人婚姻问题考虑得越晚越好，等事业有成了，就不愁天下无芳草了。"

二哥一下子把自己的肺腑之言像高山流水一般，一股脑儿地倾泻给了杨永康。直到这个时候，杨永康才真正认识了二哥这位最基层的农村支部书记的智慧和水平，他佩服得不断地点头称是，把二哥的谆谆教诲牢牢地记在自己的心头。

杨永康在临别之时，选择了一种报答二哥的最好方式，把自己用心血和汗水亲手搭建起来的房屋，连同生产队分给自己的全部山林和土地毫不保留地送给了二哥。他说，他从现在起，已经做好了最好的打算和最坏的准备，无论今后的结局怎么样，他都会义无反顾地向前走去，即使是到了讨米要饭的地步，也不会给他的兄嫂和父老乡亲们再增添丝毫的负担和麻烦。

杨永康边说边收拾自己的简陋行李，让站在那里准备为他送行的杨老五、搬招子那些发小都不约而同地流下了难舍难分的泪水。

随着上午八九点钟太阳的冉冉升起,杨永康在秋高气爽的泥土芳香中告辞了为他送行的父老乡亲们,他背负着自己的行囊,骑上了那辆相伴了两年多的二手自行车。

　　回忆起这些,杨永康的心情格外沉重,他现在已没有了故地重游的兴趣和衣锦还乡的感觉。此时,他唯有的是,对父母的思念和对自己的怜悯……

第二十三章　我没牵住你的手

（一）

怪只怪无情流动的时光把兆进叔住的那个地方藏进岁月的深处,使我在无尽的漂泊与流浪中将它尘封在记忆中三十多年。我虽然从未忘记过那里,但是直到迎来夕阳的号角一声声地向我奏响的时候,我像被清晨的鸟鸣叫走了瞌睡,而要去接受庙堂的洗礼一般,故而坚定了去那里走一走、看一看的想法。去开启儿时的记忆或是于感受久违的陌生之中,来实现丢失与拾回的呼应、亲情与牵挂的契合、过往与当下的穿越,还有愧疚与弥补之后的满足。

那天,我是从省城出发的,经过三百多公里的舟车劳顿终于到达了倒座庙。于是我顺着崎岖的山路,在张望与回忆中躬身而行。面前的山垭子比山脚下的施家桥子要高出三百多米，它像一把斜靠在那里的天梯，如果不是盘旋而上，再好的身体也会气喘吁吁，让人显得无比吃力。好在我小时候好动多行，腿力好，爬坡自然成了我的强项。过去在这条山路上，我要么是跟搬招子一起，各自抱着一条小狗崽边玩边爬，去那里看大人们育树苗子。我们两个六七岁的娃子，无知又无畏，往往是在不知不觉中到达山口上的。要么在樱桃成熟的季节，母亲要我到兆进叔家里去"走人家"，一来能够吃上一点油水重的荤菜、好菜，二来可以在地上捡一些被雀子啄掉的樱桃。哪想后来，搬招子年少飞魂，而我的父母也相继离开了人间。

现在这条山路上，搬招子离开人世已无法和我相识；父母也无法再给我以叮嘱的话语，使我一晃便把朝着兆进叔家里走去的这条路并非有意地断了几十个年头。

（二）

风儿和思绪好像知道我这个年近六十的人在山路上行走的艰难，它似乎用着一种强大的推力让我不费劲地站在了山口。

放眼望去，俨然似一个阡陌纵横的高坪，向我展示着它那婀娜多姿的迷人风采；随风婆娑的翠竹，白云缭绕的古树，加上山坳里的泥土芳香和鸡犬相闻的别致场景，犹如把我带入了被小时候的无知而忽略了的美丽景色。

那时候的顽皮与天真，不懂得什么拥抱与欣赏，把一切美好东西都当作永恒不变的存在，用数不清的嬉闹送走了一个个可歌可泣的春夏秋冬。

到了岁月的黄昏,方才知道万千世界像一只人间的万花筒,有奇妙无比的变化,它能呈现出一幅让人怎么也舍不得它静静离去的壮丽画卷。于是我收回了投向漫山遍野的目光,迈着高坪之上的轻快步履,拿着记忆的档案,仔细地翻阅着兆进叔的那个住处,因为那里装着我儿时太多的故事。我想去打开那口尽是乡愁的箱子,在时光的穿越中,续写现在的精彩和寄起明天的希望。

我找着找着、翻着翻着,在渐行渐近的距离中,不远处的那棵樱桃树顿时映入了我的眼帘。这是一棵与我小时候的记忆几乎没有什么差异的樱桃树,它身上的所有符号竟然原封不动地置放在那里,只是岁月镌刻了它的年轮,于风霜雪雨的侵蚀和生命的抗争中,往日满是青皮的主干和枝干上,如今穿起了厚厚的外衣。既似凤凰涅槃之时焕发新的生机与活力而痛苦的脱羽重生,又像孕妇分娩之时为另一生命的降临人世而将尽是自己细胞的胎盘从自己身上剪掉,还像一位捆着头巾的挑夫抵挡着寒冷的袭击和湿气的侵入。总之一条,它苍老而健壮、沧桑而执着地活在兆进叔门前,用自己血液般的乳汁,年复一年和无怨无悔地滋养着这方水土的百代子孙。在它面前,除了沉默与摇摆,便是阴凉与果实,无畏风雨与季节的变换,视枯荣为常态,以奉献为情怀,依靠天地之灵气和日月之精华,燃亮着自己生生不息的香火。这无疑是一种活下去的坚强,也无疑是一种活过来的奇迹。因此,对它敬拜,为它歌唱;对它呵护,为它祝福,便成了我此行的责任和追求。难舍难分地仰望和抚摸着这棵老树,带着另一种向往,朝着兆进叔家门口走去。

（三）

兆进叔的家,离樱桃树只不过五十来步的样子,举目望去,门关着且上了一把锈迹斑斑的铁锁。原以为兆进叔和邓嬢出门或者下地干活去了。后经向一位住在另一个屋场的老乡哥哥打听,方知兆进叔一家在十年前已经搬到了山下边的施家桥子。我又独自回到了兆进叔的老家门前,目睹这物是人非的场景,田地没有了庄稼,老屋里没有了主人,野坡里没有了牛羊,晒粮食的门前场子里没有了鸡飞狗跳,眼前所呈现的一切,除了乡愁还是乡愁,除了不可思议还是不可思议。对于这样的状态,我不能怪罪兆进叔的任何不是,也许是由于岁月的更替所产生的裂变效应和无法回避的现实。因为兆进叔和邓嬢走了大半辈子的山路,他们确实太累了,不得不带着晚年的愿望去山下边过一种跟山下人一样的生活。所以他们搬走的时候,任凭泪水淹没他们的记忆与不舍,留下了陈旧的老屋,留下了孤独的樱桃树。

其实,好多迁徙总是被迫所致,它需要忘掉故乡的勇气和力量,把人生的过往深深地封存在自己的记忆里。一旦迁徙,便无从回去;一旦封存,便无法开启。

（四）

又是时隔多年以后,我专门抽出时间,找到县林业局林政科的同志,请求他们为樱桃树建立生命档案，并挂上"古树重点保护对象"的牌子。几经汇报和准备就绪之后，挑选了一个黄道吉日，开着一辆越野车，一同前往施行。那天上午，真叫是"一路欢笑一路歌"，围绕环境学、植物学和生命学这个话题讲述了太多故事。我们为了不惊扰镇里的同志和增加基层的负担，从始至终没有向任何人透露过风声与行踪，这天又自带了户外食品和茶水，直接向山那边的那个高坪赶去。从县城到这里整个路途只有三十来里，尽管翻山越岭的过程有些颠簸与摇晃，但大家的心情却异常兴奋，一致热切地期待着到达目的地。林业局的同志说，他们是在尽职责，而我是在积功德。我说："我是在念记故乡的情结，也是在年近六旬的时候，记录和填补自己的乡愁。"他们赞同我的说法，说是牌子挂好之后，给我授予一个"古树守护人"的称号。听罢此言，我自然很是乐意。

车到山顶，越过高坪，很快进入了冲口子，我指点着兆进叔的老屋，突然发现，眼前没有了樱桃树，于是心里一阵诧异和吃惊，更是产生了一种难以相信的感觉和难以言状的沮丧。

"樱桃树呢？"林业局的同志问。

"稍等，我正在找。"我搪塞道。

"你不是告诉我们就在门口吗？"

"大概被砍伐掉了。"我指着面前那个大大的树墩子说。

大家随即绕了过去，"哎呀，可惜了可惜了，真的是太可惜了！"说罢这句话，大家相望无语，心里一下子都沉了下来。

"我对不起你们，辜负了你们的爱心和期望。"

"别这样说，别这样说，砍树人无知，我们也是无知。早知道这里有这棵古树,我们早点过来,也不至于是今天这个样子。"林业局的同志在反省他们工作的同时也在安慰着我。

　　接下来,我们谁也没有怪,更没有评判今天的结局,一个个拖着沉重的步履默默地离开了这里。

第二十四章　邓孃

那次回老家转悠,心里突然想起了邓孃,于是便不假思索地转换了行进的方向,很是心切地朝邓孃的那个屋场走去。

邓孃住的地方是后来搬过来的。她和兆进叔原先住在八九里之外的山那边的那个山冲里。在他们的门前,长着一棵归集体所有的樱桃树,看上去像一把大伞一样,不仅能遮出大半亩的阴地,而且它的粗壮劲儿没有两三个人是箍不下的。记得大集体时期,一到樱桃成熟的季节,就由生产队安排几个会爬树的棒劳力上树采摘,然后按照户头和人头,称斤论两地分给各家各户。

那些年,兆进叔是大队的支委兼他们生产队的队长。他这个参加过上甘岭战役后来转业回乡的军人很有魄力,把各项农业生产和农事环节一直抓在别的生产队的前头。我经常从大队的高音喇叭里听到他的事迹,为他们生产队的全体贫下中农拥有这样一位好队长感到无上的荣光和自豪。

改革开放以后，年逾六旬的兆进叔把天底下这个最小的官交给了年轻人。随后又与邓嬢商量，请算命先生在山这边的一个叫施家桥子的地方，看了一块人丁兴旺的风水宝地，盖起了三间红砖房子。

这次去，我本来是想在看望他们的过程中详细了解兆进叔和我的父亲当年在上甘岭打仗的一些故事。哪知道话刚开头，邓嬢就告诉我，兆进叔已经走了好几年了。听到这个消息，我的心顿时沉了下来，不知道用什么样的合适语言来替代这种伤感与尴尬的话题。好在邓嬢心境安稳，她淡然地说了句"你叔到地下享福去了，我留在世上享福啊"安抚我的话，就以给我倒杯水为由，把话题转过去了。

望着邓嬢来回走动的身影，我很是为她骄傲，她是我母亲认的"十姊妹"中年龄较小的一个。那时候她们情同姐妹，相互鼓励，硬是把兆进叔和我父亲这两位大队干部的妻子做成了倒座庙一带人见人敬的一代贤良，她们所处的时代，虽然贫穷困苦，饥寒相随，但她们敢与命运抗争，灵魂深处却处处闪耀着光辉。可惜改革开放的春风刚刚向大地吹拂之时，我的母亲还未来得及沐浴清晨的阳光，就带着六十年的劳累走向了另一个世界，而邓嬢却健康地活到了现在的九十有余。目睹邓嬢这天大的福分，让我这个"子欲养而亲不待"的人对香娃子姐姐的幸福羡慕得只差流出了口水。

攀谈之中，我既在打探邓嬢长寿的秘诀，也在她身上寻找着母亲的影子。那时间，我像是穿越在她们的时光里，看见了一幅幅可歌可泣的壮丽画卷。

大约过了半个小时，我问起了一直被我以乳名相称的香娃子姐姐和侄子们的状况，邓嬢说，他们在城里买了房子，她天天负责接送她的几个孙子上学放学。她还说，香娃子姐姐把她接到县城里住了一段时间，那种跟"火柴盒"一样的房子没有乡下敞亮，隔壁邻里不来往，又不准喂鸡鸭牛羊，怎么住也住不习惯。她说她身体还好，所以又执意回到了乡下。邓嬢补充说，香娃子姐姐对她放心不下，隔三岔五地回来看她，她自己一个人住着安静又随意，空气又好，还可以活动自己的身子骨。

听着听着，邓嬢把我带入了她的喜悦和幸福之中，触景生情，以亲思亲，邓嬢不知道我此时的笑容里还深深地寄托着对母亲的思念。

天快黑了，我知道邓嬢没有吃晚饭和坚持早睡早起的习惯。我起身掏出一百元钱，软磨硬塞地给了邓嬢。临别时，邓嬢说："侄子，你好像也变老了。"我说："我再老也是您的侄子，有时间了我再回来看您。"

时光荏苒，一晃便是三年。那天，我在县城与香娃子姐姐相遇。问起邓嬢，香娃子姐姐告诉我，邓嬢去年走了……

又是一个"走了"的消息，犹如日月隐身，一片昏暗的天空让我陷入了无语的沉思。让人万万想不到的是，一次匆匆的看望，竟成了今生的永别。

第二十五章　怒吼的联想

　　中午在食堂进餐,忽闻一阵怒吼,抬头望去,见一位姑娘怒不可遏地呵斥着一位男子。

　　看上去,姑娘二十多岁,长着一张圆脸和中等的个头,美丽的面孔不像是个刁钻难缠之人。尽管是第一次第一眼见到她,如果把她划到泼妇的范围,会显得极不公平。周围的人陆续起身相劝,但都无济于事,都似无法阻止那团熊熊燃烧的怒火。至于那位男子,则是一副清瘦而矮小身材,他的脸上白一阵、紫一阵的,嘴角在抽搐,脸色显得很是僵硬。只见他不断地张合着那张嘴,但或许是背了本性,或许是嗓门天生就不大,所以姑娘的痛骂声便把他的声音覆压得一点也听不见。

　　我弄不清他们之间究竟发生了什么事情,便不能去评论彼此的谁是谁非。不过有一条可以推断,姑娘忍无可忍之时,便有男子失误过错之处。要么无意挤占了座位,要么慌忙中溅洒了汤水,要么言语有些失当,要么表情令人不悦,总之,原因多多,恐有冒犯。否则姑娘不会不顾忌自己的声誉、容颜、尊严、人格等,在大庭广众和众目睽睽之下,让人捣她的脊梁骨的。我历来认为,自有人类活动迹象以来,女性在任何历史时期,都是一个弱势的群体。什么骚扰、抢占、蹂躏,什么欺辱、伤害、虐待,等等一切,无不是冲着她们来的。无非是遇到了好社会,女性的境况会好一些,如果一旦遇到了坏社会,女性的境况不仅会差一些,甚至会糟糕很多。我虽不是女权主义者,但大凡朴素主义者,都有一种忧虑和担心,生怕出现弱者更弱且不易遏制的局面。

一个人的愤怒与抓狂,与他的心理承受能力是息息相关的。他或她一旦到了难以承受和忍耐的地步,发泄甚至以命相拼,无疑是情绪失控之后的自然趋向。

现实生活中,由于性格和脾气的差异,我们不否定冲动现象在每个人身上都有可能出现,但是就午餐时的现象而言,我倒是对这位姑娘持同情和支持态度。所以我觉得,姑娘这一怒,挽回的是人格;姑娘这一吼,换来的是尊严,并且我还极力推崇"武士断头而不跪,文人饥寒而不奸"之骨气,秉持一种刚毅和坚守一种刚烈,用浩然正气与不屈不挠的精神去影响和改变社会,去吓倒和战胜敌人,这便是我们当下伸张正义、见义勇为的基本内涵。平时我们曾经听过有人说"你怎么得理不饶人呢"之类的话,我想,得理不饶人的这个命题并不存在概念上的错误,它其实是荡涤尘埃、去假存真、正本清源的"清洁剂",在思想、社会、经济和利益主体日趋多元化和坚持实事求是显得尤为重要的今天,如果不支持据理力争,让不正之风肆意蔓延,那就等于习惯了胡搅蛮缠,就等于没有爱恨情仇,没有善恶美丑,没有功过是非之分了。

第二十六章　自我隔离的日子

凝重又复杂的心境,使我这段时间在睡梦里老是翻滚和缠绕着一些与文字有关的东西。我不承认这是神经衰弱所导致的不良现象,反倒觉得思考的连接与延伸是生理方面的正常反应。

昨夜的梦,做得比往常长了许多,里面装的尽是一些写写画画的事。早上醒来,尚能清晰地记起那些情节,于是告诉妻儿,今天一定要把"梦里走笔"记录下来,取一个《自我隔离的日子》的名字。

说来也是,今年的春节,国人似乎有着一种共同的感受,仿佛置身在罕无人烟的千里戈壁,或笼罩于只有几声犬吠的森林世界,从未曾有过的空旷与寂静,使夜晚显得无比的肃穆和格外的凄凉。人们长久地待在家里,一下子没有了往日的节奏,在怎么也找不到生活方向感的时空里,茫然无措地加速了惰性的形成,一日不再二餐,起卧已是无常,呆滞的目光,移不走在星空与天花板的停留。一个个充斥着极度忧虑与哀叹、彷徨与恐慌心态的皮囊,只差被横行肆虐的恶魔挂到生死难卜的悬崖边上去了。那挣扎时的呐喊和呐喊时的挣扎,恰似给人以万箭穿心般的痛苦与折磨。

这无疑是自有生命档案记载以来的一种另类的自然横祸,它以自然神圣不可侵犯的力量,向着素以高级动物自居的大地主宰者们敲响了一记震耳欲聋的警钟。一个个鲜活的生命被迫感受着度日如年的煎熬,那再也深切不过的体味,将人生的无常与不易刻上了一辈子也忘不了的历史年轮。

就这样,人们一边过着这样难以言状的日子,一边将往日的希望蝶变成眼下的失望甚至绝望,有的丢弃着光芒,有的丢弃着向往;有的在呻吟中哭泣,有的在哭泣中呻吟。

我和我的家人的幸运与安好,完全缘于上苍的庇佑与呵护,在那个厉而未知的敏感的时段里,上苍要我们告辞了地铁、告辞了聚会、告辞了川流不息的人群,赐予了我们一个风和日丽的安身之所,让我们与静静的湖水和融融的月光相伴,在赏着冬日的霜雪与婆娑的红叶的景色中,在充满诗情画意和没有尘世喧嚣的景象里,尽情地讴歌起人间的美好和雨过天晴后的彩虹。

接下来的日子里,便是我带着妻儿驾车回到老家,在那个亦山亦水、亦露亦隐的地方,抖掉一年来的灰尘,点亮一支蜡烛,透过一闪一闪的光影,叩谢生命长河中那些与我风雨同舟并给予我关怀的每一个生灵。目睹此情此景,我像是独自占据了一片完全属于自家的天空,分享着大自然的禀赋,陶醉于泥土的芳香,陶醉于金色的枯黄,陶醉于乡亲们的真切问候,陶醉于瞬间便是春来爽的绿色呼唤。

其实,这是我一直追求和期待回归的理想境地。因为作为一位以"三农"为创作题材的草根作家,这种境地极易生成与我已有素材的相契合的心境,也极易成为我正在寻找的素材来源和新的创作起点,因此,我不认为也根本感觉不到这里的孤独和这种隔离是对人的禁锢。之前的封闭式创作并不亚于现时的程度,更比不上当下对创作环境的完美提供,对我的创作之路的铺筑产生了无与伦比的助推作用。所以说,封闭是我的一种习惯,隔离是我的一种需要。

在由此以来的整个正月,我始终把创作的笔触指向"唱响主旋律"的方位,先后创作出了《磨人的岁月是首歌》《壮哉,钟南山》《高歌一曲唱英雄》《素描》《致路口的值守人》和《我的女儿我的乖》这些散发着散文气息的长篇诗歌,同时在著名作曲家王振亚老师的指导和参与下,谱写了一首《那一天》的歌曲。虽说书房里留存了太多的烟雾,但一些官方媒体和自媒体的关注与推介,使我的成就感叠加着无尽的欣喜。因为自己的笔墨释放了正义的能量,一声声歌唱在山那边有了回荡,在市井里有了共鸣。

如今,一眼望去,前方还弥漫着硝烟,我们难以按照自己的心理预期来看待这种日子的结尾,但有一点是可以肯定的,这就是,旌旗已在山顶上飘扬,黑夜里已现出曙光,正在迎来黎明的神州大地,不日显现的将是万里晴空下的盎然生机,风和日丽中的万物复苏,那更新的万象与昌盛的繁荣,像五彩缤纷的万花筒交织、展示于我们的面前,那个时候,一幅"岁月无限好,家国浪漫时"的壮丽画卷,必将以绰约风姿和傲世之态,向世人讲述一个神奇而不老的传说……

2020 年 2 月 21 日深夜写于南漳念慈斋

第二十七章　池塘香颂

　　一直放不下郊外门前的那块空地，总在思量给它一番别致的装扮：或扎起篱笆，弄些喜好攀爬的藤蔓，做成一片篱下种菊和鸡犬相闻的场景；或移来几棵心仪的果树，在花开花落与累累果实的时光里，找回少小的青涩和儿时的向往。

　　这些年，我倚靠在市井的水泥丛林的角落里，没有了篱笆墙的影子，酸得能让口水流过下巴，然后又把面前的衣襟打湿个透的那些桃李，从此变成了遥远的记忆。那生我养我的"一山一水八分田"和老屋顶上飘移、接着去拥抱白云的炊烟，承载了我太多的故事，日复一日地把乳臭未干的岁月装得满满的和沉甸甸的。

　　朋友说，前朱雀，后玄武，左青龙，右白虎，你就把围墙砌了，果树栽了，再在院子的左边开一口小池塘，右边安放一尊荆山石吧。

　　于是，我照着他的意思，找来铁锹锄头，归于曾经的劳作，因陋就简地把一口巴掌大的池塘挖了出来,然后水草卧底,清水进池,在老家的沟沟汊汊请来了藕荷与鱼虾,在里面生存了起来,取了一个"池塘香颂"的名字。

原以为妻子会对我这个举动送来一些赞许,哪知励少讽多,丢下一句"人造景观没意思"的话,便走了。我没去搭理她,倒不是见了她的什么怪,只是觉得她没有我的乡愁,也就没有我的回望与感受。因为城里人跟乡下人不一样,乡下人的生命档案似乎多了一沓厚厚的记录,里面的刀耕火种和"芒种打火夜插秧",里面烟火中的柴米油盐酱醋茶,里面"泥巴腿子"的人情世故,还有一年三百六十五天的精打细算与日出日落,既是乡下人在田地里的跋涉与旅行,在播种时的等待与相逢,又是乡下人在风霜雨雪中的探险与寻宝,在收获后的泪水与歌声。城里人的生命年轮里没有刻上这种内容和符号,命运注定和赋予了他们的高贵与安逸,似乎让"脸朝黄土背朝天"的乡下人承担了哀叹与汗水的全部。时至今日,我虽然走过天南地北,去过香格里拉,住过高楼大厦,到过花花世界,但由于受着乡下人的思绪和生命观的影响,我怎么也甩不掉一位曾经的乡下人的情节与习惯,在沿着朴素主义的路径上,追寻着乡下人的生活方式,我热望能褪去和摆脱新鲜过一阵子的都市色彩和光环,期待着回归生命的起点,期待着去红日升起的朝雾里穿越,去种子的爆皮声中聆听大地的希望。

我看着门前的这口池塘走着走着,从上一个年头的"阵阵黄叶舞秋风"的深秋,走到了现在的"百花齐放万户春"的阳春三月,只见池塘里生机盎然的水草像一张为鱼儿铺就的温床,任凭它们的蹦跳与翻腾;荷叶在阳光的映照下,把晶莹剔透的露珠送给了蹲在上面的蚂蚱与青蛙,加上紫竹旁的桃花杏花紫藤花与荷花的竞相绽放,为一阵又一阵徐徐而来的风儿送来了无限的禅意,醉得我蹒跚了欣赏的步履,醉得我俯首忘了抬头。冥冥之中,我突然滋生了将这口池塘作为放生之地的念头,想用我的虔诚之举,从那些高级食肉动物的嘴里捡回它们即将被宰杀的生命,让这里成为敬畏水中生灵的生活家园。

不日,讯息传出,响应者众,诸如"闰土""狗熊""教授"和"空心眉毛"之类的老兄弟以"共为宇宙里一员"的身份,率先走进了志愿者的行列。他们从拒绝食用和制止捕猎杀生做起,把倡导人与自然和谐相处、平等对待水生动物的生存权、生命权视为自己的本分和应该去做的事情,故而穿梭于人群之中,担负起了环保主义者的全新使命。

这不单单是一种思维的调整和行为的转换,而且是一种精神高地的建立,他们升华的是境界,进化的是人伦,推崇的是忽略太久的天人合一。俗话说,"头上三尺有神明",我相信,我发起的和他们所做的这些,天老爷是绝对看得见的。

现在,"池塘香颂"满足了我的追逐,给了我另类的精神力量;现在,"池塘香颂"指明了我的方向,让我在欣慰中骄傲,让我在欢笑中自豪……

第二十八章　哼起"圈子"的畅想曲（一）

过年的这一个多月,老圈子的几个人各自待在各自的家里,没有了往年的那种相聚,想起来了,发上几条微信,说是填补空虚无趣也行,算作彼此的挂念祝福也可。总之一条,都在怀念过去,都在留恋友情。

其实,我的圈子不大,随着这几年的职业转换,过去的一些对我"一日不见如隔三秋"和他对天发誓"人老八辈都不会忘记"我的人渐渐地离我而去。这样一来,我的圈子开始慢慢地小了起来。现在剩下的就只有故土的发小、同舟的旧下属和几个写写画画的"老"人了。

对于圈子的缩小,我倒是习惯成了自然。因为我早就把一个圈子看作一坨或一阵泡沫,不管是这坨或这阵泡沫个数的多与少,它最终是要破灭的。正是由于如此,受时间、空间的影响,圈子的成员自然自觉不自觉地在推移和变化中慢慢散去。这既是一种兴衰存亡的规律,也是一种久合必分的预期。比如,我们常常听到"哎呀,真是人走茶凉啊"之类的感慨,但是,仔细一想,你走了,给你泡的那杯茶没人喝了自然会凉下来。还有,这杯没人喝的茶老是摆在那里占地方,新的客人来了,当初给你沏茶的那个人肯定是要把你剩在那里的那杯茶端走扔掉的,继续摆在那里占地方不说,还会给新来的客人留下一个"无收拾"的不好印象。所以说,茶凉是正常的,扔掉更是正常的。

圈子既然如此,缘于人们交际于社会的不固定性,由于时间的不固定,空间的不固定,这里面的人,固定下来是万万没有可能的。

吐故纳新是一种淘汰中的接纳,我们可以设想,如果圈子里的人只增不减,到时候膨胀了那还得了?

现在,学术界和社会上出现了一个新概念,叫"精致的利己主义"。北京大学教授钱理群说,精致的利己主义者高智商,世俗,老到,善于表演,懂得配合,更善于利用体制和机会达到自己的目的。这种人一旦掌权或抓住获利的机遇,比一般的贪官污吏危害更大。他还说,这种人道貌岸然,八面玲珑,左右逢源,满嘴的仁义道德,善于精心打扮,伪装自己,对生活有自己的追求和品位,一切以自我为中心,自私自利。他们虚伪,贪婪,只知道利用,不懂得感恩,会不择手段损害集体和社会利益,赚取个人利益,成为集体的蛀虫和社会的败类。他们把自己包装得很光鲜,善于利用各种规则经营自我,利用他人之手之口,占尽各种利益好处。这种人与诚实本分的人形成了巨大的反差,他们只顾个人享乐,活得潇洒,没有信仰,没有家国情怀,没有正确的价值观。我觉得假如能把这样的人从圈子里清出去,或让他自动地走出去,无疑是一种幸运和一件好事。

这些年来,我在一些岗位的历练与变化中,学得最好的应该是镜子的功能。我无数次地使用这个功能,照清了太多的会说、会哄、会巴、会舔、会麻、会装的表象。尽管照的时段有前有后,照的次数有多有少,照的速度有快有慢,但终归是照清楚了的。

"物以类聚,人以群分"是中国人际划分的经验总结。人的彼此间,无论谁与谁分,是各自选择的结果。他留,是对的;他走,也是对的。道理非常简单,因为黑者需要近墨,赤者需要近朱。否则的话,就没有什么知己、朋友而言了。

还有一种现象便是"过河拆桥"了。这当然是精致利己主义者的"方法论"之一。因为桥在帮他跨过了天堑、越过了险滩之后已没有任何用途了,拆掉也好,毁掉也罢,为难的只是后来人,与他无关,他也许连回头看一眼的概率也不会有了。

类似这样的人,如果留在你的圈子里,你肯定会非常难受。所以说,由于他的出走而导致圈子的缩小,高兴的和受益的是你而不是他。这是生活的过滤,这是镜子的作用。

2020 年 2 月 24 日夜写于南漳念慈斋

第二十九章　哼起"圈子"的畅想曲（二）

以宽容之心和包容之态去原谅那些对你突然陌生且渐行渐远的人，是衡量境界高尚和胸怀宽广与否的一把尺子。中国人提倡和讲究"换位思考"，特别是那些在地市级及其以下的职场人员，在处理或解决某个棘手疑难问题的时候，用得最多或张口就来的便是这个词了。由于素质的不同和情势的不同，决定了语言使用环境的不同。比如，有的把它用在绞尽脑汁仍然手足无措的情况下："你一定要换位思考啊。"有的把它用在糟糕的事情正在趋于好转和深有感触的形态中，有感而发："你看你看，这就是换位思考的结果。"简单的四个字，似乎可以恰到好处地摆脱尴尬的气氛，或乘势而上地把向好的场景烘托到更为理想的状态。这无疑是中国文字所衍生和构成的中国文化的魅力所在，体现的是国人的工作方法和艺术，透露的是人际交往的方式和手段。

现实生活中，我们应当正确把握这种认识的合理性与逻辑性，用"换位思考"这个词语来处理圈子里面存在的不快,以最好的方式解决最难堪的问题。

不把昨天还在把你当"爹"而今天却翻脸不认人的人和事放在心上,说明你对他的理解已经上升到了一个较高的层次。你想想看,他之所以这样做,完全是出于生存的需要。既然与生存有关,你就应该尊重人家的选择,因为生存的权力神圣不可侵犯,如果你还能配合他去拓展他的生存空间,那当然是高尚的道德情操使然了。

马克思说,价格是围绕价值上下波动的。当你的价值已尽或者没有多大利用价值了,作为挖空心思追求更大更多价值的这类人,若不把你放到一边去,不去寻找新的价值载体,他面临的将是一条生活难以自在、职位无法提升的不归路。一旦到了这个地步,他的精明,他的伪装,他的老到,他的三寸不烂之舌和他那哭笑自如的表演技巧便没有了用武之地,他往上爬的梯子、他与小三或情人的欢聚、他妻儿的傲气与不可一世、他自己的车来车去,还有他的歌舞升平与花天酒地,一概都没有着落了。

鉴于此,这类人必须离你而去,必须去重新构建和经营他好不容易发现和正在往手里拽的价值天机,以期以最小最低的成本和最快最霹雳的手腕,实现价值的最大化和向更多金钱或更高官职转换的速成化。如果没有这样的头脑,不去继续巩固他的政治资本或经济资本,那他就不配"精致的利己主义者"这个称谓了。

我们还应该知道,他与你拉开距离的同时,其实已经找到了新的"爹"了。因为在他那里,"爹"是移动的、变换的,只要他的新"爹"还没有找到,只要他的理念未变,初心未改,他的心中永远有一个甚至多个

生命的邂逅

"爹"。如果暂时还没有找到，他是不会轻易离开你这个"爹"的。若你像长江黄河之水在变成浪花，水之浪是精彩的，浪之花是无用的，因为前者拍岸之时是宏伟、是壮观，后者拍岸之后是散去、是退却。从你这个圈子走出去的"精致的利己主义者"们，看重的是前者而不是后者，遗弃的是后者而并非前者。

"天下没有不散的宴席"，这是我们的先人对这类现象的比喻和归纳。一个人莫指望朋友遍天下，你推杯换盏的时候可以有一群人，而懂你心的有三两个知己则应心满意足了。多了是多余的，少了是"打断骨头连着筋"的。他们是在你最需要的关键时刻能够出现或站在你面前的。

不过话说回来，这类利己主义者也是怪可怜的。他天天求爹爹拜奶奶，拼命地挣钱，拼命地挣官，完全是靠拼命地喝，拼命地送，拼命地忍，拼命地暗自打自己耳光换来的。他的风光背后，是心里在流血，肚里在流泪；趾高气扬的背后是连龟孙子也不如。在亦进亦退之中，亦喜亦忧之中，亦欢亦寡之中，无不藏匿着他的呻吟与无奈、愤怒与哀愁、浪荡奔放与牢狱之灾。你仔细看看他那丑陋的嘴脸和卑躬屈膝的哈巴狗样子，那是多么的不幸与令人悲悯啊。

说到这里，我们还应该再辗转替他一想的，是对他的做派与行为给予必要的肯定和褒奖，因为这是人的天性所致的怪胎，是社会转型时期助推了这种人性的张扬，他们有他们的"精神家园"和"精神高地"，无非是，你在精神家园里播种，他在你精神家园里掠夺；你的精神高地在于诚实本分与奉献，他的"精神高地"在于算计钻营与索取。

我十分认同和推崇"镜子理论"，因为镜子照出的是真实的生活境况，只有经过岁月的磨砺与沉淀,和与人打交道的增多与体验,方能从中看个明白看个透。明白了,便是醒悟,便是收获;看透了,便是思想的开化,便是心灵深处吟唱的长歌……

生命的邂逅

第三十章　那个站着听课的孩子

　　石小丽今天上学迟到了半个小时,一进教室老师就火冒三丈地叫她"罚站",并说罚完了这节课,还要罚到下一节课。同学们一个两个都惊讶地听着老师的训斥和看着乖乖地站在那里的她。

　　说来也不能怪老师的狠心和严厉,这几天,石小丽天天都迟到,每次点名的时候,唯独没有石小丽应答的声音,这在这个班上是从来没有过的事情。

　　心甘情愿地被"罚站"的石小丽,脸上看不出丝毫的抵触情绪,只见她异常镇静地站在那里,从书包里拿出课本,像什么也没有发生一样,认真地听着老师讲课。不知根底的陌生人看了,怕会不敢相信这竟然是一个不到九岁孩子的表现。

　　不一会儿,教室外响起了下课铃声,同学们三三两两地走出教室,似乎都在猜测石小丽迟到的原因。

　　住在石小丽隔壁的李小虎,先是走到石小丽面前说了几句话,虽然那不是大人的语言,但听起来却十分温暖。总的意思是,叫石小丽不要压抑、不要悲观,以后改正就是了。石小丽在李小虎期待的目光里不仅点了头,还露出了她那天真的笑脸。李小虎见状,在留下了会心的一笑之后,转身向那几个正在咬耳朵的同学走去。李小虎说,石小丽这几天连续迟到,并不是因为睡懒觉起床晚了,也不是因为玩手机玩得忘记时间了,而是她这几天的每个晚上,都在帮爷爷奶奶打着充电灯,在对面的那几架山上捉蜈蚣,一捉就是大半夜,回来睡觉晚了,瞌睡自然就睡过头了。同学们听了,对石小丽很是同情,因为他们知道她这几年的处境。

不过细算起来,从小学一年级那年开始,石小丽的爹妈就到广东打工去了。石小丽曾经告诉大家,说她的爹妈在同一个工地里上班,干的都是粉墙抹灰的活儿。今年是第三个年头了。家里只剩下她跟爷爷奶奶在一起生活。爷爷奶奶虽然一年比一年老了,但扛着逐渐老去的身板一直承担着她爹妈的义务,为她洗衣做饭,送她上学,接她回家。

这几天,确实是捉蜈蚣的季节,石小丽觉得自己长大了懂事了,应该替爷爷奶奶做一些力所能及的事情,想来想去,别的也帮不上,只有自己在好好学习的同时,主动给天天在山上捉蜈蚣的爷爷奶奶,提着寻找蜈蚣的充电灯,让她的爷爷奶奶多捉一些蜈蚣。这样一来,从天黑到三更,一晃就是四五个小时。一个晚上下来,大人累了不说,年仅九岁的石小丽当然也睡意绵绵,连续几个晚上之后,爷爷奶奶起不了床,石小丽无疑也是一觉睡到大天亮,由此导致了一天连一天的迟到。

同学们听了李小虎的话,压根儿没有去怪罪老师,因为他们从内心里知道,老师"罚站"是对的,石小丽帮爷爷奶奶打灯也是对的。

第三十一章　我无奈他静静地离去

　　最早得知张德洲患了再生障碍性贫血是 2003 年 6 月,那时听说他的病情已经进入晚期,生命存活期只有半年左右的时间了。

　　初听到这个消息的时候我根本不敢相信这是真的。因为我在省城学习期间,镇里的同志曾经告诉我,在抗击那场令世人恐慌的非典型性肺炎的战斗中,张德洲还背着宣传资料在一个偏僻的山村里挨家挨户地做着宣传发动工作。当时村干部见他体力不支,还以为他患了感冒之类的疾病,没有去问他究竟是怎么回事。

　　我不解地问他的姐夫,他患病有多长时间了? 又是怎么发现患上这个病的?

　　事实上张德洲患这个病已有三四年了,他一直都知道自己的患病情况。当初他的鼻腔和牙龈无端地出现了无痛流血症状,他就有了一种不祥的预感。接着,他反复地查阅有关医学资料,果然不出所料,他的眼中出现了一组使他不敢相信而又不得不相信的文字——再生障碍性贫血。

知道自己的病情以后，张德洲和谁也没有说起，他一直装着若无其事的样子默默地忍受着病痛的折磨。因为他家里的经济条件很不宽裕，一家七口人的生活完全依赖他每月仅有的七百多元的工资来支撑。他不想因此让家庭拮据的经济雪上加霜，给本来相对贫困的家人带来无法承受的经济压力和精神负担。

在患病的这三四年时间里，他担任的是板桥镇初级中学的校长职务。由于他的工作触及极少数人利益的原因，以致有人给他罗织了莫须有的诸如贪污、受贿、以权谋私之类的很多罪名。一时间，告状信陆续飞到省、市教育主管部门和上级领导的办公桌。这时的张德洲虽然已经病入膏肓，但是他却以"坦荡看世界，磊落度人生"的境界与情操坦诚和友好地面对着一拨接一拨的调查人员。而我，也由于他身为一校之长不能较快地提高整体教学质量而多次在全镇干部职工大会上非常严厉地批评过他，并且调整了他的校长职务。

在他病重后的住院期间，一种难以言状的负罪感始终萦绕在我的心头。我痛恨自己当时的官僚主义作风导致了我对这位当时已是病魔缠身的园丁的尖刻与责难。面对这位即将离开人世的优秀教师，我唯一能够做的就是下定决心，运用自己的力量尽可能地拯救这个年轻的生命。

我为此主持了镇"四大家"联席会议，要求全镇干部职工为他献出一份爱心。

我还找到了县教育局的主要负责同志，请他发号施令，在全县教育系统开展一次捐资活动……

遗憾地说,我和这位负责同志所做的一切,都无法阻止死神向他一步步逼近。

张德洲曾对我说:"张书记,您就别再为我操心了,否则会加重我的心理负担,不利于我生命的延续。"

我说:"怪只怪这里太穷和我的本事太小了。"

他说:"张书记,我现在心里很平静,没有一点精神压力。因为我是静静地来到这个世上的,所以我患了这个不治之症之后也应该静静地离开这个世界。反正人的生命迟早是要终结的。早也罢,晚也罢,实际上没有什么质的区别。"

那天晚上,我约他来到我的住处,我和他,还有他的儿子一起,先是在网上查找新的治疗药物和方法,然后又以精神如何战胜疾病为题谈了很多很多……

后来,他几乎每天不是钓鱼就是下棋打扑克,不是看书就是与人聊天。那乐观,那淡然,那平静,那轻松,是常人难以做到的。

四月里,在调回县城工作不久的一天晚上,我的手机上显示出一串陌生的电话号码并传出了熟悉的声音:"张书记,您好,这段时间我在镇卫生院接受维持性治疗,仍然出血不断,病情还在恶化,看样子现在已经不行了。凭我的感觉,我在世上估计最多还有一个星期的时间。您是我患病以后遇到的最大的救命恩人,我在临走之前给您打个电话,向您表示我最衷心的感谢,我也向我的爱人和孩子做了专门交代,要他们永远记住您的恩德。即使我走了以后,也一定会在九泉之下祝您什么都好,一生平安!"

我说:"你一定要挺住,千万不能过于悲伤,要用意志和毅力来增强生存的信心和战胜病魔的勇气!"

他说:"我晓得,您放心好了,这么长时间我都乐观地挺过来了,最后这几天还有啥子不能乐观的呢?"几分钟后,虽然我们彼此极不情愿地挂断了电话,但是我清楚地记得,那次通话是在他那淡淡的笑声中结束的。

过了几天,张德洲真的走了。他姐夫说,他走的时候特别镇静和安详。最后一刻,他什么也没有说,唯有泪水在留恋人间的真情,唯有目光在惋惜生命的短暂⋯⋯

第三十二章　姨妈的泪

那天，我是穿着一身才发的警服，骑着自行车到姨妈家去的。姨妈住在一个叫马家冲的地方。虽然只有二十多里的行程，但是干枯坎坷的黄泥巴路很是颠簸难行。

就在前一天，我犹如遇到天乙贵人一般，一夜之间被以警犬驯导员的名义招录为人民警察，公安局后勤科的同志一下子给我发了七套警服和四双"双包头"牛皮鞋，当然还有被子、蚊帐和出差用的水壶。

做临时工的几年中，县城是我漂泊之地，我蹲在一个个光线太少和温暖不多的角落里，像行走在伸手不见五指的黑夜里一样，一直探寻和期盼着黎明的到来，在很少有人理会的呻吟声中乞求走进阳光灿烂的日子。我眼巴巴地望着高贵而安逸的城里人，流出了不知多少的口水。这口水，先是挂满了我的下巴，然后又流到了我的胸前，很长时间才可能换洗一回的衣襟上，被打湿的皮肤完全能够明显感到浸润的程度。

领回这些警用衣物的当天夜晚，我几乎通宵无眠。虽是仲夏，但不觉燥热，心里的阵阵清凉，让我把春夏秋冬的每一套警服，翻来覆去地穿在自己的身上，一遍又一遍地拿着那面巴掌大的镜子，非常仔细地在灯火的照耀下体验和调整着自己的形态。到了天亮时分，我仍然没有一丁点儿的瞌睡，精神抖擞地穿上适宜的夏装，到县城人们往日最爱晨练的运动场上，好好地跑了几圈。这看起来是一种运动，而从我内心深处迸发出来的，实际上是用这种炫耀的方式来吸引人们对我的关注。

回到寝室，陶醉的喜悦，似乎没有丝毫的减退，兴奋使大脑神经异常活跃。于是我匆匆地用了点早点，决定利用星期天的时间，去看望一趟久违的姨妈，带着我已是人民警察这个天大的好消息，去告慰她的心灵和摘下她的牵挂。

姨妈是母亲的妹妹，她们只有姐妹两个。母亲在世的时候常常提起她们的不幸：三岁死了妈，四岁死了爹，靠给别人当"童养媳"才勉强活了下来。妈无数次地说她们命运多舛。

母亲和那个在县中队当职业武警的丈夫还没过上几天的好日子，那人二十多岁就走到了生命的尽头。后来经组织介绍，母亲一担箩筐，一头挑着大姐，一头挑着大哥，嫁给了从上甘岭打仗回来的父亲，生下四个儿女之后，父亲又狠心地驾鹤西去。而姨妈则有幸嫁给了身高八尺、相貌甚伟的姨父，不料"上帝不让穷人欢"，没几天，姨父突然残废了一条腿，姨妈在风餐露宿中，患上了在乡下根本治不断根的"瘊疱病"。

来来往往之中，姨妈家的这条路，我跟在母亲的后面走过了记不清的趟数。母亲走了以后，我又与几个哥哥把姨妈当作自己的妈，诉说过无数

137

的可怜与心酸。姨爹是个心地极其善良的人，每每听到我们的艰辛与不幸，总会发出哀哀的叹息，总会扭头擦去自己的眼泪。

骑过这条蹦蹦跶跶的羊肠山路，一眼便见两位老人坐在自家的门前。我停罢自行车，深情地呼唤着他们。姨爹见我满身警装，显然没有认出我来，他为此很是诧异，连忙起身问道：

"解放军同志稀客呀！快坐快坐，我们可没有犯什么错误啊?！"

姨爹如此一问，我赶紧上前解释：

"姨爹，我是迎河子，是您的亲外甥啊！"

"哎呀，我的外甥呀，你把姨爹吓了一大跳，我以为是解放军来调查我们的！"姨爹说罢，只见他出了一口长气。

坐在一旁的姨妈在不停的咳嗽当中听着我和姨爹的对话，弄清了我的来龙去脉，一阵激动，一阵抽泣，把纵横的老泪，一滴又一滴地淌在我的面前和心头。

姨妈说："娃子，你现在成国家干部了，从今以后，我再也不担心你妈死了你去讨米要饭了，也不担心你一辈子娶不到媳妇了。"我看见，姨妈说这番话的时候，哭声里有着自慰，伤悲中夹着欣喜，把这个本来就很寂静的天空，硬是搅动得地动山摇。那凉爽的风，那吉祥的鸟，那消除的忧和那舒心的笑，顿时把简陋而穷困的茅屋变成了欢腾的海洋。姨爹说："我以后不再喊你的小名了，你是解放军，我记着喊你的学名。"

说着说着，姨妈还在淌着泪水。我知道，姨妈现在流出来的，既是幸福的泪，又是欢笑的泪，既是骄傲的泪，又是自豪的泪。

中午，姨爹特意提醒姨妈给我打了一碗荷包蛋，里面专门加了一些葱姜与红糖。我明白姨妈的意思,她是用母亲的方式,希望我一帆风顺,希望我走向圆满甜蜜和更加美好的明天……

2020 年 2 月 29 日写于南漳念慈斋

第三十三章　与酒相伴的日子

好长时间没有写东西了，缘于一件让今生倍感骄傲和无法忘却的事情。当自己的部下成长为党组织的栋梁之材的时候，心中的快慰与愉悦突然间冷却了我对文学创作的热情，以至于我这个三天不动笔手就发痒的文学爱好者，硬是被这种欣喜的气氛湮没了我多年来的爱好和追求。

成年男人的情绪往往跟酒紧紧地连在一起。就是因为酒的差遣，使得我去年、今年两年正在写作的《小时候那些事》的创作计划在完成三十二个章节之后搁浅了。这段时间，我的体内起码比平时多了二十多斤的酒，在有些场合和少数情况下，甚至到了畅怀纵饮的地步。

我的那些客人和粉丝，对我多日没有更新自己的博客和网站似乎滋生了一种"一日不见如隔三秋"的感觉，他们通过各种不同的方式追寻着我的踪迹。有的在网上要我站出来说话，有的在网上要我以请客的方式补偿他们的"等待损失费"，不然就要成群结队地到我的家里坐着不走。

为了转移他们的视线和回敬诸多朋友的友好和礼貌，我只好仿照互联网上流行的那个《贾君鹏，你妈喊你回家吃饭》的帖子，发动擅长动画制作的网友们，以与我十分要好的一位网名叫"教授"先生的乳名为题，制作了一部犹如连环画一样的叫作《东东，你妈喊你回家吃饭》的专辑式帖子发在"中国香漳缘"论坛上。一时间，不仅气得"教授"先生吹胡子瞪眼，而且使众多的网友笑得腰疼嘴歪肚子抽筋。更未料到的是，一位被网友们誉为"人精"的"一梦千年"网友唯恐升温不够，干脆动用搜索手段，发挥自己的全部智慧和潜能，精心制作了一部人看人赞的图片专辑——《教授的困惑》，顿时在"中国香漳缘"论坛掀起了万丈波澜。此时此刻，网友们忘掉了贾君鹏，兴起了"教授热"，弄得在现实生活中文质彬彬的"教授"先生里外不是人。

且不说"教授"先生怎样采取软硬兼施的腕子企图熄灭这场大火，关键是在网友们经过半个多月的顶帖之后，纷纷从狂欢中醒悟了过来，他们陆续跳出圈套，对我开始了新一轮的穷追猛打。就在那些数不尽的笑中带骂和骂中带笑的帖子，枪林弹雨般地向我扑面而来的每一个夜晚，我的神经仍然在酒精的麻痹中无法摆脱出来。

由于我长时间搁浅创作计划，最终惹怒了远在异地他乡的"中国香漳缘"论坛的一位资深网友，为此他在网上质问："迎河子，你的《小时候那些事》呢？"就是因为这个一看就晓得有几个字的帖子，让我从他的字里行间完全看到了他怒发冲冠的样子。我不得不由此回过神来反思自己在这段时间里对于写作的惰性，然后走进自己的浴房，在沐浴中按照我的创作思路，顺序般地追忆着我小时候的那些事，赶到天亮的时候，匆匆写下了记忆中不能抹去的《哭泣的自行车》那篇文章。

　　到现在为止，我仍然坚持认为为朋友的喜事而欢，并不是什么坏事。对网友们的调侃和嬉闹也无疑是我们放松心情的好办法。怪只怪这些酒精没有启发我的创作思维，把我的宝贵时光交给了瞌睡，交给了朋友……

第三十四章　关于这一年

2018 年的阴历年快到了,逢年过节,这是小时候最期盼的事。

(一)

即将跨过去的这一年,当丈夫的,像往年一样,一直在尽力地支撑着自己的家庭。之所以要尽力支撑,绝对是缘于一个永远的承诺,因为恋爱时期你在未婚妻面前做出的那些应许的事情,现在需要一步一步地去把它逐一变成现实。从未婚到已婚,从年轻到现在,一晃几十年就过去了,尽力了几十年,也算是兑现了几十年。作为白头到老的一种追求,今后还得继续尽力。这一年,我在尽力的时候,好像身心有些累,甚至有些疲惫,疲惫的时候,大有一种"坐在凳子上没精神,躺在床上睡不着"的感觉。这种感觉,不是因为心变了,而是岁月有些不饶人了。

生命的邂逅

（二）

这一年，最令我备受鼓舞和非常欣慰的，是女儿在顽强而持续地努力学习。在我看来，读研就是读研，没想到她又统筹兼顾，额外担任了两位不同学科领域的教育研究助理。我为此心疼极了，对她进行了严肃的教化与劝导。殊不知，女儿听归听，做归做，"言行不一"。我问之，她说，现在不加强实践锻炼，以后何谈"竞争力"？轻轻的一句话，让我这个当父亲的没有了语言。

（三）

基因和性格这两样东西，真的是骨子里生成了的。有时候，受大环境的影响，你可以改变一时，但怎么也不可能改变一世。这一年，我就跟平日里乡下的葫芦架下面的那些鸡子一样，本来可以在那里安神休息的，但就是天生闲不下来，用自己的双脚时不时地在那弹着、扒着地上的灰尘。这种现象实际是一种命的反映，所以我们老家的人把鸡子的这种命，叫作"鸡扒命"。2018年，我似乎就是这样，我和我的团队，始终像鸡子一样日复一日地弹着、扒着，在寻寻觅觅中找到可供自身生存的生机与能量。对于我们的行为，上苍似乎看懂了我们，所以毫不吝啬地给了我们太多的庇佑，使得我们实现了一个又一个过去不敢想象的滚石上山的目标。我曾事后或私下叩问自己为什么要这样去做，其实回答起来也非常简单，一是说明上司选配的这个团队能干事、会干事;二是说明这个团队的品质没有问题,原因是在有感情基础的上司面前能够"卖命",而在没有感情基础的上司面前更能够"卖命";三是期盼有一个好的结果,那就是事业增长、干部成长。对于这三点,我看都是正能量的东西,它的益处是显而易见的,也是无法否认的。

(四)

在业余时间进行文学创作,完全成了我个人生活的添加剂,这一年,我完成了《屋檐下的修行》这部长篇散记的出版与发行。还有,我与某影视公司的成功签约,使得我的长篇纪实小说《乳臭未干的岁月》实现了由文字作品向影视作品转化的夙愿。同时随着我的微信公众号"草根记忆"的上线发布和北京金城出版社与我进行的多轮磋商,我的长篇小说《躁动的山乡》的姊妹篇《永不后悔》,即将从湖北走向全国。如果再把我已经完成了的《汤逊湖组诗两百首》一半创作任务的这些文字加进去,2018年我在文学创作方面的收获,还是比较可观的。不过,使我自怜的是,作家与画家、书法家是不可比拟的,人家分分钟一个字,或是十几分钟一幅画,拎出去就是成千上万甚至几万几十万,而我的作品却在不知抽了多少烟、熬了多少夜并且在唯有变成铅字之后,才挣得个几十元或几百元钱。为此,一个民营书商把我的《乳臭未干的岁月》一书卖了一万册,当我告诉他"他赚了四万,我赚了一万"的情况后,书商却说他得到的是货币安慰,我得到的是精神享受。没想到,一个没读过什么书的人,一下子把写过六七部书的人的嘴堵住了。

（五）

　　这一年，快乐时刻在我的身边，秋天对我很好，冬天对我也很好，否则就不会发生那个特殊得不能再特殊、特别得不能再特别的传奇故事。因为在秋冬之交的那段时间，一个坏人挥舞着大棒欲向我打来，万万没想到的是，他却鬼使神差地把他的同伙打死了。一些知道内情的人纷纷惊讶不已，甚至百思不得其解。但这毕竟是一种事实，你说这个世界上的奇事怪事多不多。

（六）

　　眼下，我和众生一样，将从一个旧舞台退下而登上一个新舞台了，我们都将继续表演新的内容，我想，不管节目是否精彩，少一些泪水，多一些歌声，无疑是我最大的心愿。

　　在这里，我有理由相信明天的你我心胸会更加宽广博大，你我的笑容会阳光灿烂，因为你我知道，今生你我相识，来生便是陌路人；因为你我还知道，今生你我见得再多，下一辈子再也不会见面了。所以，你在自觉，我在更加自觉；你在克己复礼，我在脱羽重生。

（七）

提到了泪水和歌声，就自然想起了老家，记起了乡愁。别的不说，虽说穷与富是老家的永恒的话题，但有一条可以肯定，那就是只要父老乡亲和兄嫂晚辈们的勤劳美德不被丢失，深信在没有我丝毫帮助的情况下，你们的日子一定会一年比一年好的。

（八）

说着说着，就说到年跟前了。我们马上面对的叫作辞旧迎新。这倒有一些趣味，因为它真的很像一个人站在一条正缓缓开动的客船上，而另一个人站在岸上为他送行一般，刚刚牵住了一只手而又丢掉了另一只手。我认为这是一种邂逅，邂逅的离别，彼此总是依依不舍。所以在这里，我只好在选择一个飞吻的同时，再选择一个拥抱，这样一来，既可以让我虔诚地向昨日致谢，又可以使我庄严地向明天敬礼。

2018 年腊月初十写于宜昌出差途中

倒座庙的
歌声

第一章　张幺奶奶与张幺爷

就在迎河子父亲张幺爷患病的 1966 年春上，他家里草屋后面那棵杏树在开花结果的过程中，出现了许多病状。最开始，迎河子的母亲张幺奶奶和她膝下的儿女们并没有注意到这些，直到杏树叶黄枝枯，那些青涩的杏子不断地从树上掉落下来的时候，才意识到那棵杏树可能会在不长的时间内终结它的生命。

那棵比碗口还要粗一些的杏树，是新中国成立的时候从地主手里，连同那间草屋一起分给张幺爷的。迎河子自被父亲抱在怀里起，年年都能吃上那棵杏树上的杏子。

对于这种现象，迎河子的母亲张幺奶奶没有把它同张幺爷连到一起。后来，那棵杏树上压满枝头的杏子，随着杏树的日益枯萎和衰竭，无一例外地全部夭折。这种自然界与人之间的难以揭示的内在联系，最终演绎成了张幺爷生命历程的不祥之兆。

在这以后的八个多月的时间里，张幺奶奶想尽了一切可能的办法。但是，极端落后的医疗技术和极度窘困的经济状况，无法遏止张幺爷病情的急剧恶化。次年二月，年仅四十四岁的张幺爷带着说不清的病因和对人世间的无限眷恋与希望，在无尽的担忧与无言的绝望中，把六个儿女托付给了患难与共的妻子之后，乘着西去的仙鹤，离开了人世。

一个贫困潦倒的穷户人家尽管发生了像塌天一样的灾难，但是它对倒座庙这条古老而繁华的街道上的平静生活，几乎没有带来任何变化。在这里经商和田间劳作的人们，为了自己的生计，依然有序地忙碌着各自的活计。

搬招子他妈是从迎河子家里传来的痛哭声中，得知张幺爷去世的消息的。因为春节过后的这段时间，张幺爷一直处于昏迷状况。于是她径直来到迎河子家里，走到张幺爷的病床前，默默地帮着张幺奶奶擦去了张幺爷脸上生前流下的那些泪水，接着又抚闭了张幺爷在生命最后一刻与病魔抗争的那双睁着的眼睛。

在这个过程中，搬招子他妈像料理自己父亲的后事一样，每一滴泪水都表达了她对这位邻人病逝的悲痛和哀思。

稍后，搬招子他妈用着搬招子的口吻说道："张幺奶奶，我在这里和几个弟弟妹妹守着张幺爷，你到街上替张幺爷借副棺材，然后再请十几个人来帮忙。"

"我们家现在穷得一塌糊涂，平时人家连米面都不愿借，咋还能借到棺材呀？"张幺奶奶迟疑地说道。

"街中间的张货郎子有一副棺材闲在那里，他现在身体还好，你去试一下吧。"搬招子他妈接着又补了一句，"万一不行了，你就去公社里找柏书记，请他帮忙想一下别的办法。"

说罢，张幺奶奶按照搬招子他妈的指点，含着泪水，向她认为可以求助的倒座庙人发出了苦苦的哀求。

后来的事情并不是张幺奶奶和搬招子他妈想象的那么简单，能够为之动容的仅仅只有杨老五、杜强国和搬招子的父母及周嬷嬷他们。

无奈之际，张幺奶奶只好抱着唯一的希望，踏进了公社的大门。

满脸麻子的柏书记听罢张幺奶奶泣不成声的哭诉，顿时恼羞成怒，他破口大骂倒座庙街上那些没得良心的东西，并下令张货郎子必须借出自己的棺材，街上的各家各户也必须出一个当家的劳动力，参加张幺爷的安葬活动。否则，就地召开批斗大会，以缺乏无产阶级兄弟感情从严论处。

柏书记的命令，果然震撼了倒座庙这条横贯东西的整个街道。人们纷纷带着安葬张幺爷的工具，在杜强国他爹的安排和主导下，在晌午到来之前，将张幺爷送到了灵庙垭子的山那边……

那天，柏书记亲自在那里和大家一道安葬张幺爷，中午也没让任何人在迎河子家里吃饭。

第二章　别二奶奶

　　迎河子和杜强国他们打小就听说,别二奶奶是从北边的樊家湾嫁到倒座庙来的,她的娘家在新中国成立前是个大户人家,她的哥哥别二爷在樊家湾是人见人敬。

　　别二奶奶自从嫁给倒座庙的石大爷之后,先后生了两个儿子。一个叫石长生,一个叫石长道。后来,别二奶奶在青年丧夫的境况下,把两个儿子教育得在倒座庙一带出人头地,她为此感到由衷的骄傲和自豪。一是大儿子石长生依靠倒座庙后期的那种繁荣与兴旺,娶回了一名生在县城、长在福窝里的女子,据说这女子的府上曾是县城里红极一时的资本家,娘家的手工业作坊占据了设有江西会所的最繁华的风水宝地,在没有没落的时候,这一家子的人是脑壳望在天上走路的。大儿子娶了这样一位在娘家与人说话一般只是"哼"而无表情的名门望族的女儿,别二奶奶的那张嘴整天笑得简直就跟开喇叭花一样。二是别二奶奶的二儿子天生的水性好,河里

生命的邂逅

154

以往涨再大的水，石长道也能轻快自如地想游到哪里就游到哪里。有的时候他在赤手空拳的情况下，甚至能够神乎其神地从水里把鱼抓起来，只见他上岸的时候，不仅两只手里分别抓着一条大鱼，而且嘴里还衔着一条犟头犟脑的、看上去把他的嘴都快要胀破了的两三斤重的大鱼。倒座庙的人们无不佩服他那水性和捉鱼的技能。到了后来，大队书记"施瞎子"亲自点将，让石长道和老雁子的父亲李顺道一起当上了倒座庙的艄公。他们经常手持篙杆，撑着一艘三十多米长的货船，从迎河子屋后的码头起航，入汉江、下长江，虽然一个往返需要两三个月的时间，但是沿途的风光和武汉三镇的都市景色，每一次都让他们陶醉在犹如云雾之中一般。别二奶奶只要一听到自己的二儿子讲述一连串的花花世界的动人故事，就异常的激动，她庆幸自己生了一个会撑船、有本事、经常逛武汉的儿子。

别二奶奶就这样带着这种持有多年的良好心绪，过着在自己看来别人家所不具有的舒心日子。不知不觉地时序进入了20世纪70年代初期掀起的那股战天斗地新农村建设热潮。别二奶奶并不懂得新农村是什么意思，也不知道新农村是什么样子，她只觉得自己一家人现在住在自己拥有的两间草屋里已经够享福的了，从来没有想过对现有的生活进行丝毫的改变，因为这两间冬暖夏凉的草屋，是她和老头早年亲手搭建起来的，这些年来虽然没有发过什么陡财，但人丁兴旺，儿孙满堂。

一天，生产队长来到她家，说是要给她家里安装有线广播，天天既可以听到《东方红》，又能够听到毛主席语录。别二奶奶问有线广播里靠啥子磨响了，生产队长说是用从县城把通电的电线牵到这里之后用电带响的。别二奶奶一听到说"电"，就敏感地想起了前几天在电影上看见电打死人的情景。

她猛地从坐的凳子上站起来，坚决反对给她家里安什么广播，更不准天天通着电的电线从她家里的屋檐下通过，理由很简单，就是通电的电线容易起火，她的小孙子石华娃子平时"猴跳是舞"的，一旦有一天被她的孙子石华娃子在玩耍中闯到电线了，不是引起火灾，就是把她的孙子打伤致残。生产队长一再解释如何安全，可别二奶奶不仅一点也听不进去，还端起凳子坐在了广播施工的必经之地，这一下子难住了队长，也难住了安装广播的施工人员。

说到石华娃子，也倒十分有趣，他现在已经十一二岁了，入夏以来仍然像往年一样，一丝不挂地打着"赤膊吊肚"。石华娃子不懂羞耻，从来没有在意别人家里孩子们的笑话，一切我行我素，任凭他那长得像黑炭一样的光溜溜的身子和那两块长在背后的巴掌大的淡淡的黑痣显现在人们的眼前。

别二奶奶对自己的孙子真是太了如指掌了，她宁可信其有，不可信其无，听不得生产队长再说半句，否则，她那无法容忍的表情，足以让人感到如果谁敢再稍稍地往前一步，就会立马发生天大的事情。生产队长无奈，只好带着满脸的沮丧，离开别二奶奶的家，快得像一只病鸭子一样，拖着沉重的步子，有气无力地向大队办公室走去。

第三章　金木

金木是西门口大户肖家的后代,他妈生他的时候是一对"龙凤胎",脚下的妹妹一切都好,唯独他出生的"八字"里缺金又缺木,所以他父辈的六七个老兄弟在测字先生的主导下经过一番合计,干脆就直截了当地给他取了个"金木"的名字。

正是因为他的家住在西门口,与住在东门外的迎河子,虽然同住在一条中间铺着青石板、两边铺着鹅卵石的古老街道上,但由于一西一东相隔着两里多长的距离,所以他们平时很少有机会在一起玩耍。往日,除了迎河子平时上学路过他家以外,再就是逢年过节特别是过年的时候,他们才会不约而同地聚在街上的某个适合他们群聚的角落,疯疯打打地热闹一阵子。

金木说不上是一个调皮的娃子,这倒不是他个子小的缘故,无论在大人们眼里还是在迎河子他们那群五六十个娃子心中,金木从小到大,好像

　　　　　　　　　　倒座庙的歌声

从来没有惹过什么事,更没有给他的爹妈添过什么乱,闯过什么祸。

这年的大年初一,八九上十岁的娃子无一例外地都要按照大人的嘱咐,去这条街上挨家挨户地给街坊们拜年,这是这里传下来的习惯和礼数。这天,在自己家准备着等别人家孩子来拜年和等待着远方亲戚来拜年的大人们,为了使自家的孩子外出拜年有些收获,有的让自家的孩子穿上一件荷包比较大的衣裳,有的则让自家孩子手里拎着一个小口袋,意思是一旦街坊打发诸如苞谷花、炒花生和南瓜子之类的零食了,自家的孩子方便装起来。迎河子的家,是这条街上最穷的人家之一,每次他即将出门拜年之际,他那位守寡多年的母亲给他准备得更加牢实,专门在他上下身的衣裳外面多加了几个荷包,明眼人一看,迎河子穿的过年衣裳,跟别人家孩子相比,周身是破破烂烂的,唯独几个荷包是好的。尽管这样,迎河子似乎不觉得羞耻,过年的喜庆使他跟别人家的孩子一样愉悦。这几年,他每次拜年回来,荷包里总是装得鼓囊囊的。

初一的早晨,迎河子几乎是从昨夜的彻夜兴奋中熬过来的。他一早醒来,一早出发,从东向西,每户必拜,因为他每年出门拜年的时候母亲反复提醒他"宁冇一村,不冇一户",所以,迎河子一直在心里记着这句话,也一直在心里盘算着在哪一户拜年,可能会得到一种怎样的回馈。在他看来,拜年虽是使命,回馈则是可以期望的。

一路之上,幼小的迎河子只知道拜年,他不会看大人的脸色,也听不懂有些话语的含义,他觉得他每到一户,迎来的都是张张笑脸和乐呵呵的真爱,还有大捧大捧的他家里所没有的恩惠。迎河子感激中充满着知足与兴奋,当他拜完被大人们平时誉为"人丁兴旺"的肖家大户之后,无意中看见金木和一大群孩子正在道场一角玩得其乐融融。他连忙过来加入了他们的行列。金木见到迎河子的到来，立时为多了一个伙伴显得格外高兴，于是二话没说，抱起迎河子飞转起来，待到三转五转下来，金木便在晕天倒地中连同迎河子一起摔倒在地上。过了一会儿，当他们在余趣中爬起来的时候，殊不知一个小伙伴突然发现迎河子头上冒出了鲜血，一阵惊讶、一阵喊叫，一下子吓坏了金木和周围的小孩子。迎河子摸着流下来的血，也开始号啕起来。小伙伴们见状，自知大事不妙，生怕累及自身，赶紧分头跑回家去。

金木的妈是在听见迎河子的号啕声之后，见金木呆呆地站在迎河子身旁而赶过去的。经过一番询问，才知道金木闯了大祸。金木妈自知儿子理亏，背起迎河子便往街中间的卫生所快步走去，一边安慰一边一声儿子一声乖，连说带保证给迎河子出两角钱请医生打个止血消炎的"疤子"。途中，迎河子打心里倒也没怪罪金木什么，感觉这回流血要比以往自己同杨老五打架时少得多了，更为幸运的是，现在流血已止，疼痛逐渐减轻，于是他灵机一动，计上心来，反过来向金木的妈哀求道："孃孃呀孃孃，我现在不想去卫生所打'疤子'了。"

"咋了？不打'疤子'会得'破伤风'的！"金木妈坚决而严肃地说。

"孃孃，我这伤口不要紧，你干脆给我两毛打'疤子'的钱算了。"

"为啥子不打'疤子'要给钱？"金木妈不解地问。

"孃孃，我用两毛钱买点好吃的，把流的血补回来就行了。"

"那你想好啊侄儿子，不然你回去了，你妈会怪我的。"

"不要紧，我用头发把伤遮起来，我妈不会发现的。"

"那让我看看再说。"

金木妈从背上把迎河子放了下来,见他头上伤得确实不重,而且血真的已经凝固,就勉强地掏出了两毛钱,满足了迎河子的愿望和请求。

金木妈忐忑不安地望着迎河子离开的背影,哪知迎河子像一阵风似的钻进了那个还在营业的供销门市部,不一会儿,迎河子从里面拿着一串鞭炮走了出来,那扬扬得意的样子,随着他亲手点燃的一个一个的鞭炮,映红了在门口观望的人们的笑脸,也映红了迎河子站着的这片春意盎然的天空。

第四章 "胖胖娘腿"果子

一到夏收夏种的季节,倒座庙山上的那些野果子,总能给在夜以继日的劳作中累得只差喘不过来气的人们提供一点充饥的食物。杨家寨和乌龟包子周围长满了一种叫作"胖胖娘腿"的野生植物,它那满身的果子就是在这个时候由青涩走向成熟的。

与野李子、野杏子和"八月榨子"不同,"胖胖娘腿"果子的个头简直只有绿豆一般大小,没有熟透的,是绝对不可以吃的,即使熟透了的"胖胖娘腿"果子的核,在吃的时候也是绝对不可以嚼破的,大人们说,如果吃了那种没有长熟的"胖胖娘腿"果子,或者如果在吃成熟了的"胖胖娘腿"果子而不注意嚼破了它的核,那是会中毒丧命的。平时,大人们注意了这种吃法,迎河子、杜强国和搬招子他们也没敢违背这个规矩,甜滋滋的味道,在每年的这个时候,都满足着他们的味蕾,也幸福着他们的心田。

石有娃子的小名叫"有",是跟迎河子、杜强国和搬招子他们这一帮男孩子的年龄差不多大的女孩子。由于她长着比同岁的男孩子们还要高的个头，所以从杜强国和杨老五的嘴里，喊出了倒座庙人人皆知的而且也跟着喊的"石有娃子"这个名字。还有，石有娃子的妈，本来是县城里的大家闺秀，但以前，倒座庙是与武安镇和县城并起的三大古镇之一。当时倒座庙作为襄荆地区的鸦片集散地，扬名于整个长江流域，上起秦巴、下至湖鄂的商贾们纷纷行船于此，把购买和贩运这种"烟货"视为发家赚钱的头桩生意。于是乎，极度繁荣的倒座庙引来了县城的一只只凤凰，石有娃子和搬招子的妈就是在这种背景下嫁到倒座庙的。

时光荏苒，岁月更迭，历史的车轮一晃就到了20世纪60年代。昔日直达武汉的水陆交通要道，随着"三十年河东，三十年河西"的轮替与变迁，以及新中国禁烟运动的开始，长久以来，常年赶着马车和撑着大船来往于倒座庙的马夫与艄公们渐渐结束了他们世代以来赖以生存的南船北辕的使命，一些来自他乡的商贾不得已撤走了他们设立在陕西、江西、安徽、潇湘的会所，倒座庙告别了经年的繁荣与辉煌，走向了没落与萧条。

石有娃子和她的两个哥哥姐姐和四个弟弟妹妹便出生在一切归于平静的倒座庙街上的中间靠东的一个贫穷的家庭里，一间用麦秸草搭起的正屋和两间土坯房，住着连父母在内的一家九口，可想而知的生活状态，使他们跟迎河子家里一样，年复一年地过着衣不暖身、食不果腹的日子。

夏天的"胖胖娘腿"的果子熟了，这当然是倒座庙的老老少少期待向往的事情。人们也轻易地看得出来，这时的石有娃子的口水比别人流得多，所以知道她的心比别人更迫切一些。

这天晌午，石有娃子上山的时候一直跑在大家的前头，把"胖胖娘腿"

果子吃饱吃好无疑是她今天的愿望。只见她抢先走到一大蓬满满地长着"胖胖娘腿"果子的"胖胖娘腿"面前，一把一把地而且是不顾一切地狼吞虎咽起来。一阵过去，石有娃子正在为自己饱足了许多而欣慰的时候，她万万没有想到她在这个过程中把大人们平时的教诲忘记得一干二净，她虽然没有吃那些青果，但是她嚼破了无数的果子核。不一会儿，她的嘴唇发乌，口吐白沫，"扑通"一声倒在地上，顿时两眼直翻。身边的人见状，赶紧呼喊："快来人啊，石有娃子中毒了！石有娃子中毒了啊！"众人闻声赶到，掐的掐人中，拍的拍脑壳，喊的喊名字，一切都无济于事，直到她的那位膀大腰圆的艄公出身的小爹赶来，见势不妙，背起石有娃子向公社卫生所飞奔而去……

到了天黑的时候，石有娃子终于得救了，她眼巴巴地望着医生和站在她面前的人们。她知道，她今天捡回了自己的生命，也捡回了自己今后的饥饿……

第五章　陈汉礼

虽然儿女满堂，但是穷得叮当响，倒座庙的大人娃子们都晓得住在熊家台子上的陈汉礼家里人人衣不遮体、食不果腹的那种穷困。饥寒交迫的这家人身上尽是酸臭味的样子，连饥饿无比的豺狼看见他一家人恐怕也会掉上几滴眼泪。

陈汉礼一不懒惰，二不愚钝，就是家运不顺，什么倒霉的事，好像都是直冲冲地专门找上他的门来。别的不说，光他的六七个儿女而言，要有多糟糕就有多糟糕。先是他的两个儿子，本来一生下来就是好模好样的，万不该给他们分别取了个大癞子、二癞子的下贱名字，他们果真都长上了根本治不断根的满脑壳的癞子。这头上的癞子，一到冬天就结成了一层痂子，一旦进入夏天了，身上出汗的时候，脑壳自然也要出汗。只要到了快出汗的时候，要流的那些汗就钻不出来。于是乎钻不出来就痒，痒得很了就得抓，一抓痂子就掉，痂子一掉就流血，一流血就令人恶心，人一恶心就远离他们。再就是他的那个女儿，从出生到长大，什么病也没有，就是不晓得咋弄的，鬼使神差她的一只眼睛的下眼皮格外地凹了进去，这样一来，让熊家台子上的人，在瞧不起他的两个癫子儿子的同时，又多了一个瞧不起他女儿的理由。

大锅饭年代里的乡下人尽管是一样的贫穷，但在人们看来，陈汉礼这家人要比别人家穷得更狠一些。

穷人家如果穷在平时，那倒还稍微好一点点，如果到了寒冬腊月，特别是快要过年的时候，那日子实在叫人没有办法过下去。这似乎成了一些穷苦人家的共同感受。还有那些在这一年借过别人钱而没有能力偿还的人家，干脆在腊月三十的一大清早就把过年的对联贴上了门，然后象征性把赊来的几个鞭炮点燃，接着把门一关，管他有菜无菜，就开始吃"团圆饭"了。这样做的目的，是告诉要账的人别来要账了，"有钱无钱，再看来年"，今年还不起是真的，明年想办法再还。住在倒座庙街上的禄银子的老爹王光文年年都是这样做的，前来收账的人只要看见了门上贴的对子和地上三三两两的鞭花，便会二话不说打马回去的。

陈汉礼虽说一年到头在外面没有借什么账，但他家里杀不起猪，也宰不起羊，甚至连豆腐也打不起一块。他觉得他是一个极不称职的丈夫和父亲，大过年的，家里一穷二白，厨房里什么荤菜也没有。思来想去，他什么办法也想不出来，无奈之际，他还是决定去河里摸鱼，唯有摸一些鱼回来，才能抹去他心里的愧疚和暂时性地安放与他的躯体快要分离的灵魂。

从熊家台子到东门外的迎河子家，是流经倒座庙的那条河流的南岸，先辈们在沿岸种下的比筛子还要粗的杨柳树随处都可以看到。

从往年到今年，陈汉礼似乎摸索出了一种规律，每次都是沿着河边从西向东，一节一节地摸下去，一直摸到迎河子家的屋后头。因为这些杨柳树的根上长满了延伸在水里面的须子，天寒水冻了，一些野生的鱼自然就藏在了树根须子里面，寄身此处寻找温暖。陈汉礼在往日抹澡的过程中发现了这个窍门，所以，他在嘴里衔着一根带有钩子的杨柳树条子，摸住一条，便往树条子上挂一条，一个时辰下来，陈汉礼能够摸到足够他们一家人在团年的时候好好吃上一顿的至少五六条的野鱼。

现在已是大年三十的上午时分了，陈汉礼上身的一件袄子只穿进了一只袖子，赤着另一只胳膊，下身穿着一条裤衩子，然后在河边折了一根杨柳树条子，走进了那个可以摸鱼的河岸，去完成摸鱼这个不是使命的使命。

在熊家台子那个专用来打场晒粮的场里，他那两个头上长满了癞子的儿子和生理上有着后天缺陷的妮子，以及其他几个小弟小妹全然不知道他这个当父亲的心理负担和压力，在别人有些瞧不起而又有些怜悯的目光下，丝毫不懂自己的羞耻和尊严。只见他们天真无邪地玩着他们的游戏，也无忧无虑地等待着春节的到来……

第六章　石光春

石光春是倒座庙最后一位撑着大船下汉江、入长江的艄公石长道的大儿子,他的奶奶给他改了个"米应"的小名,这个小名,跟外地叫"满堂""满仓"名字的寓意大致一样,都充满了对美好生活的向往和追求,巴望着从此以后,石光春的家人不会再缺粮食吃了,天天都有大米从米缸里不断地掭出来,日子越过越好过。一直到他到了上学的年龄,家里人才又给他起了个"石光春"的学名。

按照倒座庙这一带约定俗成的规矩,石光春虽然比迎河子大六七岁,但从辈分来看,石光春却是迎河子的晚辈。因为迎河子的爷生的迎河子的爹是老幺,迎河子的爹生的迎河子又是老幺。俗话说,"幺房为大",这样一来迎河子就把石光春的奶奶叫作"嬷嬷",把他的爹妈叫作"哥哥""姐姐"了。

在这个称谓和叫法的问题上,石光春一直没有马虎过,平时只要一碰见迎河子,便毫不犹豫地喊上一声"四叔",接下来又问上几句"你吃饭了吗?""四叔你干什么去呀?"之类的礼节性的话。

除了辈分高于石光春,在石光春眼里,迎河子在倒座庙街上的几十个同龄的小娃子当中,算得上是一个好学上进、机灵过人和像竹笋子一样看得见往上长的小娃子,因此他对迎河子的好感和信任,往往要比其他的那些小娃子多一些。

随着斗转星移和岁月渐增,到了1980年,当时的生产队长在农业联产承包责任制的浪潮中,为了发展壮大集体经济,经过公社和区里层层批准之后,用生产队里的钱在县食品公司的乳化厂购回了一千只蛋鸭的鸭苗,然后召开群众大会,把刚从"中越边境自卫还击作战"中打仗回来的石光春选成了生产队养鸭场的负责人,并且下放权力,由他来挑选一个助手,跟着他一起来喂养这批鸭子。石光春琢磨去琢磨来,对能干事、会干事的小娃子们一个一个地进行了比较分析,最后选择了迎河子,两个人从此和那一千只鸭苗朝夕相处在一起,一直把它们养大下蛋,为生产队创造着一笔又一笔的财富。

在这两年多的时间里,迎河子与石光春无疑是志同道合的,他们常相知、不相疑,每一笔收入和支出都是公开透明的。还有,在白天放养和夜晚守护这群鸭子的过程中,迎河子的妈走了已经快有两年了,他孤立无助地依靠自己的力量打理着自家孤苦伶仃的生活。新婚不久的石光春,在换班吃饭等许多方面给了迎河子太多的体贴和关照,他的那位漂亮贤惠的妻子,也在后头给迎河子报以怜悯和同情。这让无依无靠的迎河子在内心深处切切实实地感受到了阳光般的温暖和亲人般的关爱。有的时候,甚至让迎河子在私下和他人的面前淌下过激动的泪水。

光这些还不算,其实最让迎河子孤独和寂寞的是阴雨季节里的那一个个长长的夜晚让他独自承受着冷冷清清的一切,满肚子的心声,他无法找到一个知己倾诉。对于这种无法摆脱和难以抚平的压抑,迎河子总是在良好的愿望中,在叫天天不应、叫地地不灵的呐喊里,义无反顾地寻求着缓解与释放的窗户和门路。

迎河子就这样找着找着,终于有一天,他想起了石光春,滋生了每天晚上到他家里打发一阵子时光的念头。迎河子想定了之后,说去就去,每一次都从石光春那对新婚夫妻的脸色中,看出了他们对他是实实在在的欢迎。

一天两天去了,三天四天还得去。对于石光春家这个唯一可去的去处,迎河子一去就是三四个月。久而久之,去多了,话自然就少了。这倒不是由于石光春两口子不待见迎河子的原因,而是迎河子最近一段时间老是坐在那里低头看着报纸上的新闻,从天黑开始到晚上九十点钟,一坐就是两三个小时,在他那幼小稚嫩的心灵世界里完全忽视了石光春这对刚刚结婚的人对个人幸福生活的渴望。与其说是忽视,其实不如说迎河子压根儿不懂得大人们的那些事情,他既没有考虑过何时是小两口休息的时间,也没有分析过石光春对他爱人说的那些听起来很是平淡,实质上充满爱意的语言的含义,长时间无动于衷地坐在那里,已经严重影响到了他们两口子的私情联络。为此,石光春实在是忍不住了,只好非常策略地问起迎河子:

"四叔,你天天都睡得很晚,困不困啊?"

"还好还好,我现在最大的毛病就是睡不着。"

石光春的爱人魏守芝假装一本正经地坐在那里看着迎河子，只见她那镇静的目光里带有一种希望迎河子早点离开她家的眼巴巴的感觉。

"守芝，你过来，我跟你说个事。"石光春起身走到他们的新房门口，含情脉脉地斜着眼睛望着他的爱人说。

"说个扯子，四叔还在这里看报纸，等四叔把报纸看完了再说。"

"四叔，你快看完了吧？"石光春不失时机地接着他爱人的话赶紧问道。

迎河子一听，这才恍然大悟，一下子意识到，现在正是这对新婚夫妇的蜜月，晚上更是他们窃窃私语、相拥而眠的时候。此时的迎河子，觉得自己好像犯了一个大错，在慌乱中扔下了手中的报纸，愧疚地带着一张红通通的脸，仓皇而负罪地离开了石光春的家。

第七章　蜜蜂王

要说倒座庙真正帅得让人流口水的人，那一定是"蜜蜂王"了。他一米八几的个头，穿什么衣服都是板板正正的，一张"国"字形的脸和镶着几颗自带笑的金牙，还有背着手有板有眼走路的神态，使任何从来没有跟他见过面的人，一见之下就会自然而然地把他当作一名国家干部。

知道底细的人都清楚"蜜蜂王"是一个地地道道的农民。他有一副天生就不适合在山上山下、房前屋后和水里土里从事耕田犁地、播种收割及肩挑背驮的繁重劳动的身材。上苍却给了他一种别人所不具备的天然"禀赋"，是以他在一种长期轻松、优越的环境下，从事着一种让倒座庙人可望而不可即的特别高贵的职业。

这种高贵的职业，真的可以实实在在地叫作"甜蜜的事业"。因为"蜜蜂王"是倒座庙唯一会喂养蜜蜂的人，所以他便独一无二地甚至顺理成章地成了大队的那几十笼子蜜蜂的专门负责人。

大集体、大锅饭的艰难岁月，人们最无法摆脱和只差喘不过气来的，是日复一日、年复一年而且望不到尽头的"脸朝黄土背朝天"，凡是只要有二两力气可以用于劳动的人们，成天汗流浃背地挣着勉强能够维系生命的工分。而"蜜蜂王"则不用，他一天到晚地跷着二郎腿，悠然自得地闭着眼睛，坐在那些只见蜜蜂飞进飞出的几十笼的蜜蜂笼子旁，抱着收音机不断变换台地收听着"毛主席语录"和跟着收音机哼着好像全国人民都在哼的"样板戏"。倒座庙的大人娃子们觉得"蜜蜂王"有如此之好的命，如果今后不活他个百把岁的话，那是对不起老天爷的。

"蜜蜂王"这种人像是积了八辈子的德换来的天福，"蜜蜂王"似乎从很多人的话语里听出了那些实在没有办法改变的"羡慕嫉妒恨"，连他自己也难以用语言来表达他心灵深处的那种美滋滋的感觉。

或许是"蜜蜂王"的气质与魅力和职业与长相的珠联璧合，也或许是颜值与身材的完美展现，倒座庙的那些年龄与他不相上下的姑娘的心，简直被他完全扰乱完了。她们纷纷地向他走近，不是心甘情愿地给他端去炒着葱花鸡蛋的油盐饭，就是隔三岔五地帮他清洗穿在身上本来就还比较干净的衣服。背地里已经十分骄傲和自豪的"蜜蜂王"，像乡下所说的"运气来了，门板也挡不住"一样，随着万物之花在不同季节里绽放，和蜜蜂对花粉的敏感追逐，开始循环往复地走起了他想挡也挡不住、旺得不能再旺的桃花运。

在后来的时光里，同万千蜜蜂生活在百花丛中的"蜜蜂王"，百花盛开的每一个地方都无一例外地成了他们的驿站。365 个日子，他们以流动的方式，在葱郁的山川和绿油油的田野上寻找着相拥百花的春天。于是乎，蜜蜂作为花季里的匆匆过客，"蜜蜂王"便自然在为之倾倒的姑娘们面前变成了匆匆邂逅的偶像。想不到的是无比勤劳的蜜蜂们一年到头酿造出来的一桶蜂蜜，"蜜蜂王"犹如看水流舟一般，将那些生存在贫困线下的妇女不约而同地用那种特殊的暧昧的进献，慢慢地、慢慢地掏取一空。

　　腊月初十了，"蜜蜂王"像流浪汉一样两手空空地回到了自己家里，他现在没有了蜂蜜，也没有了蜜蜂，看着眼巴巴地盼着他回来的妻子和女儿们，他无法进行辩解和交代。因为凡是听说过倒座庙的老人说过的那句话的人都晓得：放养蜜蜂的人，是绝对不能在外头有花心、勾花魂和干什么花事的……

第八章　熊木匠

　　倒座庙的人习惯于把一些有手艺的工匠连同他们的姓氏,喊成"肖铁匠"或"朱锅匠",这既是对他们的一种称呼,也是对他们所从事行业的一种区分。

　　熊木匠的名字叫熊志平,他比迎河子大约大十岁。他原本是一名养路工人,在靠近大山的一个叫葛公河的地方养了几年的砂石子铺成的公路。从一开始到后来的头两年,倒座庙的大人娃子们都以为他跳出了"农门",参加革命工作了,个个羡慕的那个样子,看上去只差口水流出来了。后来一直到熊志平背着背包回到倒座庙的那一天,人们才知道他实际上是在养路道班里当"轮换养路工"的。"轮换养路工"的意思,就是在招工的时候,一切按照正式工的招工条件招进去,然后由道班的班长给他出具一张文字说明,约定他干到一定的时间了就得回到原来居住的地方,恢复原来的农民身份,跟其他农民一样,参加生产队里的各种劳动。这是一种制度性的安排,不管是哪个当了"轮换工",那真是犟都不容犟的,根本不要讲任何条件,时间一到,都老老实实地得回去向生产队长报到。

熊志平就是在经历了这个身份的转换之后回到倒座庙的。他当时没有觉得有什么丢人的,倒座庙的人也觉得这是一件再正常不过的事情了。

熊志平聪明得很,他回到倒座庙除了天天参加生产劳动外,利用晌午歇晌和夜晚休息的时间,自学了一套木匠的手艺。他先是试着给自己家里做一些必须要用的生活类家具,然后又给亲戚家和朋友邻居们做这类东西来混几顿饭吃。后来,渐渐地,他把名气做大了,就开始走出去以这为生了。一些需要做家具的社员群众把他请到家里一做就是五六天甚至十天半个月的。请他来做木活的条件很简单:吃饭是免费的,每顿都要尽量做几个带荤的比如鸡蛋、猪肉之类的好菜待管他。每天还要按照当初谈好的价钱,在完工离开的那一天一次性结清。熊志平在刚刚分田到户的那两年,从来没有断过天,一站接一站地在倒座庙的东南西北做着他的木活。

迎河子的爹妈走的时候,连房子都是麦秸草搭成的,因此更谈不上给他们留下多少家什之类的东西,等到前两年几个哥哥成家与他分家另住的时候,除了一口锅和一双筷子一个碗,迎河子什么也没有分到。他不得不盯着生产队分给他的那片不大的责任田。一年下来,他准备了一些可供做一张饭桌、一张床和几把凳子的木料。

秋冬时节,迎河子和熊志平事先约好了到他家里做几天木活。几天之后熊志平便如约而至。

迎河子真的弄不清那一年的收音机里为什么设了一个"说书"的节目,更弄不清熊志平一到了"说书"节目的时间,他为什么会如痴如醉地收听着那个"说书"的节目。当时,"说书"节目的内容是《岳飞传》,上午一遍,下午一遍,一说就是个把小时。熊志平只要一到这个时间,他的汗毛就好像竖了起来一样,立马停住了手中的活儿,全神贯注地听着里面的内容。只见他随着那些内容,一会儿神采飞扬、心花怒放,一会儿怒火中烧、垂头丧气,对手中要做的那些木活,简直没有丝毫的在意。迎河子见状,硬是急得啊,不知怎样形容是好。他生怕由此耽误了工期,既要多管几顿饭,还要多付一些钱,因为他实在是囊中羞涩,他为管饭而准备的鸡蛋也是有限的。他掰着指头算了又算,熊志平如果一意孤行地这样听下去,他的那点钱和那点鸡蛋不等熊志平把活做完就会没有了。

"哥哥,我想跟你商量个事。"迎河子拭揉着眼对熊志平说。

"哎哟,兄娃,你说什么事?"熊志平在沉静中突然扭过头问。

"我想等你把我的这几样木活做完了,留你到我屋里玩两天。"

"玩两天?这恐怕不行!"熊志平坚决地说,"杨猫子屋里想打一个三门柜和一个高低柜,今里一大清早他跑到我屋里还催了我的。"

"那就请哥哥你早点把我屋里这点活做完早点过去算了。"迎河子干脆直接提醒熊志平道。

熊志平听到这话,明白迎河子说留他在这里玩两天的意思实际上是在催他放下收音机去干活,不要再听那个什么《岳飞传》了,一时有些脸红了。

迎河子赶紧救场,一边递烟、倒茶,一边吵着站在那里并没有吠叫的那只黄狗。熊志平有些无奈,没再接着话茬说下去,明显不好意思地操起家伙什——锯子、斧子干起活来……

第九章　陈大老板

街中间的陈大鼻子的老爹,是倒座庙这一带最资深知名的做手工衣服的"裁缝匠"。八十多岁的人了,一天到晚地站着,在案子上剪啊裁的,连他带的那几个徒弟都有些吃不消,但从来没人听他说过一句腰疼的话。

陈裁缝其实就是一个裁缝,但是由于他十岁就开始跟着师傅做衣服,现在已经做了六七十年了,他亲手带出的一茬又一茬的徒弟,数起来起码也有大几十人了,所以他不允许任何人称他为"裁缝",也最反感别人把他喊作"裁缝师傅",生怕被一些不认识他和不知道他底细的人,把他当成手艺不高和做衣服时间不长的"才缝"了。他自己定了一个谁也不能逾越和违反的规矩,要求任何跟他打招呼的人,必须喊"陈大老板",而绝对不能喊"陈裁缝"。这是住在他对面的在供销社工作的刘么嬢一再地提醒迎河子他妈要特别注意的事情。

刘么嬢每次都是用严肃的面孔和口吻提醒着迎河子的母亲。而每次提醒的时间又选在刘么嬢不失时机地并且是专门给迎河子他妈特意留下的那几尺"布头子"的时候。"布头子"是一整板布由供销社卖到最后剩下的那一两尺或两三尺的布。一旦有了这样的"布头子",它必然会被降价处理。刘么嬢在供销社工作,知道迎河子他们家里穷到什么程度。前几年,迎河子的爹死的时候,连棺材都还是由在公社里当书记的刘么嬢的丈夫柏麻子叔出面借的,他还号召街上的劳动力只帮忙、不吃饭,才把这位从淮海战役和抗美援朝打仗回来的穷战士勉勉强强地安葬了。

迎河子的妈在刘么嬢那里拿到了"布头子",自然要去"陈大老板"那里求着"陈大老板"手下留情,尽量根据迎河子他们兄弟几个的高矮,不添不减地算好尺寸账,用手上仅有的"布头子"恰到好处地做上一件"剩一寸可惜,多一寸没有能力再去买"的新衣服。所以,这便成了刘么嬢在每年底向迎河子的母亲反复提醒的理由。

人穷的时候总是无法抬起头来,再多的骨气和尊严,也只能被迫放下来,唯待儿女们长大以后再去重拾与挽回。迎河子的母亲言听计从地牢记着刘么嬢的肺腑之言,小心谨慎地来到"陈大老板"的铺子,在"陈大老板"面前表现虔诚与乞求,让站在旁边的迎河子目睹着"陈大老板"的伟大和贫困导致母亲和他人格的渺小。

"陈大老板"不屑一顾,旁若无人,用尺子敲着案子,十分不耐烦地说:"每回尽拿球这号的'布头子'来做这做那的,咋做啊?!"

"陈大老板,你就审着看着给我这个小儿子做点吧。"迎河子的母亲哀求道。

"说球得好听,你来做一伙事看嗨!"陈大老板似乎有些气愤,把手中的那把尺子从案子的这头扔到了案子的那头。

"你是大老板,又是儿子的伯伯,他爹命不好,死得早,现在你这个好家子有手艺的伯伯不可怜我们,哪个可怜我们啊?"迎河子的妈说这句话的时候,虽然听不到哭声,但是眼泪却唰唰地流下来了。

人心都是肉长的,"陈大老板"的语气还是软了下来:"好,把'布头子'放到案子上。"接着又头也没抬地指着迎河子说,"后天来量尺寸!"

迎河子的妈听罢,顿时感激不尽,一声一个"谢谢",一声一个"陈大老板",牵着迎河子离开了这个人人都高看三分的"裁缝铺子"。

在街中间往东门外方向的那截路上,站在门口的人们,看见了一位认命的母亲后头,跟着一个不认命的儿子。

第十章　王桂芝

　　好不容易有点回心转意的王桂芝，刚从河南回来。也不晓得是谁出的鬼主意，队里在晚上召开的倒座庙一队的群众大会上开起了她的批斗会。

　　开始是让王桂芝站在会场的中间接受批斗的。负责守着她的那个红卫兵冲上去按下了她的脑壳，叫她站在那里听着造反派小头头揭批她的罪行，然后由她一五一十地交代自己的犯罪过程和思想根源。整个过程中，只许老老实实，不许乱说乱动。

　　王桂芝在低头认罪时说，她经不起阶级敌人的拉拢和糖衣炮弹的袭击，在坏人的教唆下私自跑到河南想跟那个河南人结婚，完全是在给红旗飘飘的倒座庙抹黑丢脸，她说她犯了这么严重的罪行，确实该批该斗，不然的话，对不起广大人民群众。王桂芝的这些话，是她跟着她身边的那个红卫兵一句一句地往下说的，说到罪大恶极的时候，必须要掉下眼泪，否则就是态度不老实，认识不深刻，交代不彻底，不斗到天亮是绝不能放过她的。

要说王桂芝是如何走到这一步的,这要从打河南搬到倒座庙三队的郭丫头说起。王桂芝住在倒座庙一队,嫁的是一位在抗美援朝战场上打仗回来的复员战士,在一间半的草屋里生下了五个娃子,一家人常年挣扎在水深火热之中。一天,在河里打鱼的郭丫头看见在河里洗衣裳的王桂芝,经过一番你问我答,郭丫头在了解了王桂芝的家境之后,顿起贼心,连骗带哄地把王桂芝带到了河南,许给老家的一个老单身汉,收了一笔事先讲好了的"介绍费"。后来,这事被大队干部发现了,几个民兵组成专案组,赶赴河南,软硬兼施地把王桂芝带了回来。哪晓得王桂芝前脚到屋,后脚就被押到了一队的社员群众已经等候多时的批斗会场,五马长枪地斗了起来。

眼看自己现在丢人现眼地在众人面前被批斗成了这个样子,王桂芝真的非常后悔不该听信专案人员的话跟着他们一起回来,如果当时躲着不见他们的面,这几个人即使打着灯笼也没办法把她找到。想到这里,王桂芝越哭越难受,越难受越要哭,声泪俱下的样子,让会场的每一个人都说王桂芝当时既不该跑出去,今天也不该跑回来。也许跑出去就跑出去了,如果不跑回来,至少不会像现在这样,站在这里受着这种无脸见人的折磨。

王桂芝时而号啕,时而抽泣。号啕的时候造反派指责她捣乱会场,抽泣的时候造反派又痛斥她厚颜无耻。总之,一切都是王桂芝的错,错得罪该万死,错得遗臭万年。既然事已如此,王桂芝干脆不顾一切地冲到造反派头头面前准备跟他以死相拼。哪知这个头头一声令下,红卫兵向地上撒了一层破碗碎块,把王桂芝的双膝狠狠地踢跪在那里。

王桂芝彻底地老实了,老实得再也没有流下一滴眼泪,只见那尖锐的碎块刺穿了她的裤子,刺破了她的膝盖,地上的那摊鲜血顿时映进了月亮的影子。

批斗会终于结束了，王桂芝勉强地爬了起来，迈着伤痛的步子，连夜向河南方向奔去，贫穷而"恶毒"的倒座庙从此成了她的绝不愿踏足之地……

第十一章　周嬷嬷

周嬷嬷是跟迎河子的爹妈住在同一个生产队的张龙海的老伴。其实张龙海本身不叫这个名字,民国时期,他为了躲壮丁,从虎山寨那里逃到倒座庙跟周嬷嬷成婚的时候才把"张光海"改为"张龙海"的。根据大人们的年岁,迎河子的妈在倒座庙与合得来的几个姐妹结为"十姊妹"之后,就开始叫迎河子和他的三个哥哥把一直期盼着生个儿子而又全部生的是女儿的周嬷嬷和张龙海叫为"干妈""干爹"了。周嬷嬷那三个依次叫狗儿、奈子和巧云的女儿则把迎河子的爹妈叫作"幺爹""幺妈"。

迎河子打小时候就清楚地记得,狗儿、奈子和"巧云"每次叫"幺爹""幺妈"的时候,那暖融融和亲滴滴的叫声,简直就跟叫自己的亲生爹妈一样,硬是没得一丁点儿的做作。

倒座庙很是羡慕这两家子的情感往来,迎河子妈结拜的另外的几个姐妹,总有人时不时开上几句让奈子和巧云跟迎河子以及跟迎河子年龄差不多大的某个哥哥走到一起的玩笑。那些半真半假的话语，难免撩动过大人的心，是以两下的互为干爹干妈的四位老人都产生了这样的想法。因为他们知道，在他们生的几个儿子和几个女儿当中，真的有两对不仅年龄相配，而且长相也很相配。一想到这些，张伯伯、周嬷嬷和迎河子的爹妈心里就异常的高兴和欣慰，他们在暗地里都在等待着自己的儿子和女儿长大，都在盼望着那一天的到来。

在浪漫这个问题上，乡下人和城里人是完全不可比拟的。一年四季的繁重劳动，累得"日出而作、日落而息"的乡下人根本无法在哀叹与呻吟中直起腰来。他们在依靠挣工分来维持生命延续的那个年代，对儿女之事往往是一晃而过，不像城里人那样，一旦遇有这样的事情，便整天迫不及待地缠着"月下老人"，在充满幸福的喜悦和极度亢奋的情绪中，请算命先生掐算着"喜结连理"的黄道吉日。而忙于劳作和只会劳作的乡下人，为了摆脱"吃了上顿缺下顿"的饥荒和遮挡身上满是补丁的衣服的寒冷与羞耻，在没有色彩可言的生命长河里，封存着生理的需求和精神的获取，年复一年地向往和守望着上苍可能赐予的五谷丰登与六畜兴旺的岁月。日渐长大的后生们在传统教育中也从小学会了听话。他们压根儿不懂得青春是一种什么样的东西，更不懂得怎样才叫活力的展现与释放，成天在大人的视线里，从来不曾想过去触摸和打开那个理应属于自己的情感行囊，让它静静地、久久地睡在自己的心里。

那天，迎河子听到一个准确无误的消息，说县城里的电影院这几天一直在放一部名字叫《少林寺》的电影。这是分田到户以来，继《甜蜜的事业》电影之后，第二部与爱情有关的电影。前几天，迎河子曾经在收音机里收听过,里面的那个小和尚和那位牧羊姑娘的爱情故事把迎河子那颗心硬是弄得滚烫烫的。还有那首动听悦耳的《牧羊曲》,迷得迎河子像白日做梦一样,毫不掩饰地巴结着倒座庙那些心肠好的嫂子帮他寻找一位姿色艳美的姑娘。一时间,倒座庙的天空上到处飘散着迎河子的笑话,他的几个哥哥听说了,也翻了迎河子不少的白眼。

现在机会终于来了,迎河子很想约巧云一起去看这场电影。不料,住在存根对门的巧云正坐在太阳底下和存根十分开心地聊着什么,见迎河子走过来,巧云显得有些不好意思。迎河子顿时心里犯着嘀咕:"完了完了,这次又被存根先下手为强了。"

第十二章　谌花菊

弄不清是谁把挨着保康县的山顶上住的谌花菊介绍给廖山娃子的。那天，廖山娃子引着谌花菊回倒座庙的时候是从两里多长的街上穿越而过的。见到谌花菊的倒座庙人个个都百思不得其解，他们怎么也想不通，长着一身懒肉并且连他的远房姑爹也上过他的当的廖山娃子，竟然谈了一个貌若天仙的对象。

首先说那些已经过来了的男人，他们横看竖看、里看外看这个不算成器的廖山娃子，越看心里越不是滋味，总觉得他跟这个姿色艳丽的山姑娘错得太远太远，认为一个天上、一个地上的极不相配的长相，使谌花菊这朵鲜花完全插在廖山娃子这堆牛粪上，简直是被糟蹋了。他们一方面为这个来自大山里的姑娘感到惋惜，另一方面又在自己的老婆面前隐隐地发泄着不满，用酸不溜秋的样子，表达着心里的极不平衡。旁边的那些老年人明显地看出了这个问题，既不便当面说，也不便背地里劝，只好摇摇头，无可奈何地留下一句话："唉，这些娃子啊，到了我这个年纪就好了。"

再说那些情窦初开的还没有尝过爱情滋味的年轻人，他们的口水恨不得流出三丈八尺长，看着他们忙吼了、等急了和巴不得马上就有一位心上人儿带着笑脸向他们走来并且被拥入他们怀抱的焦急劲，给人一种挣扎在精神崩溃的边缘和快要患上神经病并且已经快要疯了的感觉。

按照大人们的观察，不到二十岁的迎河子属于第二种情形。他深信既然一孬二不成的廖山娃子能够轻易地找到意中人，那么他迎河子将来找到一位情投意合的人生伴侣也并不是不可能的。现在，他虽然清楚自己穷得要命，不能给他未来的心仪之人提供最基本的物质保障，但是他认为自己读的书要比廖山娃子多得多，总有一天会迎来"微笑吹灯双得意，含羞解带两痴情"那一天的。

理想状态下的迎河子，当然也清醒地认识到了自己的处境，他知道，唯有发奋努力，才能扬眉吐气。书上说，"谋事在人，成事在天"，但是他现在把"谋事在人，成事也在人"视为自己奋发向上的坚定信念。晚上，他在床上翻来覆去地谋划着自己的爱情与未来，感觉到熊家台子上那位叫翠芝的姑娘像是划着船儿一直在他的心海里荡漾。他决定一定要单独找到她，然后在一个合适的地方吐露他的心扉和表白他的衷肠。哪知一片痴情付东流，不是翠芝不答应，只怪存根抢到了他的前面。存根真是他的冤家对头，凭着他那敏感的嗅觉，第一个闻到了翠芝这朵鲜花散发出来的扑鼻香味，他的举动让信心百倍的迎河子在一蹶不振的情绪下消沉了很长一段时间。

倒座庙的秋天，在告别炎炎的夏日之后，每年都会遇到一段绕不过去的阴雨季节，孤独的迎河子在他那间"干打垒"的土坯房之外，无法找到一个可以倾诉心声的去处。幸好他与那位刚参加过对越自卫反击战回来的名字叫"石光春"的复员军人在一起喂养着生产队的那群蛋鸭,到石光春家里消磨自己的孤独时光和打探倒座庙姑娘们的爱情信息,被迎河子当成了第一选择。与此同时,他心里还另外揣了一个"小老虎",他听说石光春的丈母娘家里有个无比漂亮的姨妹子,如果能通过石光春的穿针引线,跟他的姨妹子谈上恋爱,那也是再好不过的事了。

迎河子天天晚上以看报纸上的新闻为由,把每天晚上的两三个小时的时光用在跟石光春套近乎上,殊不知"冤家路窄",不知存根啥时候跟熊家台子上的翠芝分手了,经过连自己都还不知道怎样谈恋爱的老雁子的介绍,石光春的姨妹子已跟存根恋爱有一个多月了。迎河子既恨自己运气不佳,又恼存根先发制人,在恨不得打自己嘴巴之后,发誓今后再也不到倒座庙寻找自己的爱情归宿了,他若不如此下定决心,说不定哪天又被存根无情地插上第三刀。

感谢上苍的照应和二哥的庇护,1983 年 8 月 30 日,全国掀起了严厉打击严重刑事犯罪活动的热潮,迎河子作为生产队里的民兵排长,到县城,加入了看守犯人的行列。

随着上午八九点钟太阳的冉冉升起,迎河子在秋高气爽的泥土芳香中告辞了为他送行的父老乡亲,背起自己的行囊,骑上了那辆与他相伴两年多的二手自行车,离乡去了县城。

一路之上,迎河子全然忘记了谌花菊惹的那些"祸"和存根老是与他狭路相逢的事,由此调整了他的视线,把目光投向了命运安排的不知道是城里的哪个方向……

第十三章　周八嬷嬷

　　周八嬷嬷,是倒座庙街上结拜的"十姊妹"中排行第八的一个姐妹,还是迎河子父亲张幺爷的结发妻子,迎河子的母亲之所以叫迎河子把她喊作"嬷嬷",不是因为她的年龄比迎河子的母亲大,而是因为她比迎河子母亲先一步和迎河子的父亲张幺爷结婚了的,这样称呼她,迎河子的母亲认为是对她的一种尊重。

　　迎河子的父亲张幺爷在去当兵之前,就和周八嬷嬷结婚了。还没过几天,张幺爷就被拉去当了壮丁,编入国民党冯治安的部队。随后,冯治安率领部队全体官兵集体投诚,在上海高桥的川沙一带与国民党部队浴血奋战。张幺爷在淮海战役的滚滚硝烟和枪林弹雨里,火线加入中国共产党,九次荣立战功,三次受到嘉奖,佩戴着满胸卓著的功勋章迎来了全国的解放。1951 年,美帝国主义侵略者又蠢蠢欲动,在新中国的门口侵犯和吞噬着邻邦兄弟的领土。张幺爷和战友们跟随着首长奉命转战朝鲜,参加了上甘岭战役。

周八嬷嬷从 1947 年到 1952 年，一等就是五六个年头。她在望眼欲穿的孤独中静静地守候着丈夫的归来。

目睹一拨又一拨解甲归田与亲人相聚的军人的归来，那场面一次又一次地考验着她的心理承受能力，也一次又一次地让她怀疑丈夫已战死沙场。脆弱而绝望的周八嬷嬷，经由他人的鼓动与撮合，无助又无主地移动了那颗一直在空中飘着的心，草率地变成了倒座庙另一位男人的妻子。而此时战功赫赫的张幺爷，出于对妻子的牵挂，也同样简单地在转业军人安置表的"转业意愿"一栏里，填上了"回家种田"，部队首长见他归心似箭，很快批准了他的请求。

现在张幺爷回来了。

周八嬷嬷真的是再也无脸去见张幺爷了。她知道，在木已成舟的事实面前，她是怎么也说不清、道不明了。她不得不把自己犯下的道义之罪连同愧疚闷在心里，一直闷到她走完自己的一生。

张幺奶奶嫁给了张幺爷爷后听说过这些，从来没有在张幺爷面前提起过。张幺奶奶心里知道，这个过去的事情并非一个简单的分手，它完全是一把锋利无比的尖刀，只要稍稍地提起来一下，就会把张幺爷的心刺出血来。

迎河子对这一切是根本无从知晓的。他贫穷而快乐地一天天长大，一直长到了上小学一年级的时候。

倒座庙的那座学校，是设在街中间的那个大大的商铺里。迎河子每天上学和放学，都得路过周八嬷嬷和她后来的那个男人居住的地方。哪知常常坐在家门口做着针线活的周八嬷嬷,只要一见迎河子,便会把他抱起,短一声、长一声、左一声、右一声地喊着儿子,接下来又是一阵不眨眼的凝视。迎河子对此很是诧异,生怕这个很陌生的"老婆子"心怀鬼胎有什么阴谋诡计。

一天,迎河子帮着母亲穿着针线,把周八嬷嬷的所作所为一五一十地告诉了母亲。母亲一本正经地听完自己这个还不知东南西北的儿子讲述完之后,平静而认真地说:"娃子,今后不准再叫什么'周老婆子'了,她是你妈的姐姐,她是你的嬷嬷。"

第十四章　廖拍子

廖拍子从 20 世纪 60 年代开始，就当上了倒座庙一队的"贫下中农代表"，一当就是十二年。他是在全体社员大会上推选上去的。之所以让他当这个"代表"，一是因为他敢说，二是因为他会说。大家都知道，每次在群众会上发言的时候，他能把好人说得头头是道，连臭虱长的都是双眼皮；把"坏人"说得甚至头顶长疮、脚底流脓。他在倒座庙人们心目中的形象和威信就是靠他的那张嘴树起来的，那些"陈锅巴""乱渣草"的事，只要经他在会上一说，就被他说得天衣无缝、花团锦簇的，倒座庙一队的人们对此佩服极了。

当爹有了行势，儿女们自然跟着沾光。廖山娃子是一个干什么事都不靠谱的人，不少人吃过他的亏、上过他的当，但碍于他的老爹是"贫下中农代表"，谁也不会在他面前说个"不"字，充其量只能在背地里戳戳他的脊梁骨。还有廖拍子的幺儿子廖桌子也是如此，他一生下来，就有十二个手指头、十二个脚指头,在两只手的大拇指和两只脚的大拇指旁边分别比别人多长了一个,特别是那两只像是长着两把"扳手"的手,让倒座庙的大人娃子们看见之后都在心里感到极不舒服和极不习惯。

尽管这样,人们也没有把他当作"笑料",只是在廖拍子偶尔做了让人恼火的事的时候,私下里会被人们说上几句"廖拍子上辈子没有做好事"之类的话。

除了廖拍子的势力和不可撼动的地位之外,他还有三个排行在前的在小学教书的大儿子廖荣娃子、在军工厂工作的二儿子廖定娃子和人见人爱的独生女儿廖英娃子。如果说廖山娃子和廖桌子给廖拍子这个家庭带来了可供人们议论的口实和让人心里瞧不起,那么廖荣娃子、廖定娃子和廖英娃子则给他们这个家荣添了无限的色彩和光辉。平时,廖拍子和他的老婆无不为这三个成器的娃子感到自豪和骄傲。身高一米八几的廖拍子走在大路上,昂首挺胸,与人交谈,必然要摆出一种若无其人和傲视群雄的严肃面孔,还有那从鼻子里发出一声以"吭"代"嗯"的回应,听上去,那意思就是"该我好""该我有""你们没得莫怪我",让人不得不对他抱以比别人高三分的仰慕和敬佩。

当时,廖拍子成了这一带的红人,连生了三个有本事的儿子和两个姿色艳美的女儿,女儿们嫁了两个有本事的女婿,人人对他都要高看一眼。在廖拍子心里,他觉得他就是这一带的"教主",因为在他的语言下,倒座庙一队的那四十多户人家一百多号人,完全都是他舌头底下的服服帖帖的俘虏,他每次发表的那些至高无上的高谈阔论,竟然没有一个人反对或提出不同的意见。一时间他像一个神仙,生活在飘逸的云雾之中,简直舒服极了,是以被上级组织内定为倒座庙革命事业接班人的彭麻子,也为了自己的顺利成长,不得不与廖拍子频繁接触,隔三岔五地向廖拍子汇报自己的思想和工作情况。

那天召开的群众大会,只有一个议题。队长说,现在分田到户的任务已经完成了,剩下的就是生产队里、田间地头和山上河边的那些树木了,按人头划分之后,采取"抓阄"的办法分到各家各户。队长讲完,临到廖拍子发言时,廖拍子毫无疑问地支持队长的"一揽子"方案,唯独提出了他房子旁边的那棵千年皂角树得归他家所有。他说这棵树是他祖宗种下的,若分只能分给他,任何人不许沾边。生产队认为他支持自己的工作这么多年,今天提出的这个要求并不过分,于是当场表态这棵皂角树由廖拍子全权处置。

说起这棵皂角树,三个人都抱不下,遮起阴来,起码有半亩多地那么大的面积。它长在"张货郎子""方砌匠"和廖拍子平时共同通行的三角地带。"张货郎子"的家是个大商铺,在倒座庙与城关镇、武安镇这三大古镇并驾齐驱的那段繁华的岁月,许多商贾在把货物从东门外的码头运往汉口之前,都在这里歇脚和乘凉。经过"三十年河东,三十年河西"的风水轮换之后,倒座庙逐步走向没落,这里虽然日益月落星稀、生意萧条,但这棵皂角树似乎还一直生长旺盛,没想到到了分田到户的年月,这棵千百年来供人们乘阴纳凉的皂角树,会因为廖拍子的要求,被砍掉。

有人亲眼看到,廖拍子那天在与自己的三儿子廖山娃子用锯子锯倒这棵树的时候,这棵比十代人加起来的岁数还要大的皂角树在根部的切口处流出来的不是水,而是一种淡淡的血红色液体。廖拍子根本没有去顾及这些,执意地把它按照一定的尺寸锯成了一截一截的材料,像拾着天上掉下来的馅饼一样,他无比兴奋地把这些材料搬进了自己的屋里。

放树就是放树,廖拍子放了树之后,硬是高兴了很长一段时间。理由很明显,这一大堆木材,给他那已到了谈婚论嫁年龄的掌上明珠打一全套嫁妆是绝对足够的。

廖拍子那平时昂得很高的头由此更加高昂,高昂得简直让人有时只看得见他的下巴和下巴上的胡子。

端午节刚过,细心的倒座庙一队的女人们突然发现廖拍子的女儿廖英娃子的肚子像是一天一天地变大了。这像一把盐撒在烧得火辣辣的铁锅里,一下子噼里啪啦地炸开倒座庙这口"锅"。

廖拍子叫老伴问廖英娃子。

"这到底是咋回事?"

廖英娃子谁都瞒得住,但怎么也瞒不住自己的妈。"是那天看电影回来的路上,跟接班人彭麻子在地里睡了一会儿。"廖英娃子乖乖地承认。

"就只一次?"

"就只一次!"

"怎么一次就有了?"

"我也不晓得。"廖英娃子眼巴巴地望着自己的妈。

"现在几个月了?"

"有四个月身上没有来了。"

"趁早找赤脚医生打掉!"廖英娃子的妈果断地说。

"不不不。妈,这样别人知道了,丢人现眼的!"

"那咋办?"廖英娃子的妈反问。

"现在正是大忙季节,我天天使劲干活挑担子,一直挑到流产为止。"

廖英娃子的妈万般无奈地默认了廖英娃子的想法。

十天、二十天过去了,三十天、四十天又过去了,廖英娃子每天在生产队里挑上百趟的担子,一担就是一百好几十斤的猪粪、牛粪、稻谷捆子,可不仅不见流产,肚子反而越挑越大。

历来趾高气扬的廖拍子,从此一蹶不振,再也抬不起头了。

三个月之后,廖拍子亲找亲、戚找戚地托人在靠近张家沟的那个地方,替自己的女儿找了一个婆家。结婚那天,只见廖英娃子跟在那个根本就配不上廖英娃子的、又瘦又矮的男人后面,永远地告别了倒座庙,永远地告别了生她养她的爹妈。

廖英娃子后来真的是一去没有回头。

第十五章　黄家秀

其实从薛坪过来的那个山里人，压根儿就不应该用他从山里背来的鸡子，到黄家秀屋里跟她换什么旧衣裳的。一是黄家秀住的一间草屋和半间瓦屋，引着六七个儿女，连自己都过着衣无衣、食无食的生活，哪有衣裳拿出来换鸡子。二是黄家秀不好缠，倒座庙的人都惹不起她。你一个山里人跟她打交道，是绝对要栽跟头的。三是黄家秀是从县城嫁到倒座庙的，她娘家早先开了一大片作坊，若不是倒座庙过去是一个熬制鸦片赚大钱的地方，黄家秀是根本不会嫁到这里来的。后来这里解放了，开展了禁烟运动，过去百十年来靠种植和熬制鸦片赚钱的倒座庙，失去畸形经济的支撑，一天比一天穷了起来。黄家秀若不是顾及她生出来的几个娃子，早就跑得无影无踪了。由于这个用鸡子换旧衣裳的山里人无从知晓黄家秀的任何底细，直到他吃了黄家秀的那个黑亏之后，才妈呀连天地后悔自己这一辈子就算是讨米要饭，也不会再沾这个比鬼还要狠的女人的边了。

倒座庙的歌声

那天早上,迎河子站在那里,亲眼看见了黄家秀耍弄这个用鸡子换旧衣裳的人的全过程。最后的结局是,黄家秀把那个山里人的鸡子白白地弄到了手,而山里的那个人在黄家秀手里则是连破旧不堪的烂裤衩子也没有换到一件。

当时这个山里人用山背篓背着好几只鸡子走在黄家秀屋后头的沟渠埂子上。黄家秀在自家屋里听到这个人的吆喝之声,便连喊带叫地把他引到自家的后门口坐了下来。正在沟边打猪草的迎河子,也凑着热闹般地围了上去。

黄家秀问,鸡子换旧衣裳,怎么个换法?

那人答,两只鸡子换一套大人的半新不旧的衣裳,三只鸡子换一套大人穿旧了的棉袄棉裤。

黄家秀说,三只鸡子换大人穿过的一件半新不旧的褂子和一条半新不旧的棉裤行不行。

山里人说,要换就只能用三只鸡子换一套半新不旧的棉袄棉裤,少了就不换了。

就在扯来扯去、讨价还价的过程中,黄家秀顺手拎起山里人事先就捆在一起的三只鸡子,走进屋里,说是给山里人找一套大半新的棉衣出来,于是,山里人耐心地坐在外面等着。大约半小时之后,黄家秀一手拎着一只鸡子,一手拿着一件破得开花了的棉裤,直截了当地对山里人说:

"哎呀,刚才找了半天只找到了一件棉裤,干脆这样算了,一件棉裤换一只鸡子算了。这不,剩下的这只鸡我现在就还给你。"

山里人说:"大姐啊,你刚才提进去的是三只鸡子啊,一条棉裤换一只鸡,你现在应该还给我两只鸡子才对啊!"

"什么? 我拎进屋里明明是两只鸡,怎么变成三只鸡啊?!"黄家秀装着极不高兴的样子说。

"哎呀,我的妈啊,怎么捆在一起的三只鸡一下子变成两只鸡呢? 大姐呀,你莫套我好吧? 现在马上就要过年了,我屋里的大人娃子们还在等我把衣服换回去让他们过年呢!"

"你个狗日的是从哪里来的? 竟敢混账混到我面前来了?"黄家秀似乎义愤填膺地说。

"求求你呀姐姐,你拎进屋里的真的是三只鸡子啊,我一个山里人,怎么敢到你的家门口来骗你啊!"

"你不是在骗老娘是在骗谁呀? 不信你个狗日的进我屋里找去,你如果找到第三只了,老娘今天把这条棉裤白白地送给你,连一根鸡毛也不要你的。"

经黄家秀这么一说,山里人便毫不迟疑地跑进屋去。令山里人万万想不到的是,黄家秀在开始把那三只鸡子拎进屋里的半小时时间里,狠狠地用力把其中的两只鸡子拧死了藏在床板底下。山里人在一片漆黑的屋子里,手里拿着一根三尺多长的棍子,怎么敲也敲不出鸡子叫唤的声音。他漫无目的地找着找着,一找又是半个小时,因为他坚信,这三只鸡子是他亲手捆在一起的,也是他清清楚楚看见黄家秀拎进屋里的。殊不知,在这个又是半个多小时的过程中,黄家秀快速地走到门口又将山里人背篓里的另外三只鸡子以麻利得不能再麻利的动作拎起来,然后她马上就向沟边的那片茂密的树林子钻去。黄家秀知道,她家里除了那条破烂的棉裤和床上躺着的病重的丈夫之外，其余什么东西也没有，谅这个山里人既拿不走什么东西，也找不到那两只鸡子。

等山里人两手空空地走出门来，只见背篓里另外那三只鸡子也不见了。他一下子像掉了魂似的一屁股坐在冰冻寒冷的地上大声号啕起来。迎河子像是在梦中看了一场电影，目睹了发生在眼前的这一幕幕，虽然他不知道怎么去制止黄家秀这种恶毒的举动，也不知道怎样去安慰这位山里的老人，但是他懂得了恶人的可恨与可耻，穷人的憨实与无知……

第十六章　李二妮子

李二妮子那天"跑"的时候,谁也不知道,直到第十天她的姐姐李大妮子在床母草里无意翻出那张纸条之后,才发现自己的妹妹并没有失踪或者寻短见,而是跟着那个在粮站里做砌活的砌匠老板私奔了。

这个消息在人们的几十种猜测中终于浮出水面。无论此前的哪种猜测,倒座庙的大多数人都没有去过多地责怪和非议。他们都清楚李二妮子屋里穷得叮当响,连她爹妈和一个姐姐、两个弟弟在内的一家六口人,住在两间草房里,真的是过着衣不遮体、食不果腹的贫穷生活。先说她家里的房子,用土垒起来的一面山花墙和一面进深墙,看上去不仅被柴火焰子熏得黑漆漆的,而且不管是谁站在那里,都会觉得那墙有倒塌的危险。里面支起的用野山竹当作床板的两张床,一间是她和姐姐李大妮子跟她妈三个人睡的,另一间则是她爹和两个未成年的弟弟睡的。这间屋子一隔两半头,分成了两个房屋。还有一房子是堂屋兼做厨屋用的,一家人吃饭、洗衣、待客人,便在这间屋里进行。抬头望去,这两间草屋里面的顶处都长满了野草。屋面上铺的草,是用生产队里的麦秸草铺盖的,每年得更换一次。如果遇上梅雨季节,错过了打场之后麦秸草筹措的时机,屋面上的上一年铺上去的陈年麦秸草就会更加腐烂,继而出现"外面大下,屋里小下"的情形,导致一家人昼夜不得安生。吃饭和穿衣就更不用细说了,一条裤子穿三年,一件上衣轮流穿,喝的南瓜汤,吃的萝卜饭。一家六口人,一个月只分得一百斤稻谷或五十斤小麦。饥寒交迫是这家人冬天的真实写照。再加上她那谁都瞧不起的老实巴交的爹和妈,一年到头在众人面前,既抬不起头来,也不敢说一句大话和出一口长气。正当十七八岁的李二妮子确实难以忍受这样的日子,甚至滋生过死的念头。

那天,生产队长安排她跟几个劳动力去粮站给生产队里交公粮,她因此认识了在粮站做砌活的一个操外地口音的砌匠师傅。经过一番打探,彼此情投意合,再经一番商量,做出了一个冒天下之大不韪的决定:于当晚骑着自行车,连夜逃离倒座庙。

这一家子,真的是不鸣则已,一鸣则惊天动地。李二妮子的"私奔"像是在倒座庙的上空放了一颗卫星一样,一时间传遍了蛮河两岸,传统保守的倒座庙人根本无法接受和面对这个极其丢人的事实。有的说李二妮子不守妇道,还没有达到嫁人的年龄,就干出了偷人的丑行。有的说李二妮子的爹妈管教子女无方,跟喂的畜生一样,不知羞耻。更有甚者,他们把状子告到大队民兵连长那里,以请愿的形式,要求大队书记派连长带人把李二妮子抓回来,开她的批斗会。这使本来就自觉低人三等的李二妮子的爹妈更加矮人三分,也使这个穷得掉渣的家庭在极度贫困的境况下,犹如霜打的茄子一般,更加丧失了无法逆转的只差窒息了的生机与活力。

老实得不能再老实的李二妮子的爹妈,平时就封闭着他们那张几乎就没什么人跟他们说话的嘴,强忍着悲愤的泪水把自己对二女儿这一大逆不道的行径的抱怨与恼怒,以及外人对二女儿的指责与辱骂,全部吞进了自己的肚子里,他们既不怪天,也不怪地,怪只怪自己当爹妈的没本事用最基本的物质条件满足儿女们最起码的生活,怪只怪自己跟别人一样不缺胳膊不缺腿的,却创造不来别人给儿女所能创造的那些幸福。

他们越想越觉得自己无能无用,越想越觉得自己枉来这个世界。要不是看在李大妮子本分、地道和两个儿子还完全不懂事的分上,他们夫妻二人真想拿屋檐下搁着的那瓶农药同归于尽,去见阎王爷算了。

"私奔"之后的李二妮子,虽然身在异地他乡,享受着不知道比倒座庙的生活好多少倍的生活,但是她也显然猜得出她的爹妈、她的姐姐和两个弟弟现在已经被满天飞的流言蜚语装满了耳朵,加上随着那些脏话、恶话、坏话、拐话而吐出来的唾沫,绝对到了一种只差把人淹死的地步。李二妮子顾不上这些,也无法去阻止这些,因为她现在最要紧的不单是为了保命、活命,而且还要用自己的意志去追求一种倒座庙的人不敢想象的但又符合她的理想状态的幸福生活。于是她盘算着一个伟大的计划,那就是最多一年的时间,待她的小宝宝降临人世之后,她会用她丈夫挣来的钱,给倒座庙一个抗争贫困的惊喜,给生她养她的爹妈一个舒心满意的回报。

第十七章　廖光凤

廖光凤是从河那边的廖家坪嫁来倒座庙张幺奶奶家的。嫁的是这家的大儿子张玉娃子。人们在怎么也想不通之后，无不为她感到惋惜和对她的勇气感到佩服。

惋惜和佩服的原因其实再简单不过了，说到底就是"门不当、户不对"。首先从两个家庭条件而言，廖光凤的娘家可谓廖家坪那个庞大的廖氏家族中的上等家庭。她是这个家庭中三朵金花中的一朵，两个姐姐嫁的都是那一带从来不为衣食而愁的富户，大瓦房、自行车、缝纫机、手表、收音机和存款折，真的是一应俱全，应有尽有。而张玉娃子的家庭条件，却与他们是天壤之别，张玉娃子的母亲张幺奶奶带着他和三个弟弟及一个妹妹住在用麦秸草铺盖的两间草屋里。由于只有他和母亲两人参加队里的生产劳动，养活着四个"吃闲饭"的弟弟妹妹，以致他们常年过着"吃不饱，穿不暖"的贫困生活。极其悬殊的家庭条件，让人们对廖光凤为什么偏偏嫁给张玉娃子百思不得其解。后来才知道,廖光凤是冲着张幺奶奶的为人和张玉娃子的才情而来的。张幺奶奶是倒座庙家喻户晓的踮着脚做人的妇女典型,"宁愿人欺我,我却不欺人",见人三分敬,老少当亲人。整个倒座庙没几个人说张幺奶奶这不是、那不好的。而张玉娃子则从"文革"开始那一年起就进入了大队的文艺宣传队,他吹拉弹唱,样样在行,是倒座庙公认的宣传队的骨干演员。每到秋收结束后的那个时节,宣传队的众多演员便根据大队的统一安排,集中在大队会议室里排练文艺节目,时而歌声飞扬,时而锣鼓喧天,凡是听得见歌声和乐器声的每一个倒座庙人,都会觉得舒缓了疲劳的身子,忘记了夜以继日的劳累,没有一个人不是心花怒放的。特别是在春节前后的那些送戏上门的日子里,不仅大人小孩的脸上笑开了花,而且还像蛮河掀起的波澜一样,让那些情窦初开的青年男女一个个地坠入了爱河,一时间,"张玉娃子"这个名字传遍了蛮河南北两岸,被他撩起的那些姑娘的驿动的心,一会儿像鸟儿在天空飞翔,一会儿似船儿在水中荡漾。她们犹如喝了张玉娃子的"迷魂汤",既有到处打探的,更有公开向他表白爱情的。

这使张玉娃子像挂在倒座庙上空的一轮明月一样照亮了许多姑娘的心房。如果不是张幺奶奶家里穷得连饭都吃不上和房子住得这么烂,真不知道还有多少姑娘会哭着喊着要与张玉娃子结为百年之好的。住在一河之隔的廖光凤就是在这种背景下,不顾父母和姐姐们的强烈反对,嫁给张玉娃子的。

青春的浪漫与多情,往往孪生着梦想与憧憬。当才情的膜拜与倾慕同现实生活紧紧地捆在一起的时候,必然随之造成对情感的忽视和对体恤的放纵。张玉娃子在婚后和廖光凤生下三个儿女之后，面对贫困的折磨和生活的窘境，在一阵又一阵的风雨吹打中终于挺不住了。张玉娃子忘记了"执子之手，与子偕老"的百年之约，没有了诙谐，没有了快乐，也没有了风趣，生活的重担压得张玉娃子有些喘不过气来，也压得廖光凤再也找不到张玉娃子过去的那些玉树临风的影子，她觉得张玉娃子完全变成了另外一个人。他动不动就恼羞成怒，当一些无名之火无处发泄的时候，他不顾邻里的劝阻和儿女们的惊吓，数以百计地在廖光凤的身上棍棒相加。

坚守的妇道和听天由命的廖光凤，就在张玉娃子每次抢起的棍棒指不定打在她身上哪个部位的时候，没有任何的哭声、骂声和哎哟声，她始终是一副"砍头只当风吹帽"的无畏的样子，强忍着常人无法忍受的伤痛，任凭着张玉娃子的暴力相加。廖光凤认命，觉得这一切都是她自找的。廖光凤也清楚谁也制止不了她的丈夫。他的母亲张幺奶奶也不止一次地被他打过和在地上拖过。她一直虔诚地坚信一条，也一直虔诚地等待着那一天，那就是一旦她的儿女们长大了，家里条件好转了，她这个暴徒般的丈夫的这些坏脾气，一定会改变过来的。

就这样忍着不知哪天为哪句话或哪件事而导致丈夫的不快又会换来一顿暴打的廖光凤，坚韧地拉扯着膝下的三个儿女，过着一种非人般的生活。

2013年的冬天似乎更加恶毒，年仅六十三岁的廖光凤，她根本不知道，飙升的高血糖和高血压其实已无情地使她病入膏肓。她在言语不清和行走找不到南北的情况下，一点儿也没有意识到这是死亡在向她招手和她的人生历程宣告结束的前兆。她仍然去田里干活，去山上放牛，给丈夫做饭，在没过几天的那个漆黑的夜晚,廖光凤在那张还没捂热乎的新床上,走到了生命的尽头……

出殡的那天,张幺奶奶的小儿子迎河子,出于对大嫂子廖光凤当年瞧得起这个贫困潦倒的家庭的感激,也出于对一生在棍棒下委曲求生的大嫂子的同情与怜悯,除了给她置棺材、致悼词之外,还给她送了些纸钱,当着倒座庙人的面,给她叩下了几个响头。

第十八章　巧云

巧云是周嬷嬷的幺女儿。真是名如其人，她不光是长得乖巧，而且还很美。

在巧云的前头，周嬷嬷还生了一个叫"狗儿"、一个叫"奈儿"的女儿，由于周嬷嬷没有生儿子，所以便找到了住在东门外的生有四个儿子的张幺奶奶，提出让三个女儿认张幺奶奶和张幺爷为"干妈""干爹"，张幺爷和张幺奶奶爽快答应，双方一拍即合。就这样，周嬷嬷的女儿们和张幺奶奶的儿子们便确立了一种兄弟姐妹的关系。自此以后，只要他们一见到张幺奶奶或周嬷嬷，就会把对方称为"母亲"。

张幺奶奶的小儿子迎河子跟巧云是同一年生的，同一个属相，巧云的月份比迎河子大一些，这样一来，迎河子自然而然地把巧云当作了自己的姐姐。

从蒙昧儿童到读书，从懵懂到青涩，巧云和迎河子这对天真无邪的姐弟一起玩耍、一起拾穗、一起上学和一起打猪草，是再正常不过的事了。无论什么时候，他们之间没有丝毫的心理障碍，更没有一丁点的私心杂念，相互照应的程度诚如一母所生一般。

其实，张幺奶奶和周嬢嬢共同装在心里的，是一种始终没有说出口的默契，她们一直在等待着这姐弟俩的长大，待到了谈婚论嫁的年龄了，她们再把心窝子里的话掏出来，让他们像青梅竹马一样走到一起。倒座庙的人显而易见地看出了其中的奥秘，静静地期待着这个日子的到来。

在这个世界上，很多事情的结局往往是不以人的意志为转移，有的时候，上苍似乎慈悲为怀，给人以无限的关爱；有的时候，则好像随随便便，给人以深渊之苦。刚刚步入青春年华的巧云和迎河子就是被后者抢起的千钧之棒打得遍体鳞伤的。先是巧云的父母相继撒手人寰，后又是张幺奶奶驾鹤仙游，这让周嬢嬢和张幺奶奶的先前约定化为了无法实现的泡影。致使一直蒙在鼓里的巧云和迎河子黯淡了月光的照耀，渐行渐远地背驰在各自的人生路上。

一天，迎河子听说县城电影院里正在放映电影《少林寺》。他在收音机里收听过这部电影里的插曲《牧羊曲》，这首曲子很抒情很优美，如果巧云去看了这部电影，一定能从中受到启发，继而说不定会走向自己的怀抱。于是他专门攒够了电影票钱，满怀信心地邀约巧云同去观看，哪知住在巧云家对门的存根，却抢先一步挖走了巧云的心，让迎河子失去了心仪已久的爱恋的萌芽与希望。

后来，不知道巧云和存根在什么时候分手的，接着又在整个倒座庙传出了巧云跟县城的一个建筑老板好上了的消息。迎河子还没有来得及再一次抛出那个绣球,却被犹如天空电闪雷鸣后的狂风暴雨无情地阻止了他正准备重新点燃的爱情之火。

迎河子十分清楚自己与县城这个小老板之间的差距,他知道自己除多读了几本书之外,家里所有的东西都无法跟巧云选择的那个手艺在身的未来丈夫相提并论。那天,迎河子带着他那不情愿的祝福、暗恋与不舍,用嫉妒的目光送走了远走高飞的巧云。

一年之后,终于归于平静的迎河子,突然惊愕于一种传闻,他怎么也不敢相信自己的耳朵。为此,他特意找到奈儿姐姐了解此事,奈儿姐姐说,巧云嫁的那个搞工程的小老板完全是一个骗子,他用在县城租来的房子和借来的钱骗取了巧云的爱情,直到这段时间前来要账的人络绎不绝地上门的时候,已有身孕的巧云才明白了真相。她悔恨自己轻许终身,在片面地追求幸福生活的旅途中,毁掉了自己的贞洁和尊严,以致掉进了欲生不能、欲死也不能的万丈泥潭。

迎河子真是想不通,他恨不得狠狠地教训巧云一顿,更恨不得马上找到那个家伙把他狠狠地揍上一顿。但后来清醒地一想,这一切都无济于事,都无法挽回巧云的人格和名声。

在狗儿和奈儿两个姐姐的劝说下,巧云强忍着心灵深处无法愈合的伤痛,回到了倒座庙。没过几天,她便生下了一个似是有爹实无爹的儿子。

满月那天,巧云什么也没说,背着两个姐姐和那个来到这个世界才四十五天的儿子,挤上了南下的火车。

万万没有想到,巧云这一去,就是二十年;这一去,儿子就到了二十岁。

巧云的这个二十岁的儿子全然不知这些,他始终以为奈儿就是他的母亲,倒座庙就是他的家。因为在这二十年的时光里,奈儿一直以母亲的身份履行着抚养他的责任和义务,他从来无法想象也根本没有想过,他竟然还有一个在沿海打工的生身母亲。

此时做了镇委书记的迎河子,工作在平均海拔九百九十多米,最高海拔一千四百多米的南漳县板桥镇。那天奈儿姐姐在数百里之外的倒座庙,带着父母在世时赐予的姐弟情谊,给高山之巅上的迎河子打来了求助电话,她告诉迎河子,巧云的儿子现在已经长大成人了,身体符合当兵的条件。她哭着要他这个当舅舅的帮忙通融一下武装部的关系,为这个生来无爹的儿子争取一个当兵的指标。迎河子当即表态,只要身体健康合格、政治审查过关,他一定会竭尽所能帮忙申请一个当兵的指标。

事情的发展,果真符合奈儿姐姐的心理预期。在 21 世纪初叶的那个秋天,巧云的儿子带着对过去与身世的无知,穿上了军装,开始了保家卫国的军旅生涯。

第十九章　翘嘴白

自从迎河子懂事的那时候起,他和杜强国、杨老五和搬招子那几个一直让别人对自家的杏子、桃子放心不下的小娃子,打心底里见不得住在迎河子他家西头的那个丑陋的外号叫"翘嘴白"的老年女人。

之所以形成了一种这样的思维定式,他们觉得完全是因为"翘嘴白"她自己不受待见。迎河子始终认为,"翘嘴白"不仅是他们这几个娃子的冤家和克星,而且还是他们这一带所有小娃子的瘟神和巫婆。平时一想起来,他们都希望她远离这个地方,或者从这个地方消失,不然她只要在倒座庙晃荡一天,倒座庙的小娃子就会感到压抑一天。她像个怎么也挥不去的阴影,使他们背上了沉重的精神负担。

迎河子和杜强国他们对"翘嘴白"如此厌恶如此反感,不是没有道理的。他们共同的感受是:如果"翘嘴白"迎面向你走来,撇开她那双比三角眼还三角眼的布满血丝和充满浑浊的眼睛不说,单单看她那两片奇丑无比的嘴皮子就令人不舒服。那厚而黑的两片嘴唇上翘下翻,再加上一颗颗比南瓜子还要大的龅牙粘悬着几十年的食物污垢,真让人不适。如果她在你的对面再恶言厉色地骂上你几句,喷出的那股臭不可闻的口气,简直会把你熏倒。对她的不喜遍布整个倒座庙,倒座庙的人们为了表达他们对她的不敬,根据她的相貌特征,给她取了个让人无法忘记的外号——"翘嘴白"。

"翘嘴白"是倒座庙村的中上等家庭,全家三口人,除了名曰丈夫、实则"奴隶"的男人之外,膝下还有一个独生儿子。家里的三间瓦房后面是一个有两三亩地的大院子,里面种满了杏子、梅子、毛桃、五月桃之类的果树。她和她隔壁的王大伯那样的富贵人家一样,每年都要杀猪宰羊。"翘嘴白"一家三口人,除了她丈夫过着牛马不如的生活之外,他们母子两个人的日子过得非常奢侈。

这相对迎河子和杨老五他们几个家里从未吃饱过白米饭的家庭境况来说,完全是不可比拟的天壤之别。

迎河子他们不甘于这样食不果腹的生活,但又无法摆脱这样的生活。一种天生的求生本能,让他们把饥渴的目光聚焦在被父母监控之外的"翘嘴白"长期拥有的各种果树之上。遗憾的是,迎河子和杜强国他们每一次的秘密行动,都没能逃脱过"翘嘴白"的眼睛。

第一次,"翘嘴白"先是锁好自家的大门,然后从预先虚掩着的后门进去再拴好后门,躲在家里。这给负责放风任务的迎河子提供了一个"翘嘴白"一家人都不在家的虚假信息,以致喜出望外的杨老五、杜强国和搬招子,最终被夺门而出的"翘嘴白"生擒活捉。为此,迎河子被杨老五骂得一钱不值。

第二次,经过杨老五的调整和安排,把不着调的迎河子替换成了办事稳当的搬招子。他们万万没有想到"翘嘴白"这次唱的是空城计,竟会给他们致命的一击。原来,"翘嘴白"这次用顺向的思维方式,在拴好后门、锁好大门之后,不顾自家茅厕里的熏天臭气,屏住呼吸、按兵不动地蹲在茅缸上。搬招子探风回来,向杨老五报告的时候,压根儿不知道"翘嘴白"还有这出奇制胜的一招。

迫不及待的杨老五反复问搬招子,究竟搞清楚了"翘嘴白"有没有在家。搬招子本来就有些口吃,一见杨老五严肃的神情,连忙说:"翘……翘……翘嘴白没……没……没在家。"杨老五还是有些放心不下,决定大家一起去了之后再仔细侦察一遍。

正当他们准备动手之时,阴险狡诈的"翘嘴白"抬着一副阴森至极的面孔杵在他们的面前。杜强国他们还未从勃勃兴致中反应过来,顿时像触电一样,快鸡子似的目瞪口呆地站在那里。

一阵短暂的沉默之后,杨老五怎么也不愿意承认自己的倒霉,怒火中烧,顺手抄起石块向"翘嘴白"的茅粪缸砸去。迎河子也搬起一块大大的石头,举过头顶,狠狠地砸向"翘嘴白"的茅缸。

这次行动,虽然得意于迎河子他们让"翘嘴白"吃了大亏,但枝头硕果仍然静静地挂在那里。余恨未消的遗憾,让他们心里极不舒服,垂涎三尺的失落感久久不能离去。

更为窝火的算是第三次了。这一次,"翘嘴白"是从隔壁杜大伯家里钻出来的。当时,迎河子正在往树上爬,"翘嘴白"几个箭步跨了上去,一把拽住迎河子的双腿,连拽带拖地让迎河子狠狠地摔在地上。"翘嘴白"仍不罢休,揪住迎河子前额上的头发,抿着嘴巴空漱口,干哕着,混合搅拌着她口中的污垢和唾液,憋足了劲,呸——呼——啦——啪,火焰喷射一般,喉液铺天盖地砸在迎河子的脸上。粘连扯丝的毒药般的唾液,弥漫着钻心的口臭味,迅速淹没了迎河子。事后,迎河子想尽了所有的办法,但这般怪异的臭味像"翘嘴白"的幽灵附体一样,昼夜缠绕着迎河子,一直让他不能安神……

由杨老五主导的多次到"翘嘴白"家的偷窃行为,每一次都以失败而告终。他们在痛恨之余,不得不服了"翘嘴白"的老谋深算。无奈之际,他们在杨老五的启发下,生成了一个全新的念头,幻想"翘嘴白"明日离开人世,也期待着"翘嘴白"家里的杏子、桃子早日成为他们口中的猎物。

直到2006年秋,已是九十多岁高龄的"翘嘴白"仍然健康而艰难地活着。那天,迎河子从那里路过的时候,"翘嘴白"拄着拐棍,十分可怜而又非常友好地同迎河子打着招呼。迎河子见状,怜悯之心油然而生。他不敢相信眼前的"翘嘴白",现在竟然被她所心爱的独生儿子抛弃,使她的垂暮之年如此孤独;更不敢相信当年那位傲慢凶悍的"翘嘴白",现在衰老成了这个样子,在他面前竟是如此罕见地向他表示真诚的致意……

童年的故事真像一首词好听曲难唱的歌,给过去的迎河子带来了无尽的欢乐,也给现在的迎河子带来了无尽的忏悔……

第二十章 张幺奶奶(一)

张幺奶奶的这个叫法,是根据张幺爷爷的叫法而来的。大概从张幺爷的太爷生下张幺爷的爷爷开始,一直到张幺爷的爷爷生下张幺爷的爹,再到张幺爷的爹生下张幺爷,他们连续几代都是各自的父母生下的幺儿子,所以便一代一代地成了相同辈分的人当中年龄最小的人。俗话说的"官小职分大,人小辈分大"中的"辈分大",说的就是辈分高的意思。

在倒座庙西北方向大约十五里路的样子,有一个叫黄皮沟的地方,那里居住着一大群不知繁衍了多少代的王氏家族,其中的一户生了王世秀、王世英两个女儿,在女儿一个四岁、一个三岁的那一年,她们的父母相继去世。当时,王氏家族的人都不愿收养这对孤女,在只差饿死的情况下,族长召开家族成员会议,才想出了一个把她们分别送给当地两户有田的"地主"家里当"童养媳"的主意。

这个叫王世秀的,是王世英的姐姐,也是后来的张幺奶奶。

张幺奶奶这一生可谓命运多舛,像早上才出来的太阳还没有升到三丈高,马上就变成了狂风暴雨一样,张幺奶奶的人生道路上总是布满了阻挡她前行的荆棘,那风暴和荆棘一次又一次地摧毁着她的人生路。

1947年,正当花季的张幺奶奶由王氏家族的族长当家,把她嫁给了位于黄皮沟山那边的那个彭家户,她当了多年"童养媳"的那个英俊的小伙子。那个小伙子从小就接受了共产主义思想,在"反对地主剥削,推翻封建统治"的枪声里,他参加了地方革命武装。这对夫妻在后来的"解放全中国"的期盼与喜悦里和"打土豪,分田地"的呐喊声中,带着两个幼小的儿女,度过了四年幸福美满的时光。

1951年,这一年似乎是这一家子的"大厄之年",新年的钟声还没有来得及多敲几下,不知从天上的哪个方位扔来的一个"炸雷",一下子炸在了他们的头上。那天,南漳县革命武装中队的几个战士用马车运来了一具尸体,张幺奶奶定神一看,那架马车上的尸体正是在革命武装中队当职业公安警察的自己的丈夫……

突如其来的打击,让张幺奶奶感到,像是天外飞来的一个巨大的横石无情砸断了她的屋脊砸断了她的腰。在这种近似塌了天的命运安排面前,张幺奶奶坚守着"三年守寡不改嫁",艰辛地拉扯着膝下的两个儿女,寄托着对亡夫的哀思与忠贞。

毕竟自己才二十多一点的年龄,也毕竟自己还有漫长的人生岁月要去度过,三年之后的那一年,当她确实精疲力竭得再也难以用一个人的力量来把两个儿女扶养成人的时候,她不得不大胆地往前迈了一步。在地方党组织的介绍下,她与倒座庙的那位转业军人张幺爷走到了一起。

曾经荣立过九次战功和在火线上入党的张幺爷本不应该回家种田当农民。当时，他离开妻子已达五年之久，他是怀着一颗结束对妻子的牵挂和对妻子的爱慕之心，主动在转业军人安置表的"转业愿望"一栏里，填写了"回家种田"的愿望。在胜利的凯歌声中，他身后的背包里背着部队发给他的一双解放鞋、一条毛巾、一块肥皂、一丈五尺的布票和五十斤粮票，回到了历经战乱之后到处一片废墟的倒座庙。

　　张幺爷依着自己的记忆，从狼藉不堪的熊家台子走到西门口，又从西门口走到了一艘货船正在向码头靠岸的东门外，久久站在被战争的硝烟摧毁得只剩下几堵残墙的属于自己的老屋里，联想起兵荒马乱的一切遭遇与不幸，张幺爷似乎看到了到处被日本帝国主义和国民党反动派铁蹄践踏下的每一寸不堪入目的山河。

　　这几年，他从从军到凯旋，从山河破碎到百废待兴，经历的这段过程短暂而漫长，传奇又沧桑。他面对家中一切面目全非和父亡母走的惨状，悲伤极了，痛苦透了。更无法容忍的是，在他还不知道自己父母埋在哪里的时候，就听说了他的结发之妻投入了他人的怀抱。虽然他可以极不情愿地原谅上苍给他父母的这点不多的寿命，但怎么也想不通自己的妻子为什么会单方面认为他已战死沙场而随意地改嫁给了另一个倒座庙的男人。最后，张幺爷强忍着铮铮铁骨里的愤怒与不满，没有去找她刨根问底，也没有去找那个夺走他妻子的男人理论什么。在大队干部的关心下，他住进了革命政府没收过来的那个新兴地主的三间草屋中的一间草屋。

　　张幺爷和张幺奶奶就是在这间房子里成婚的。结婚那天，张幺奶奶虽然已饱经风霜的吹打和生活的折磨，但是，看见她迈着轻盈的步子，用肩上的担子挑着那对儿女过来的时候,那犹存的风韵、天生的美丽和一看就知道她的身上到处洋溢着的贤淑之气,一时间倒座庙的天空,在张幺爷这里,简直变成了欢乐的海洋。人们奔走相告,交口称赞浑身充满着军人气质的张幺爷,娶了一位无比漂亮的妻子。张幺爷也无疑为自己有了这位人见人赞的妻子感到无限的欣慰与骄傲,喜在心头而满怀信心地开始了全新的幸福美满的生活。

正如倒座庙的人们对张幺奶奶的初始印象和心理预期那样,张幺奶奶在张幺爷爷面前所表现出来的清白、贤惠、温柔和在与乡邻们频频接触的漫长岁月里,以善良而慈祥的面孔和在贫穷条件下不卑不亢的精神以及对六个儿女严管重罚的态度,让认识和了解她的每一个倒座庙人都把她当作从未有过的妇女典范,她的形象牢牢地树在倒座庙的大人娃子心中。他们说张幺奶奶是一个"受尽世上苦中苦,只盼儿女人上人"的好母亲,是一个"宁愿自己挨饿,也要踮着脚待客"的好邻居,还是一个"只许儿女被欺,不许儿女惹祸"的好长辈。在日常生活中,人们只要谈到善良和真诚,谈到宽容和忍让,谈到穷苦人家的尊严和骨气,包括如何教育儿女夹着尾巴做人,就自然想起了张幺奶奶。那些不老而永恒的话题,穿插着一个个活生生的故事,像一部厚重的历史档案,记录着倒座庙的世代子孙无法忘怀的张幺奶奶那一幕幕感天动地的美丽传说。

时光,就这样在倒座庙这片土地上不停地翻阅着流淌的页码,张幺奶奶和张幺爷不知不觉地来到了 1966 年的那个"小年"。腊月二十三的这一天,上苍再一次用无情的拳头给生活在极度贫困、几近潦倒的张幺奶奶这个穷苦不堪的家,又狠狠地猛击了一记。这一拳,令张幺奶奶欲喊无声、欲哭无泪。她像一下子掉进了爬不出来的万丈深渊和走失在罕无人烟的千里沙漠,被一阵呼啸的狂风,折断了她生命里唯一向上爬行的那根稻草,也吹灭了黑夜中的那盏还没有看见光明的油灯。

柏麻子叔是在中午时分从倒座庙那条古老的街道上的一传十、十传百的声音中听到张幺爷病逝的消息的。他仰天长叹,一下子想到年仅四十四岁就走了的张幺爷肯定是没有棺材的。

他心里知道,哪有四十多岁就准备棺材的?柏麻子叔直接来到那棵大皂角树下,找到那个叫张货郎子的七旬老人,亲自出面担保,把他为自己准备百年归山的那副棺材借了过来。

柏麻子叔还意识到,张幺奶奶这一年被病入膏肓的张幺爷的不治之症已经拖得衣无衣、食无食了,安葬张幺爷没有足够的人手是绝对不行的,更何况几个岁数是梯子坎式的儿女还没有一个长大成人的,如果由他们去请人帮忙的话,就算是在别人面前叩一百个响头,恐怕也没几个人愿意去埋张幺爷。为此,柏麻子叔特地来到张幺奶奶家里查看,果然不出所料,除了死人,家里就只有阴风怒号下的张幺奶奶和她的几个衣衫破烂的儿女。他顿时气得全身发抖,忍不住破口大骂,说有些人不讲无产阶级感情,如果有谁再不自觉地去帮忙埋人,坚决开他的批斗会。一时间那一阵阵骂声,简直像是吼得地动山摇,吼得这个地方完全听不到一丁点别的声音。身为公社书记的柏麻子叔的这一骂,果真吓住了胆小怕事的人,也感动了那些还有良知的人。于是大家按照柏麻子叔的指示,只埋人,不吃饭,个个怀着一颗同情的心,把张幺爷埋到了倒座庙有名的风水先生唐六爷指点的那个地方。三天后,张幺奶奶在给张幺爷圆坟的那一天,总觉得她欠下了大家一个天大的人情,求爹爹、拜奶奶地东借西凑了几升大米,把前几天帮忙安埋张幺爷的那些乡亲一一地接了过来,用她那靠泪水煮出来的粗茶淡饭,不停地指着跪在地上叩头的恰似乞丐般的儿女,一句接一句说着"等几个娃子长大了再报答你们"之类的话,勉勉强强地感谢了那些帮忙埋人的人。

张幺爷就这样带着自己的卓越功勋与道不完的遗憾,撇下他的妻室儿女,离开了他才走了四十多年的人间。张幺奶奶像一只"抱窝母鸡",用自己冰凉的身子上的那丝温暖,带着六个儿女煎熬般地过着凄惨的今天,望着一眼看不到头的明天……

第二十一章　张幺奶奶（二）

迎河子走在去杨家寨挖药材的路上。他一直想不通倒座庙怎么会遇到这样一个令人忧虑的夏天，一种怪异的现象使倒座庙的人们背上了沉重的思想包袱：一些穷人家喂养的看家狗，成群结队地在夜间发出一阵阵凄惨的嚎叫，天亮之后，它们又成群结队地跑到老百姓菜地里疯狂地啃着即将成熟的苞谷棒子。

他家里喂的那条黑白相间的看家狗也不例外地掺和在这里面，母亲的心里为此蒙上了一层浓厚的阴影。在这个极度贫困的家庭里，欢乐与他们无缘，幸福离他太远，炎凉的世态和饥饿的折磨，重复地记录着他们在水深火热中苦苦挣扎的艰难岁月。如果再有一些不祥之兆降临，迎河子的母亲带着六个"梯子坎"式岁数的儿女，真的不再有在两间茅草房里活下去的希望了。

早晨醒来的时候，迎河子问过母亲，为什么这段时间这些看家狗像狼嚎鬼哭地叫着。母亲说，人畜一般啊娃子，人饿了要跑，狗饿了要嚎。她说她这么大年纪了，还没有听到看家狗这样子嚎叫过。

迎河子没有再问什么，他看着门口那个空着的狗窝，不知道家里的这条叫"守门"的狗子到哪里去觅食了，也不知道它今天晚上会不会回来。他想着想着，顿时有些害怕了起来。

母亲看出了迎河子的心事，平静地对他说："儿不嫌母丑，狗不嫌家贫。'守门'在外面吃饱了，肯定会回来的。"

迎河子一个劲地点着头，然后提起装着小锄头的篾篓，径直向杨家寨的方向走去。在杨家寨那片茂密的荆棘丛中，长有很多名贵的药材，迎河子在那里时常会有惊人的发现和意外的收获。

刚走到杨家寨的附近，一阵凶狠的高声痛骂从不远处的家门口袭入迎河子的耳中。迎河子赶紧回头张望，只见一个妇女模样的人拍屁股捶胸地在他的家门口晃来晃去地吵闹着，引来了周围不少人的围观。

迎河子从那个泼妇般的凶狠声音里听不出家里究竟发生了什么事情，干脆往家里跑去。一路上，他猜想，今天不是三哥或妹妹在外面偷吃了别人的东西，就是大哥或二哥在外面跟别人打了架，可能惹出了一件让人家不可饶恕的祸端，才导致了别人的大吵大骂。不然，母亲是不会没有理由地站在那里，任凭那女人数落和痛骂的。

到了自己家门前，迎河子从围观的人群里钻了进去，只见母亲说着好话不停地向那女人赔着不是。

迎河子看了看那个撒野的女人，认出她是住在村子中间的那户殷实富贵人家的老婆。他以前听大人们说过，这女人在"大麦没黄，小麦黄"的十九岁那年嫁到倒座庙,嫁给了在县城工作、比她大十几岁的王老鼠子。这一家子平时从不把任何人放在眼里,生怕别人不晓得他们是脑壳上插大葱的"日天好汉",盛气凌人几乎到了不可一世的地步,那趾高气扬的样子,像鸡群中曲项鹅鹅鹅的白鹅,傲气十足地晃悠在倒座庙每一个大人娃子面前。

迎河子站在角落里问隔壁的陈二姐是咋回事。陈二姐耳语,你们家喂的那条"守门"今天上午啃了王老鼠子菜地里的苞谷棒子,她来找你妈算账的。

"说你妈个腿,老子今里打死你这个骚女人头子。"那女人顿时像疯狗似的向陈二姐扑去。

迎河子的母亲见状,生怕因为自家的事情对陈二姐造成了伤害,赶紧跪在那女人的面前,抱着她的双腿,苦苦地向她哀求,这才使躲在人群里头的陈二姐避免了被那女人殴打。

看上去,在那女人的心里,迎河子家里的看家狗啃了她菜地里的苞谷棒子,是她有生以来受到的一次奇耻大辱。那女人乌黑发紫和颠跳簸动的嘴唇里,万丈火焰肆意地翻滚,激烈地喷射出一阵阵粉末状的唾液,大有一种置人死地而后快的张狂,如乌云,把倒座庙的上空遮盖得不见天日。

迎河子不忍心母亲这样久久地跪着,甩掉少儿的尊严,也毫不迟疑地跪在了那女人的面前。他现在没有丝毫的招架之力来对抗眼前的一切,唯一能够做到的,就是在自家的门口,用这种任人凌辱的特殊方式,去安抚去保护母亲受伤的心灵,让年迈的母亲在倒座庙这个狭小的土地上感受到儿子的一丝温暖和些许帮助。

那女人的心肺最终没有完全被狗吃掉,仅有的一点点人性,从她咬得贼紧贼紧的牙齿缝里挤了出来:"你们两个王八日的给老娘滚球起来。今里不把那个狗日的打死,老娘说天也不得饶过你们这家子狗日的!"

那女人丢下这句狠话,甩着厚实的屁股扬长而去。

迎河子慢慢地搀扶起自己的母亲,肚子里装满了心酸的苦水。

母亲说:"娃子,人家说了,你去把'守门'打死吧。"

可迎河子无法割舍他与"守门"的特殊情感,其实自父亲去世之后,迎河子喂养的这只看家狗,并不是用来看守这个贫困潦倒的家庭的,"守门"的唯一功用,是当作防止被他人欺负的"精神保护神"。

从领来的那天起,这只看门狗长年守候在迎河子和母亲的身边,给予了迎河子他们无限的忠诚和热爱。迎河子打内心里喜欢它,希望"守门"在今后的岁月里一直伴随着他。凭着这种人与狗的真挚感情,叫迎河子去活生生地打死它,那是万万不可能的。

母亲说:"去吧,去把它打死,免得我们孤儿寡母再受人家的欺负。"

迎河子说:"我把它卖给别人行吗?"

母亲答应:"好吧,娃子,你就把它换个主人家吧,不管多少钱,能卖就卖,如果卖不出去就送给人家。"

迎河子点点头,拿着母亲蒸熟了的几个红薯,一边丢薯屑,一边唤着"守门",把它唤到了一片群居着广东人的地方。

"守门"跟在迎河子的后头,全然不知迎河子现在的使命,一路之上,它不断地留着它的尿痕,意思是在跟着迎河子回去的时候不会把路记错。

后来,迎河子把"守门"以五角钱的价格卖给了一个爱吃狗肉的广东人。

迎河子转身之后，就听到了"守门"的惨叫。他迟疑了一下，向前走了。

因为大人们曾经对他说过，广东人不会养狗，只会吃狗肉……

第二十二章　张幺奶奶(三)

　　迎河子的家住在见山不走山的蛮河中游的冲积平原上,小山丘像伴侣一样恒久地依偎着东流的河流身旁。一直以来,蛮河冲积的淤泥,生成了这里的万亩良田。这里养出的小麦、稻子,还有百亩洲的萝卜,有一种独特固有的可口的味道,是鄂西北地区家喻户晓的上等主粮和蔬菜。河里的群鱼群虾时不时地在水中欢快嬉游,在微风的吹拂下,粼粼的波光,与日月交相辉映,这美景,犹如人间仙境。迎河子和母亲及五个兄弟姐妹住的仅有的两间草房的大门就正对着这条河流。

　　城里来往的人似乎被这方水土征服了,他们有的说这里是人间仙境,水天一色,风景诱人;有的说这里是鱼米之乡,船公号子荡气回肠;还有的说这里乡风淳朴,农人厚道,山好水好人更好。硬是夸得水都点得燃灯。迎河子那时候才十二三岁,他不懂得这些深奥而浪漫的语言,只晓得这里除了有山有水之外,剩下的就是这里一家两家的穷得叮当响。在迎河子的记忆里,从他懂事之日起他就没有吃过一顿饱饭。每当他路过大户殷实人家门口,那蒸肉煎鱼的香味向他扑鼻而来的那一刻,他就辛酸地暗自思量自家过的穷酸日子不知何时才是尽头。当时的迎河子虽然还没有形成什么是幸福生活的理想模式,但是在他的心目中却油然生起了对幸福生活的无限向往和追求。所以从这个时候开始,迎河子心底里准备按照父亲的遗愿和母亲的希望,发奋用自己的力量去改变贫困落后的家庭面貌。

那天,迎河子做出了一个大胆的决定:到山上砍一些柴火回来,然后挑到离家二十多里的一个镇子上去卖。

晚上,母亲知道了迎河子的这个决定,简直不敢相信自己的耳朵。

"儿子,你才十二三岁呀,挑这么远,妈不放心你。"母亲含着泪水说道。

"妈,不要紧,我少挑一点,明天早晨你过秤,我最多只挑五十斤。"

"五十斤啊! 儿子,你才好大一点个头啊,不行啊儿子。"

"妈,你放心好了,我挑一段,歇一段,保证在天黑之前回来,不让你为我担心。"

"好吧儿子,妈就让你试一回,万一挑到半路挑不动了,你就把柴甩到路边回来算了,妈不会吵你的。"

母亲最终还是尊重了儿子的选择。她知道明天的儿子会像一只刚干毛的燕子初次外出衔泥觅食一样出门做营生,她期待他最好不要遭受暴风雨的袭击,平安无事地回到这个破旧的爱的鸟巢。

次日凌晨,迎河子挑着柴火,一步一步地摇晃着向那个镇子走去。

母亲跟在迎河子的后面,一直把他送到一个叫杨家寨的地方,掉着眼泪,久久不想离去。

迎河子知道母亲的牵挂与不安,回过头说:"妈,你不回去,我咋去卖柴呀?!"

途中,迎河子的每一个身体关节部位几乎受到了有生以来从未有过的辛劳与伤痛。他不得不放下肩上的担子,坐下来歇息一会儿,摸着带血的双肩和磨起泡了的脚板,看着一对父子模样的人从他面前路过之后,他忍不住在那里哭了起来。他恨不得问苍天为什么要情义尽弃,使他的父亲在中年壮志未酬之时狠心地离他而去,让他过早地面临和承受生活的磨难!他也恨不得扔下这几十斤破柴,干脆转身回去算了⋯⋯

迎河子越想越是哭,他在借此抒发幼小心灵的积怨和对生活的不满。

哭过之后,迎河子并没有回去。昨天晚上是他说服母亲的,他在母亲面前做出过掷地有声的承诺,他今天必须完成这项繁重而艰巨的使命,以信守自己的诺言。

这时候他有些饿,他打开母亲为他准备的装着红薯的干粮袋,大口大口地吃了起来,然后又在路边的小沟里喝了几捧水。之后,他便忘掉了已有的疼痛,挑起担子义无反顾地向前走去。

一路之上,迎河子不仅看到了飞驰而去的卡车和黄包车,而且还看到了一些骑着自行车的青年男女。他心里真是羡慕极了,他切身感受到了幸福的真谛和人生的美好,一盏生活的希望之灯开始照亮在迎河子卖柴的路上。

迎河子往前走着,再走不多远就要到那个镇子了。

越走越近,希望越来越近。

到了西关柴行,迎河子站在卖柴的行列中规矩地排着队。

"叔叔,请问那个称秤的老人家咋称呼呀?"迎河子向站在自己前面的一个卖柴的长者打听着。

那人扭头告诉迎河子:"叫陈九爷。"

"哦!"

说着,只听陈九爷喊道:"二分三,一百二十六。"

迎河子心想:二分三,可能是陈九爷报的价钱。一百二十六,可能就是那个卖柴人柴的重量。

"来,这个小娃子的。"陈九爷拿着一杆大杆子秤,来到迎河子面前,打量着迎河子的柴,然后上秤。迎河子连忙帮陈九爷抬秤。

"二分五,四十八。"

等陈九爷报过账,迎河子赶紧把柴挑到柴场里结账。

"一块二,数好,听到了吧小娃子!"

迎河子接过钱,一角一角数了一遍,望着付款人说:"是一块二。"

"是一块二,你个小×娃子还站到这里干啥子?!"

迎河子听罢此话,虽然有些无奈,但是并没有把它放在心上,而是扛起那根父亲曾经用过的现在又落到他肩上的扁担,转身走在回家的路上。此时,他的心一会儿随着蛮河的河水荡漾,一会儿像小鸟样在万亩良田的上空飞翔。他要告诉天上的云儿和路边的小草——他今天用自己的勤劳汗水完成了一件令母亲骄傲的事情。就在快到家的时候,迎河子想了一个足以以假乱真的鬼点子,准备用开玩笑的方式给母亲一个意外的惊喜。

顿时,他假装大声地哭着叫着:"妈,那柴我实在挑不动了,我把它甩了。呜呜呜……"

"算了,娃子,妈昨晚说了,你能回来就好。"

"妈,我没得用,我对不起你!"

"莫说这些,你肯定饿了,快去吃刚才煮好的苞谷糊粥。"

母亲话音刚落,迎河子伸手从荷包里掏出今天卖柴的钱,兀的一声:"哈哈,妈,这是今里卖柴的一块二角钱!"

母亲不知所措,顿时大吃一惊,然后,笑着轻轻地揪了一下迎河子的耳朵:"你个小狗东西,你不是说把柴甩了吗?!"

这个古老的镇子叫武安镇,自此以后,迎河子每年至少要挑一千斤的柴火卖到这里。砍柴卖柴和漫长的二十多里的路程,不仅改变了他和母亲的艰辛生活,更重要的是磨炼了他的意志。"谋事在人,成事也在人"的哲理,渐渐地、渐渐地给予迎河子无比的信心和力量。

第二十三章　张幺奶奶（四）

从倒座庙往西北方向行走十五六里的路程,便到了南漳县 20 世纪 70 年代最有名的黄泥巴洼中学。迎河子在跳级读了四年的小学和两年的初中之后,他的母亲不顾贫困的煎熬,硬着头皮在饥饿的旋涡里让迎河子读完了高中的全部课程。

这些日子,每到迎河子两周一次的两天假期结束的时候,迎河子的母亲总要为迎河子新一轮的返校学习把他送到三分之一以上的路程。在这条路上,迎河子用一根四五尺长的木扁担挑着一头装着两个星期的干粮,另一头装着两个星期的炒菜和腌菜的担子,默默地走在母亲的前头。

他从心里知道,母亲之所以风雨无阻地这样做,并不是单纯地为自己的儿子安全考虑,还希望通过送行,把自己的叮咛和嘱咐印在儿子心中。迎河子的母亲是一位三岁丧父、四岁丧母、四十多岁丧夫、连自己的名字都不认识的苦难妇女,因此她在送儿子上学的途中,只能用朴实的语言和一

种自言自语的方式,试探性地教化着迎河子。整整两年的时间,她一直重复着那些不知重复了多少遍的心中老话:

"我的四儿书读完了,有出息了,也不晓得以后还给不给妈一碗饭吃。"她习惯地按照迎河子和他几个哥哥的排行,把迎河子称作"四儿"。

"妈,不管以后我有没有出息,我一定叫您跟我一起吃,一起住,让您过上吃得饱、穿得暖的好日子。"母亲每次这样说了之后,迎河子每次都这样坚定地回答。

"娃子,这个事就不一定了,哪天等你娶个媳妇了,把我赶出去住窝棚也不算啥稀奇。因为'前面有样,后面跟上',倒座庙把爹妈赶出门的人多得很。不过,到时候也说不定我已死了,不等你们赶我,我就走了。"迎河子的母亲不无担忧地说。

"妈,您放心,我根本不会这样子的,我不是那号人,也没有那号的心,更不会做那号的事。我保证以后好好地伺候您,孝顺您,不让您再过这样的苦日子了。"

"我晓得我四儿是个听话、懂事的娃子,你姐姐和你几个哥哥都只读了个初中,都在家里种田,看样子我只有等我四儿读完高中有本事了,进城拿工资了,能跟到我四儿享几年清福。"

"妈,我从小学到现在的学习成绩一直很好,只要我这样坚持下去,学习的这些东西在以后绝对会有用的。"迎河子不敢向母亲做出他以后究竟有多大出息的承诺或保证,但是他根本没有怀疑过老师们讲的知识就是财富的道理,深信总有一天,他和母亲的命运一定会得到改变的。

不知不觉中,母亲在送他上学的路上所说的话一次比一次多,那期待和盼望的、担心和忧虑的肺腑之言,像川流不息的蛮河之水,虔诚而直白地流淌在迎河子的心里。也同样在不知不觉中,母亲送他上学的行程一次比一次远。那无数的交叠的脚印和母子间的话语,似富有节奏的动人心曲,铺满了象征着迎河子前程的那条光明大道。

迎河子的母亲像手里拿着的风筝最终是要举手放飞一样,她把自己的儿子送到了用心丈量的不少于三分之一的路程之后,慢慢地放缓了自己的步伐,让风筝一样的儿子独立地迎风而去。

暂别的那一刻,迎河子和母亲都没有了言语,唯有盈眶的热泪,一滴一滴地洒落在倒座庙连接黄泥巴洼的那条带着使命和守望的上学与回家的路上……

1978 年 7 月,迎河子为了照顾自己病重的母亲,毅然放弃了上大学的机会,回到倒座庙当了一位地道的农民。1980 年正月初十,积劳成疾的母亲带着对儿女的牵挂和对人世间的眷恋走完了她艰辛坎坷的六十年的生命历程……

1983 年 8 月之后,迎河子有幸成了南漳县的一名国家公务员。这些年来,他一直在思念母亲……

第二十四章　张幺奶奶(五)

高中毕业后的第二年,中秋节刚过,迎河子就跟往年一样,对生产队山上生长的野生桐籽和木梓,开始了一树一树的采摘。这些东西,在搬招子、杨老五他们和那些大人那里,是从来没有被当回事的。

每年的这个季节,迎河子就要和杨老五他们断绝几天的联系。因为他要忙着把采摘的桐籽和木梓去壳晒干以后卖到当地供销社里,一季下来,至少能够赚到十几块钱的收入。他把这些钱一分不少地交到母亲手里,由母亲根据日常生活的需要,进行轻重缓急的安排。

这一年,迎河子一开始就向母亲提出了一个额外的要求,他说等到他把采摘回来的桐籽和木梓卖了之后,想买一双两块多钱的尼龙袜子。母亲听了之后,满口答应地说:"四儿,只要你今年采摘的收入达到了十五块钱,妈保证让你买一双。"

迎河子顿时高兴极了。为了能够穿上尼龙袜子,他在前年就有了这种积极的向往和迫切的希望。眼看现在要不了几天就要变成足下生风的现实，萌动的青春的旋律简直就像高山流水一样倾泻在他的心田。

这天晚上，迎河子兴奋到无法入眠，突然间开始了对高中时期那些女同学的回忆。一年多来，他不知道她们在干些什么，更不知道她们在怎样生活，他很想有个机会能够像在学校里一样，私下看上她们一眼。接下来，他又后悔自己不该放弃上大学的念头，因为他的这种选择，使他彻底地失去了那些女同学对他的选择。如果不是积劳成疾的母亲和身陷在极度贫困的泥潭之中的家庭，如果不是父亲的英年早逝，他的命运和境况绝对不是现在这个样子。他也许在大学里与心仪已久的女同学鸿雁传书，也许在大学里的琅琅书声中无意被同班的女同学深深地暗恋着。

就是这一夜，迎河子想了太多太多。但是面对现在生活道路上布满的荆棘，他不得不从幻觉与梦想、缺憾与叹息中回过头来，在母亲的教诲下，用心地谋划着母亲和自己的未来生活。他想穿着那双尼龙袜子出现在倒座庙的那些同龄女孩面前，让她们在回眸中看到他这位十七岁的青春少年的特殊气质。倘若真是有了这样的一种效果，迎河子就不用担心他今后找不到相亲相爱的生活伴侣了。

带着如此美好的生活憧憬，迎河子毫无疲倦地忙碌了半个月的时间，好几十斤重的桐籽和木梓在他的辛勤劳作下，从山上被扛到山下，背到了倒座庙供销社那个收购土特产的门市部……

那天，接过营业员递给他的比往年还要多的十六块多钱，他有些不敢相信，心里激动得只差心脏蹦出来了，因为这是他有史以来依靠自己的汗水和力量挣得的最大的一笔经济收入。他站在那里顿时有些不知所措，眼看马上就要实现穿上那双尼龙袜子的夙愿了。

他转身奔跑在回家的路上。他恨不得把这个天大的好消息马上告诉母亲，用这个天大的好消息来换取母亲舒心的笑容，荡去母亲往日的忧愁，让歌声与微笑由此溢满那间开始走向新生的草屋。

1983 年 8 月 30 日，在迎河子采摘了最后一批桐籽和木梓之后，便离开了这片生他养他的天地，前往县城，开始了亦苦亦忧的别种生活。

第二十五章　牛娃子的妹妹

迎河子滋生谈恋爱的念头,是搬招子招惹来的。

那天下午,搬招子和迎河子在去放牛的路上,搬招子一再坚持要把这次放牛的路线划定在与唐湾村交界的杨家寨和杀人洼一带。迎河子说放到杨家寨可以,放到杀人洼就不好了。理由是杀人洼那个地方森林茂密,罕无人烟,一旦听到野兽的嚎叫和联想起日本人在那里杀人的场面,就会让人毛骨悚然。更何况平时大人们一般都不敢单独涉足那里,即使路过的时候,也必是结伴而行。

搬招子说没得事。他叫迎河子骑在牛背上和他一起顺着河堤往下走,只要走到和唐湾交界的地方就不怕了。迎河子问他这是为啥子。搬招子说他这几天天天在这里放牛,天天都看见唐湾村的牛娃子的妹妹在她自己责任田摘棉花,牛娃子的妹妹那不高不矮、不胖不瘦的身材和水灵灵的眼睛,加上粉扑扑的脸蛋,还有五官分布非常匀称的长相,在那套只有她穿着合适的衣裳的装扮下，简直像一朵鲜艳夺目、光彩迷人的鲜花绽放在那块棉花田里。搬招子还说，他每次假装赶牛从她面前路过的时候，就有一种像是在云雾中飘的快感，他被她迷得有些魂不附体。

其实，迎河子早就知道牛娃子有一个长得看起来比较顺眼的妹妹，只是从来没有和她说过话，也没有把她当作爱情的对象装在自己心里来追逐。现在经过搬招子这么一说，使得处于青春萌动期的迎河子顿时热血沸腾，他心里巴不得和搬招子现在就走过杀人洼，更巴不得和搬招子现在就能够看到在棉花田里摘棉花的牛娃子的妹妹。无尽的遐想和亢奋的思绪，把迎河子完全带入了虚幻的爱恋状态和缥缈的情感世界。因为他理想中的恋人，就是搬招子描述的牛娃子的妹妹这个样子，母亲去世的时候也曾经希望他能够找到一位清白、贤惠、温柔、好看的姑娘。眼下，搬招子像一个幸福的使者，给他提供了一个幸福的指向。所以，他今天很尊重和配合搬招子的意见，骑在牛背上，跟在搬招子的后头，用快马加鞭的架势，急急地走过杀人洼，径直向牛娃子妹妹摘棉花的地方走去。

迎河子迟疑地问搬招子："假若牛娃子的妹妹在那里摘棉花，我们谁先上去和她打招呼？"

"你呗，你比我长得有气质点，又有文化，说起话来肯定比我自然一些。"搬招子正儿八经地说。

"还是你先说。我原来只是认得她，从来没有和她说过话，突然和她套近乎，她会骂我不正经的。"

"不，还是你说。我是个结巴，说起话来不能着急，一着急就说不上架了。"

"那我跟她说啥子撒（什么）？"

搬招子略略顿了顿，说："你就说找她哥哥有事，问牛娃子这一向在忙啥子。"

"她若不理我或者骂我呢？"

"如果她不理，你就多问两遍。她如果骂你，我们爬起就跑。反正也没别人在场，即使骂你了，除了我之外，别人不会晓得的。"

"行得，我就这样搞的。"迎河子答应，又问，"快到了没有？"

"快了，就在前头那哈。"搬招子伸着脑袋，指着那块棉花田，连忙说，"你看你看，她在棉花田里！"

迎河子抬头张望，果然看见棉花田里粉红色的牛娃子的妹妹。

"我没日白吧?！她天天下午都在这里，今里比昨里穿得更好看。"搬招子神采飞扬地说，"我们现在就从牛背上下来，故意把牛往她那里赶，然后你好生看一下她，真是长得好看。"

迎河子从牛背上跳了下来，神情紧张地跟搬招子说："我怕，我还是不敢去跟她说话。"

"那咋搞？"

"我们干脆就站在这里看。"

"在这里只能看个大概，看不十分清楚，说不到话，我们慢慢往前再走一截。"说着，搬招子扬起手中的鞭子，把两头牛都使劲地抽了两下。

他们跟在牛的后头，痴迷地往前走着。

牛娃子的妹妹像电影上的采茶姑娘一样，在那里采摘着一朵朵洁白的棉花。牛娃子的妹妹那优雅的动作和专注的神情于蛮河之滨的蓝天白云之下,犹如一道闪电吐露的天籁之音,赏心悦目;牛娃子的妹妹那披肩的长发和粉红色的上衣于大自然色彩斑斓的油画之中,犹如一阵清风推送的依依杨柳,沁人心脾。

此时的迎河子和搬招子,他们心潮澎湃,他们情思飞扬。对牛娃子妹妹的无限爱恋,化作人生的一壶甘醇的美酒,尽情地沉醉在青春漫无边际的喜悦里。

搬招子突然对迎河子说:"四叔,不管今后牛娃子的妹妹看中了我们两人中间的谁个,没有被看中的千万不能有意见啊。"

"是的,如果看中你了,我就把她称作我的侄儿媳妇;如果看中我了,你就把她称作你的四婶。"迎河子接着搬招子的话说。

"那就这样定。"搬招子决定地说,"四叔,你现在过去跟她先打个招呼。"

迎河子:"我刚才说的是真话,我真的很害怕,真的不敢和她说话。"

搬招子:"那我先过去试哈,看她的动静咋样。"

"好,我没意见,你这就过去。"

搬招子有些慌张,只好往牛娃子妹妹那里走去⋯⋯

没等多大一会儿工夫,搬招子像快鸡子一样,垂头丧气地转回来了。

迎河子迫不及待地问:"咋样?"

"她说她已经有婆家了,下个月就结婚的。"

迎河子听到这句话的时候,他看见搬招子的双眼充满了泪水,也感到自己现在没有了爱恋的希望。

在此后的很长一段时间里,迎河子的精神一直振作不起来,他在极度自责和无端懊悔的状态下,不知怎样艰难地熬过了一个个不眠的夜晚。痛苦的单相思,使他魂牵梦萦般地思恋着这位心爱的姑娘。为此,他在幻想中期待蛮河之滨即将演绎出一幕动人的故事,奢望上帝赐予他一种神奇的力量,让心爱的姑娘像鸟一样飞到他的身旁……

这毕竟是牛娃子的妹妹根本不知道的事情。牛娃子的妹妹渐渐地走近了她的婚期,也使迎河子痛苦地走到了绝望的边缘。

牛娃子的妹妹结婚的那天,迎河子老早来到唐湾村,站在离牛娃子家不远的树林子里,带着无尽的憾恨和祝福,目睹牛娃子的妹妹在阵阵的鞭炮声中随着浩荡的迎亲队伍向东走去。

牛娃子的妹妹嫁给了武安镇的一个工人。搬招子不久在蛮河对岸也找到了自己的知心爱人。但在 1985 年夏天准备结婚的前几天,搬招子因医疗事故逝于张营卫生所,他那已有两个月身孕的未婚妻子,被迫了断了与倒座庙的联系,时隔一年后,与武安镇的一名待业青年结婚,在武安镇做着手工修补皮鞋的生意。

迎河子依旧在他那间房子里过着自己的单身生活。

第二十六章　魏守芝

　　石光春和迎河子共同承包生产队里那五百多只蛋鸭的时候，每天都是轮流换班吃饭的。石光春吃饭没有任何问题，他参加过中越边境自卫还击作战，立了好几次功，复员回来后吃香得很，把倒座庙周围的一个两个姑娘的爹妈完全忙坏完了。他们为了能够得到这个上乘女婿，生怕错过了这个千载难逢的好机会，纷纷托人上门给石光春做媒牵线。石光春的老爹是倒座庙的末代艄公，平时撑着货船，入汉江，下汉口，见过大世面，也见识过太多的美女，因此在选择儿媳妇这个问题上，别人介绍一个，他必然目测审查一个，跟自己当年选择妻子一样，一直审查到别人把他现在的儿媳妇魏守芝引进了门，他这个当老公公的才一锤定音，选中了这个面如桃花美如玉的、让他的儿子石光春天天笑得嘴跟开喇叭花一样的魏守芝。所以说，对于这对郎才女貌和天生一刈、地造一双的夫妻来说，倒座庙的人们最羡慕的就是魏守芝的贤惠和温柔。不管早晚，魏守芝在石光春的家，总是把石光春侍候得舒舒服服。石光春的老爹经常夸他的儿媳妇这好那好的,那摸着胡子自鸣得意的样子,引起了很多人的笑话,为别人故意说他"打儿媳的歪主意"提供了不少口实。魏守芝做饭方面更是有一手,做得人吃人夸的"好茶饭",使石光春一天三顿想吃热的有热的,想吃凉的有凉的,想吃干的有干的,想吃稀的有稀的,天天把石光春哄得"乐乐转"。倒座庙的其他一些结了婚的男人,都拿着石光春和魏守芝这两口子做"比子",一旦他们的老婆稍有不慎,就被他们从嘴边溜出一句"你看人家"之类的话,一时间,大腿跷在二腿上的那些男人,好险把倒座庙的那些年轻的媳妇逼神经了。

而这个时候的迎河子,是一个一无爹二无妈的孤独地生活在一间用油毡盖起的房子里的十几岁的单身汉,生活主要靠自己在生产队里挣工分和与石光春共同承包生产队里的那群蛋鸭分得的微薄利润。他一天三顿饭都是在放工之后自己亲手做的。如果不是这样,他便没有任何去处和任何办法可以解决他的生计。自从他和石光春共事以来,石光春和他的爱人给了他很多无微不至的关照,这让他一直怀着一颗感恩的心,与石光春建立了一种极为融洽和友好的关系,平时,尽管迎河子比石光春高一个辈分,但是他还是实打实地给予了石光春无限的礼貌和尊重。

那天早上,石光春和迎河子把那群鸭子赶下河的时候,石光春说他家里有点事,先回去吃早饭了再来换迎河子,迎河子应了。他们每天都这样商量着,不管谁先回去吃饭,都是情理之中的事情。

按照惯例,早上换班的时间大约是上午九点多钟,不知道这次怎么搞的,石光春到了十点多钟还没有来。迎河子边放着鸭子,边在心里估摸着石光春可能到来的时间,哪知一等再等,一直等到中午十二点了,仍不见石光春的到来。迎河子是个急性子，等了这么长的时间，而且又确实饿得受不了的情况下，独自地发泄着对石光春不守信用的不满。咕咕叨叨的过程，不断地变换着发泄的内容，然后又根据不同的内容，一个人时不时地在蛮河岸边指手画脚地比画，恼火得手舞足蹈。他虽然是一个识文断字的读书人，但是在饿得吃不消的情况下，自然没有了文明，也失去了境界。他甩掉自己的修养，用一些不干净的语言指责着石光春，像正在哗哗流动的蛮河之水一样，似乎掀起了一阵又一阵的波澜。

第一阵子，他说，说得好好的九点多钟过来，到现在已经十二点了，老是不见过来。也不是不知道老子一个人在生活，回去还得自己挑水、烧菜、做饭，就算是等你现在来了，老子也不能在一点吃上饭。迎河子说着说着，抬头向石光春可能过来的那个方向望去，一看影无踪，二看踪无影。他强忍着恼火和饥饿，打开随身携带的收音机，听起收音机来。

大半个小时过去，实在忍不住了，迎河子又开始了第二阵子的咕叨："现在就快一点了，狗日的到现在还不过来，硬是跟在屋里啃骨头和吃大豌豆一样，得半天啃、半天嚼，就算是八十岁的老头子嚼豌豆、啃骨头，现在也应该嚼饱啃足了啊?!"迎河子发泄到这里，好像饿得懒得发泄了。只好又打开收音机，依他一再地估计，石光春不管怎么说，现在也应该快到了。

他抱着收音机，听完了歌曲听新闻，不听不打紧，这一听就是一个小时。这时，他彻底烦了，"哐当"一声扔掉手里的收音机，顿时骂了起来："妈的×，狗日的太不像话了，难道不晓得老子现在饿着呀？老子现在已经饿得有气无力了，狗日的一点也不心疼人，看样子是想把老子往死处整不可！妈的蛋，老子真不敢相信，难道两口子大白天的还在屋里做爱呀?！老子现在不管这群王八蛋鸭子了,老子是要回家做饭吃的,等他妈的没见了,别人赶跑了,老子是不负责任的!"

迎河子转过身来,准备说走就走。哪知就在他话音刚落,一转身,突然发现魏守芝木着脸,一声不吭地站在迎河子面前,他一下子傻了眼,进也不是,退也不是,张口也不是,闭嘴也不是,一下子,脑壳里全是一片空白,呆若木鸡而且难为情地望着魏守芝。魏守芝则二话没说,扬起赶鸭子的那根竹竿,若无其事地扭头就走了。

只见幼稚可笑的迎河子一个人傻傻地站在那里,他望着魏守芝远走的背影,知道魏守芝绝对听见了他所有的发泄,但不知道下一步该如何向石光春交代……

第二十七章　廖山娃子

生产队里的养猪场，是唐五伯一手发展起来的。从十几年前捉回来的三头仔猪开始，到现在存栏已有五十多头了。每到逢年过节生产队总要杀上一两头猪分给各家各户，大家都知道这完全是唐五伯的功劳。

唐五伯为人厚道、实在，从来不说长道短和评头论足，他没有跟任何人闹过矛盾或发生过吵架之类的不愉快的事，所以大家给他取了个"老好"的外号，意思是说他是一个"只种花，不栽刺"的与人为善的大好人。

唐五伯就这样一直把生产队里的猪喂得好好的，生产队长对他历来没有说过半个"不"字，社员群众对他也没有什么意见。没有想到的是，到了1980年春上，倒座庙那个出了名的廖拍子的三儿子廖山娃子，抓住农业家庭联产承包责任制的机会，天天找生产队长，喊着闹着要承包生产队的猪场。生产队长觉得廖山娃子是个靠不住的人，生怕他把这几十头猪喂"砸"了，始终没有松口答应他的要求。廖山娃子为此缠着生产队长不放，队长走到哪里他跟到哪里,连生产队长上茅厕他也站在那里守着。一时间,害得生产队长食不甘味,夜不能寐,催工、派活、开会、检查,什么也搞不成,最后再加上碍于廖山娃子的老爹廖拍子的那张什么都敢说的不值钱的嘴,他不得不做出让步,廖山娃子承包猪场一事便如愿以偿了。

倒座庙一队的干部群众认为廖山娃子是个不靠谱的人,是绝对站得住脚的。特别是去年秋收的那个时节,廖山娃子信心满满地找到在区粮管所工作的远房姑爹,说是通过外地的一家贸易公司的老总联系到了一笔上千吨小麦的外销生意,声称若把小麦用火车皮运到苏联之后,每吨至少可以赚到五百块钱,这样一来,一千吨小麦赚到五十万元是根本没有任何问题的。他的这个姑爹听了之后心里很是高兴。一是廖山娃子是他的内侄,虽然是个远房的,但内侄在姑爹面前是不会撒谎的。二是他本人是区粮管所多年的干部了,而粮管所里堆成山的小麦急需腾仓,这样才能为正在抢收的稻谷入库做好充分的准备。于是他信以为真,听从了廖山娃子的意见和设想。结果,成车成车的小麦运到了火车站之后,一装上火车,便发现被骗了,廖山娃子的姑爹赶紧报案,幸亏后来追回来了一大部分,不然的话,坐牢丢饭碗是完全有可能的。从此以后,倒座庙的人凡事都怕沾上了廖山娃子,无论他说什么,人们都不会相信他的话。

说归说,做归做。廖山娃子承包生产队的猪场之后,也操了一些应该操的心。他经过一番了解,发现有一头母猪压根没有怀过孕、下过崽,于是他决定再次进行配种,过了几个月,除长肥了之外,这头母猪仍旧不见怀孕的迹象。

对此,廖山娃子坚定地认为这头母猪肯定不具有生育功能,与其长期喂着,不如把它在进一步催肥了的基础上杀了卖肉,或许在今年的中秋节到来之前能够赚上几百块钱,这样既可以全额上交今年的猪场承包费,又可以保证剩下的成年猪在年底卖了赚的钱全部归自己所有。这个如意算盘,让廖山娃子越打越高兴,越高兴越想把这头不下崽的母猪早点杀了。

廖山娃子一直这样顺向地思考着,终于在八月十五的前一天,请来了"杀猪佬"韩幺爷。这韩幺爷是新中国成立以来一直在倒座庙一带负责杀猪的,他杀一头猪,大队里要给他记一天的工分。

那天,韩幺爷扛着杀猪用的"腰盆",拎着一竹篓子的杀猪刀、捅条和刨子,来到了廖山娃子承包的猪场,只见廖山娃子烧了一大"撇子锅"的开水,意思是现在已经准备到位可以开始杀猪了。韩幺爷一声令下,几个帮忙的人一拥而上,拖猪腿的拖猪腿,拽耳朵的拽耳朵,三呼啦两扯地把那头都以为不下崽的母猪抬上了案子。韩幺爷摆开杀猪姿势,手持那把长长的红刀,一刀捅进了母猪的喉咙。随着喷出的鲜血和在挣扎中发出的几声由大到小、由小到弱的惨叫,这头在廖山娃子看来不下崽的母猪就这样在韩幺爷的屠刀下结束了自己被冤屈为不会生育的生命。

接下来,帮忙的人们把它从案子上拖进了装有刚出锅的开水的比猪还要长的腰盆里,韩幺爷不断地翻着在滚烫的开水里的那头母猪,不一会儿工夫,猪满身的猪毛渐渐被烫掉,只见韩幺爷又不失时机地拿起专门在猪身上刮毛的刨子,把那些开水没有烫掉的猪毛,一处一处地刮得干干净净。然后,韩幺爷的徒弟拿着一根长长的通条,从猪的右脚捅了进去,在猪的皮下的不同部位打通了五六条通道,准备依靠这些通道,用嘴把猪吹成鼓囊形状,目的是为了把猪整得更为干净和为开膛破肚做准备。

韩幺爷就这样跟往常一样,一步一步进行着每一道工序,当他持刀剖开这头又肥又白的母猪的肚子的时候,突然发现里面竟有七八个乳猪还在缓缓地蠕动。韩幺爷顿感自己今天犯下了上苍不可饶恕之罪,丢下手中的屠刀,一下子瘫在了地上。

这时,帮忙的人亲眼看见韩幺爷立马跪在这头母猪的面前,撑着双手,额头不断地叩碰在地上,嘴里默念着听不清的咒语,虔诚地向它表示着无尽的忏悔和接受他杀生害命的未来惩罚。

随后,韩幺爷转过身来,含着泪水,愤怒地指着廖山娃子痛骂起来⋯⋯

韩幺爷一直用重复的话骂着廖山娃子。一个老男人凄惨夹着悲愤的号啕之声,一时间弥漫了整个猪场,还有他那自感有罪的滚滚泪水,好像也止住了旁边的蛮河流淌,让这片天空变得无限的哀旷和悲戚⋯⋯

第二十八章　迎河子

孙幺爷,我认得,

他的胡子往上撅,

叫他不撅他要撅,

他说撅到好看些。

读小学二年级的那年夏天的中午,迎河子和杨老五、搬招子、强国子在放学的路上,跟在村子西头的孙幺爷的后面,把老实巴交的孙幺爷狠狠地逗弄和调侃了一阵子。不料,一回到家门口的场子里,母亲无意间发现了迎河子平时被头发掩盖着的头发林子里长了数不清的虮子。迎河子顿时像植物人一样木然地站在那里,把刚才还沉浸在喜悦中的那一幕场景全部丢在了脑后。

其实母亲心里清楚,自从入夏以来,她只晓得迎河子天天在河里洗灰抹澡,但不知道有好长时间没有催促迎河子用肥皂洗头了,加上他几乎没有一天不在长有虮子的黄牛身上溜去溜来,这为虮子在他身上的寄生繁衍提供了必然的空间和条件。

对于母亲的话,迎河子历来相信都是真的,他赶紧去照镜子。这一照不打紧,却让他的尊严受到了致命的伤害和打击。

迎河子突然感到,这种丢人现眼的事情使他现在有了比天塌下来还要无法承受的心理压力。他不知道下午怎样去见杨老五、搬招子和强国子他们,更不知道下午怎样去见他的老师和同学们。想到这里,他摆脱了母亲正在翻看他头上虮子的双手,一下子钻进屋里,把门紧紧地关了起来,那呜呜号啕的声音,完全是在发泄自己心中说不清的懊悔和悲哀。

母亲知道迎河子是一个好强、要面子的孩子。带着内心里的愧疚和对儿子的理解,她站在门口心平气和地劝他:"娃子,俗话说,穷长虮子富长疮,我们现在穷,你脑壳上长几个虮子也算是正常的事,开门吧,让妈用'六六六'粉给你好好洗一遍。"

"我不搞,'六六六'粉是农药,那样会使我的脑壳和眼睛中毒的。"迎河子在屋里眼泪汪汪地说。

"那干脆这样好了,"母亲跟他商量,"你下午就不去上学了,我把递头匠接来,把你脑壳上的头发、虮子全部剃掉,来个一扫光算了。"

"那不就成光脑壳了呀?这个样子别人肯定要笑我的。"

"不要紧,你把你冬天戴的那顶带有耳巴子的帽子戴上,别人看不见就不会笑你了。"

母亲做出这种安排的时候,没有顾得想到夏天戴棉帽会热上加热的这个问题,而陷于尴尬境地的迎河子欣然接受了母亲的建议。

一个多小时的时间,母亲请来了剃头匠,也送走了剃头匠。

这时的迎河子终于长出了一口气,因为他现在彻底地甩掉了严重伤害自己尊严的头发中的虮子,从此如释重负,心情陡然地愉悦和轻松了起来。他彻底忘记了自己的光头形象,双手叉腰,带着幼稚的童心和自傲的神气,在自家门前的场子里大摇大摆地来回地踱着步子,看上去,既有电影中的张嘎子的机灵和威风,又有铁蛋子的憨实和顽皮。

母亲在屋里喊:"娃子,快到上学的时间了,赶紧把帽子戴上!"

迎河子背起书包,接过母亲递来的帽子顺势地戴在自己的头上。他不知道自己现在俨然一副日本鬼子进村的样子,还吆喝着杨老五、搬招子和强国子他们,若无其事地走在上学的路上。

万般机警的杨老五见迎河子在炎热的夏天还戴着一顶跟日本鬼子一样的耳巴子帽子,个中肯定有玄机。他先是以迎河子夏天戴帽子为靶子,高声大嗓地唱着他脱口而出的顺口溜:

迎河子,戴帽子,

脑壳肯定有虱子。

没有虱子有虮子,

还有可能长癞子。

杨老五跟在迎河子的后面唱歌一样,一遍又一遍地喊着唱着。气得被头上的帽子捂得已是大汗淋漓的迎河子一下子把帽子摘了下来,冲到杨老五的面前,揪住他胸前的衣服,恶狠狠地叫他看他的脑壳上究竟有没有虱子、虮子和癞子。

殊不知,迎河子封住了杨老五的嘴巴却封不住杨老五的屁股,杨老五游里八戏地告饶之后,接着计上心来,调整了一个新的话题,又拿迎河子的光脑壳开起涮来:

> 光脑壳,葫芦瓢,
> 老鼠子下儿不长毛。
> 你们看,你们瞄,
> 完全是个电灯泡。

迎河子在前面听着杨老五这些有损他人格的狗屁串子,简直怄得牙齿直痒。从开始到现在,他一路忍气吞声,没敢对杨老五进行强硬的回击和反驳,生怕杨老五到了学校把顺口溜在同学中传播开来。眼下,他实在是忍无可忍了,随手拾起一块石头,转身向杨老五砸去。幸亏杨老五反应迅速,赶紧躲闪,才使得飞去的石头只擦伤了他的一点皮。

被杨老五和迎河子制造的这个场面吓得心惊肉跳的搬招子和强国子,连忙跑进教室,把事情的原委如实地告诉了老师。

那天下午,老师罚杨老五和迎河子站了整整一堂课,一个挂彩的脑壳和一个光头和尚的风采一览无余地暴露在课堂之上,引来了班上同学们哄堂大笑。

被勒令在那里罚站的迎河子,现在恨透了那些该死的虮子,也恨透了这个混账的夏天,还有身边这个唯恐天下不乱的杨老五……

迎河子和杨老五是一对谁也见不得谁、谁也离不开谁的活鬼娃子,他们在那段天真烂漫的岁月里不知打过多少次架。那刀棍相交的场面,生成了当年大人们的忧虑,也调制成了现在回味中的佳肴。

第二十九章　杨老五(一)

迎河子一直认为杨老五是个活鬼娃子,满肚子的花花肠子和数不清的空心眉毛,随时都能想出别人压根儿也想不到的鬼主意。

那天晚上,月亮刚刚露出月牙儿,杨老五就跑到迎河子家里,悄悄地拉着迎河子神秘兮兮地把他往外拽。说是杜江娃子门前的那棵长满桑子的桑树底下,掉了很多熟透的桑子,叫迎河子和他一起趁着月光去捡一些来吃。迎河子说月光不算亮,看不清楚地上的桑子。杨老五一听见迎河子说"看不清楚"几个字,简直就气不打一处来,接二连三地说:"老子昨晚上就去那里捡了的,月光还没有今里亮,硬是把捡起来的桑子吃了个半饱,回到家里连饭也不想吃球了。"

杨老五说的时候,没有给迎河子留下插话的一丝缝隙,说起话来跟扫机关枪一样,唾沫不断地飞溅在迎河子的脸上。迎河子见他说得理直气壮头头是道,半信半疑地跟在杨老五的后头,向杜江娃子屋前头的那棵大桑树走去。

迎河子问杨老五："杜江娃子屋里喂的有一只狗子,如果大声叫起来,杜江娃子的老爹把我们当成偷桃子的人来打,怎么办?"

杨老五说："老子说你个狗日的'记性没有忘性好',你还不承认。昨天早晨它把杜老头子咬伤了,杜老头子一气之下叫人把它打死了你不知道啊? 亏你个狗日的当时还站在那里看了的!"

迎河子听罢,挠着脑壳,顿时恍然大悟："是的啊,我咋忘球了呢?"

"莫给老子啰唆了,快点跟老子走!"杨老五命令道。

迎河子没说二话,乖乖地跟着杨老五拐过铁猫子家的院角,穿过一小片竹林,不一会儿就到了杜江娃子家门前的桑树下。

杨老五对这里轻车熟路知根知底,没等迎河子理清头绪,杨老五就蜻蜓点水似的在桑树底下开始捡着散落的桑子,然后压低嗓门,胸有成竹地带着埋怨的口气对迎河子说："给你,你看这是不是桑果子!"

迎河子伸手接过,喂进自己的嘴里,连忙说道："是的,是的。"

"快点捡,现在月光更亮堂了,"杨老五像是立了大功似的,警告着迎河子说,"你不使劲捡,等一会儿月亮下去了该你妈的吃球不到。"

迎河子这时才相信杨老五说的全是实话,借着月光,像寻宝一样,随着身子的移动,不断地把捡到的桑子喂进自己的嘴里。那软软的、甜甜的味道,不知比他吃过的桃子要好多少倍。他越捡越有劲头,越捡越感到他今晚跟杨老五没有白跑一趟。他为此采取了边捡、边喂、边吃的连环动作,试图把他发现的每一颗桑子都尽快地、津津有味地吞下。

迎河子现在非常感激杨老五对他的真诚和友好,后悔自己对杨老五不该有不正确的看法和错误的评价。顿时，他把对杨老五的好感上升到了无法比拟的地步。因此，忙碌着的迎河子不得不去关心一下杨老五，问他面前那片地上的桑子多不多。杨老五说："你简直多球话，我这里没得桑子，我蹲球这里闲急了啊？"

迎河子听后，自知找了个没趣，只好又埋头捡了起来。

杨老五问："我肚子吃得差不多了，你说啥时候走？"

迎河子说："我把面前的这几颗捡了就走。"

杨老五有些不耐烦了，对迎河子说道："老子再给你娃子三分钟时间，不然，老子就先走了。"

迎河子连忙一边好好好、是是是地答应着，一边双手齐下，左右并举，生怕地上最后几颗紫黑发亮的桑子从自己的手边溜掉。在这样一种状态下，迎河子干脆抓大放小，像玩杂技的人的双手向空中抛球一样，连续捡起来一颗颗较大的桑子利索地抛进自己的嘴里。

突然，迎河子大叫起来："哎呀，我的妈呀！"迎河子顿感一种无法形容的奇特味道充斥着他的口腔和喉咙，那淡臭淡臭的异物让他立马意识到这绝对是一截鸡屎，就在他刚刚吞进肚子的时候，翻江倒海的恶心感觉恨不得把他的舌头吐了出来。

杨老五忙问："咋球搞的？"

"还问咋球搞的？老子刚才吃的是一截鸡屎！"迎河子张口吐舌埋怨地回答。

"快点吐撒！"杨老五同情地提醒着迎河子。

迎河子生气地说："吐你妈的个屁，老子吞的时候才晓得是鸡屎！"

"快点到河边漱口。"杨老五有些负罪地说道。

迎河子犹如醍醐灌顶,跳过篱笆,绕过院角,不顾一切地向杜江娃子屋后头的蛮河边上跑去,毫不犹豫地一头扎进了水里。

杨老五懊悔地站在那里,隐隐约约的夜幕下,从那波光折射的蛮河水面上,只见水中的迎河子像一只失落的水鸭子,时不时地传来迎河子一阵又一阵张口吐舌的恶心声音。

那声音,与哗哗不息的流水声,混合万物作响的天籁,连接成一串串独特飘浮的音符,在蛮河流域这个小小的冲积平原的夜色中,演绎了一则令乡下人啼笑皆非的故事。

鸡屎当成了桑子的教训,让迎河子从此以后,只要看见了桑子,就无端地想起了那截鸡屎……

第三十章　杨老五(二)

在倒座庙那十几个一般大一般粗的娃子当中,杨老五像"神斑鸠""鬼老鸦"一样,脑袋瓜子装的尽是一些鬼点子。他是倒座庙喝了一肚子墨水的杨先生的第五个儿子。按照农村说的"龙生龙,凤生凤,老鼠子生下来会打洞"的那句俗话,绝对是受遗传基因的影响,使得杨老五的智商从小就远远高于迎河子、搬招子和杜强国他们那一大群娃子。

迎河子和杨老五是一对既见不得又离不得的"冤家伙伴"。他们在一起上演过数不清的恶作剧,气得一些受到他们愚弄的大人把他们撵得鸡飞狗上墙。他们也在一起打过许多狠架,把一些目睹他们刀棍相交场面的大人吓得心惊肉跳。

就在那样艰难的岁月里,机灵中带有几分实诚的迎河子,一次又一次地受到了杨老五的影响。这让迎河子在长达十多个春来秋去的时间里,学会了不少损人坑人的招数和偷吃别人东西的技巧。

那年春上，杨老五为了保证每个星期天的下午放学之后去山上都能捡到柴火，而又不被生产队的队长和负责看山的管理员怀疑他偷砍集体的林木，他叫迎河子到那片常来的茂密的松树林里，两人动手把松树下面的所有根须全部砍断。再过上六七天，待这些松树全部死去后，他又带着迎河子以捡干柴的名义，堂而皇之地把实际被他们砍死的树木捆成柴火背回家去，瞒天过海，逃过了大人们的眼睛。迎河子也常常因此受到母亲给他吃一个荷包蛋的奖励。

那年夏天，生产队里种了一大片甘蔗，从种下地到即将收割的那段时间里，杨老五和迎河子几乎每天放学后，在去打猪草的路上总要到那里游荡一遍。流淌的口水、急不可待的目光，足以看得出他们很想早点吃上这片甘蔗。杨老五为此想出了一个既能让甘蔗正常生长，又能使他们现在就能吃上甘蔗的两全其美的馊主意。他教迎河子把正处于生长期的甘蔗的根部用镰刀削掉一截三分之一厚的甘蔗皮来吃，这让迎河子和他在这片甘蔗林里提前享受了将近一个秋冬的甜蜜滋味。

又一年的春季，生产队新挖了一口堰塘，用于发展生产队里的莲藕。莲藕种下去的第三天，杨老五就找到迎河子，说那藕种又脆又甜，晚上无论如何也要下到堰塘里偷几节上来吃。迎河子说，那里藕种千万偷不得，不然队长晓得了肯定会在生产队的群众大会上点名批斗的。杨老五一听就火冒三丈，破口大骂迎河子胆小怕事，一辈子干不成个大事。迎河子只好说要偷只能深夜去偷，去早了会被晚上加班劳动的大人们发现。杨老五大怒："老子的意思不是说晚点去吗？你个狗日的连句人话都不会听！"

迎河子听罢，自认说话多余，只好在吃罢晚饭之后，在自己的母亲面前找了一个晚点睡觉的理由,乖乖地等待着杨老五的呼唤。

午夜时分,杨老五像鬼溜子一样,乘着轻舞的月光,东张西望地窜至迎河子门前的那棵大树下,学着狗叫的暗号,通知迎河子开始行动。迎河子赶紧上去接头,跟着杨老五一路小跑,径直向堰塘奔去。

杨老五和迎河子根本不知道,自从生产队把藕种安种到那口堰塘以后,生产队长每天晚上都派有四个劳力在那里埋伏守夜。杨老五主动脱掉衣服,独自跳进水里,让迎河子在上面接应。正当他把摸到的一根又一根的藕种接连不断递给在堰塘上面的迎河子的时候,熟睡在堰塘边的守夜人被杨老五扑水声惊醒,顿时大吼:"哪个狗日的在偷藕种?老子打死你个狗日的!"迎河子见势不妙,全身趴到麦田里按兵不动。杨老五也急中生智,憋了一口长气,不动声色地将身子沉入水中,然后在水下往守夜人对面的堰塘边游去。睡意渐浓的守夜人见无动静,扭头回到了自己的露天床铺。次日,杨老五跟什么事情也没有发生一样,得意扬扬地告诉还在昨夜的惊吓之中没有回过神来的迎河子:"幸亏老子把《小英雄雨来》这部电影看球几遍,关键时候,处变不惊,不然的话,老子昨晚上非他妈的被活捉了不可!"

最龌龊的要数恶整王大伯的那件事了。迎河子清楚地记得,当时,杨老五和迎河子来到王大伯的菜地里,杨老五安排迎河子用打猪草的铲刀,把王大伯菜地里长的一个大南瓜很规则地挖了巴掌大的一个窟窿,掏出南瓜瓤。由杨老五把自己拉的粪便装进南瓜里面,然后再由迎河子把挖掉的那个南瓜块原模原样地恢复在那个窟窿上。

数月后,装着粪便的南瓜的切口自然愈合,紫红色的南瓜皮上长满了白粉。乡下人认为这样的南瓜是再好不过的南瓜了。一次,王大伯来到菜地,见已经成熟,揪断瓜蒂,抱在怀里,一路之上喜出望外。八月十五这天,正准备为从城里回家过节的儿子、儿媳和女儿、女婿弄一桌大餐,突然,王大妈在厨房里妈呀连天地叫了起来。正在堂屋里谈笑风生的全家人连忙跑进厨房,不料厨房里臭气熏天,只见从南瓜里溢出来的在里面装了几个月的粪便连同南瓜体内坏死的残渣,溅满了王大妈做饭的灶台、切菜的案板和她的胸前。结果害得王大伯这个在倒座庙远近有名的富贵人家,连续好几天的饭都没有心情上桌吃。杨老五和迎河子听说此事后,高兴了很长时间。

杨老五就这样用自己的智慧、奸狡与诡秘长期地潜移默化地影响着迎河子。后来,迎河子总觉得长期做这样的坏事终究不对,便在批判中汲取着杨老五机灵应变、审时度势和大胆心细的一面。这让看上去严肃、呆板、传统、保守的迎河子在贫困的状态下多了一些风趣和幽默,也在紧张的劳作中,多了一些浪漫和顽皮……

1983 年 8 月,迎河子离开了他的家乡和他仅有的一间房,在全国开展的严厉打击严重刑事犯罪活动中,谋取了一份看守犯人的工作;两年后,又到县自来水公司当了两年的电焊工和管道工及办公室主任;1986 年 5 月,转为人民警察;后来历任县政法委科长,县政府法制办公室副主任、主任、镇政府镇长、镇委书记,交通局局长职务。

杨老五则于 1984 年与倒座庙一位漂亮的姑娘结为夫妻,现在已是年近五十的农民了。

第三十一章　杨四疤子(一)

　　杨四疤子是杨老五的亲四哥,在他们那个家庭内部,杨四疤子在杨老五面前从来没有直起过腰来。

　　倒座庙街上的人一直猜疑着他们兄弟二人之间这种怪异而微妙的不可思议的现象,最后得出的结论是,要么是杨四疤子用兄长的境界和胸怀,有意谦让和宽谅着自己的弟弟;要么是杨四疤子骨子里畏惧和愿意屈服于杨老五。因为在日常生活中,除了老雁子那次让杨四疤子扮演样板戏《沙家浜》当中的刁德一那个反面角色,被杨老五认为有辱他哥哥的尊严和人格而赤膊上阵与老雁子开火交战之外,平日里杨老五几乎没有把杨四疤子放在眼里。两人之间发生的所有对杨老五不利的事情,最终都以杨老五抢占上风、杨四疤子妥协让步而告终。

　　那年正值"芒种打火夜插秧"的季节。杨老五以反败为胜的大无畏精神,在百亩洲头那片空旷的田野里,通过一场扣人心弦的精彩表演,向在场的数以百计的大人娃子，再一次验证了他对杨四疤子的控制能力，以及他在面临复杂局势表现出来的扭转乾坤的特殊本领。

那场战争的烽火是由老实巴交的廖桌子引发的，最终是由杨老五在杨四疤子的配合下熄灭的。杨老五事后总结他之所以能够打赢这场战争，说是由于抓住了杨四疤子胆小怕事的心理特点，巧妙运用他老爹从《三国演义》中教给他的"心理战"的战略战术，击溃了杨四疤子外强中干的心理防线。

其实那天事情的缘由很简单，老实巴交的廖桌子在插秧的过程中实打实地问杨老五快接四嫂子了没有。杨老五一听廖桌子的问话，便敏感地认为这分明是廖桌子对杨四疤子脸上存在生理缺陷的侮辱，和对他这个出自书香门第的知书达理之人的调侃。

于是他反问廖桌子："你嫂子正在坐月子，你个狗日的吃过你嫂子的血晃子和你嫂子的奶水吗？"话音刚落，廖桌子忽地大怒，随手捧起脚下的稀泥巴直接朝杨老五的脸掷去。杨老五躲过泥巴，顺势一个"鹞子翻身"，把廖桌子按在净是稀泥的水田里痛打了一顿。

稍后，杨四疤子得知此事，便以兄长的身份，手拿木棍，气宇轩昂地向杨老五方向追赶过去。此时，杨老五自知理亏，慌忙逃离。就在杨四疤子边追边吵，即将追上杨老五的那一刻，杨老五急中生智，屈手抱起面前的一个石头，转身准备向杨四疤子砸去。杨四疤子见势不妙，转身拔腿就跑。

杨老五乘胜追击，一直追到杨四疤子抱着脑壳，连连大声告饶："兄娃，你千万不要砸我，我错了好吧？兄娃，我错了好吧？兄娃，我错了好吧?!"直到这时，杨老五才停止脚步，站在那里双手抟腰，上气不接下气地训斥着杨四疤子说:"看你以后究竟还敢搞不敢搞!"杨四疤子一边连口答应,一边顺着田埂向远处跑去……

目睹此情景的大人娃子们,顿时忘记了手中的活儿和劳累,这场面让夏日的田野充满了紧张和刺激,随后那朗朗的笑声便洒满了百亩洲头……

第三十二章　杨四疤子（二）

倒座庙的夏夜,似乎比别处更忙碌一些,"芒种打火夜插秧"的场景折射出了这里的人们所背负着的繁重的劳动。大人们白天收割的麦子和一些夏收作物,都成堆成堆地码在生产队的场里。

生产队的队长像管家监工一样,时而指手画脚,时而捶胸顿足,再加上时不时地从他那张牙齿被旱烟熏得发黑的口中喷出的"老子""妈的""狗日的"之类的肮脏语言,把他这个从中国大地草根底层里长出来的土皇帝的权力和威风表现得淋漓尽致。

老实巴交的倒座庙人像木偶一样,在蛮河流域的冲积平原上,长久地、乖乖地任凭他摆布。

唐五伯是这个生产队既老实又老好的人,不管生产队长平时安排什么样的农活,他都会踏实去做。迎河子每次遇见他的时候,看着唐五伯凹进去的双眼和瘦得嘴巴都快要挨到耳根子的脸颊,总觉得他是累得太狠,好像他是一尊活着的纪念碑和一部行走的档案,记录着倒座庙这个地方的无尽沧桑和艰辛年轮。

迎河子毕竟是个小娃子,对于这些属于大人的过去,无损于他天真无邪的快乐和活跃着的每根神经,对唐五伯的印象,在他脑海里瞬间留存之后便很快荡然无存。

那天晚上,唐五伯像往常一样带着铺盖,拖着疲惫的双腿,一步一踉跄地去生产队场里守夜。这对于唐五伯来说,是一个"睡觉挣工分"的轻松活儿。他为此参加了生产队里的大多数守夜活动,因为守一个晚上的夜,可以挣到白天干半天活儿的工分。

码麦捆子收工的时候,唐五伯已经把生产队仓屋门前放着的一辆板车拉在场中间的空场子里。他先是把板车一头支平,然后又把板车轱辘支稳,不紧不慢地将铺盖铺在平稳的板车上面。那板车,既够唐五伯的身宽,又够唐五伯的身长。唐五伯慢慢地躺了上去,微闭的双眼伴随着深深的倦意,一个长长的呵欠过后,唐五伯忘却了一天的劳累和困苦,进入了酣甜的睡眠状态。

杨四疤子悄悄地、饶有风趣地对迎河子说:"上一回唐五伯在这里守夜睡觉的时候,也是睡在这个板车上,我拉着板车把他在场里拖了好几圈,他连个醒气都找不到,最后还是我用板车给他簸醒的。"

"他发火了没有?"迎河子问杨四疤子。

"怎没发火呀?!"杨四疤子一本正经地说,"硬是拿着一把杨权把我撵了好几圈,差一点把老子打球一顿!"

迎河子问:"你今晚上说这事是啥意思?"

"我的意思是让你把他连人带车,在场里再拖几圈。你若不信你就试哈看,保准有趣球得很!"杨四疤子说得手舞足蹈、绘声绘色。

"搞是能搞。我先试哈看,不过你得教哈我。"

"行的,你过来!"

迎河子蹑手蹑脚地跟在杨四疤子后面,杨四疤子回过头来特别对他耳语:"莫吭声,千万莫把唐五伯弄醒球了。"

走近唐五伯睡着的板车,迎河子和杨四疤子一齐动手,小心翼翼地拿掉支着板车的东西。在隐约的月光下,杨四疤子教迎河子扶着车把保持板车的平衡,接着打了一个拖着唐五伯转圈的手势。迎河子便心领神会地猫着腰,慢慢地、悠悠地拖着板车在平整的场里转了起来。

杨四疤子果真没有撒谎,唐五伯根本不知道发生了什么,在睡梦中还时不时地扯着富有节奏的呼噜。迎河子心里乐着,那乐的滋味让他感到了一种从未有过的新鲜和好奇。

唐五伯好像突然在板车上说话:"我们生产队啥时候买的拖拉机呀?"

迎河子以为唐五伯醒了,赶紧回头,见唐五伯一动不动的样子,十分安详地睡在他拖着的板车上。

迎河子顿时意识到唐五伯在发梦吪,接着答道:"这是才买的,队长今里叫我带着你转一圈,让你好好享受享受。"

"队长今里咋这么好呢? 我这把老骨头快被他折腾散架了。"

"唐五伯,你坐在车上好生休息,我带着你多转一会儿。"

"你这个娃子就是心细,你咋不把你爹妈一起带来呢?"

"唐五伯,你忘记了哇? 我是迎河子,我爹前些年就'走'了……"

"哎呀！娃子,我也快'走'了,你看我明明知道你爹走了好几年了,今里还这样问,真是老黄昏了。"

"没事,唐五伯,我不会见怪的。"

"你这个娃子通情达理,只要没见怪,我就在车上多转一会儿。"说到这儿,唐五伯话锋一转,"娃子,你估计我能活多大岁数?"

"唐五伯,我估计起码你能活八九十岁。"

"屁哟,我天天没日没夜地做活,累得像根骨头棍棍了,吃饭有盐无油的,一天三顿没吃过一顿饱饭,哪能活这么大岁数哟。"

听到唐五伯这个沉重的话题,迎河子不忍心和他再嬉闹下去了,他把睡着唐五伯的板车停在了原处,夹杂着心里的愧疚与不安,默默地离开了唐五伯。

唐五伯仍旧睡在那里,有序而均匀的呼噜声与蛮河里的汩汩流水声,形成了一首节奏轻快的协奏曲,在夏日的夜风的吹拂下,飘啊,飘啊,飘进了倒座庙的田野,飘向了倒座庙的上空。

杨四疤子不知道发生了什么事情,呆若木鸡地站在那里发怔。迎河子没有搭理他,与他擦身而过的时候,狠狠地瞪了他一眼。

第三十三章　何老先生

何老先生猪圈后面的那棵比水桶还要粗的杏子树,是杨老五、搬招子、杜强国和迎河子他们在极强的报复心理的驱使下,一起把它整死的。

在这之前的那几年,他们四个人是这棵杏子树的最大受益者。每到压满树头的杏子从青涩走向金黄的那些日日夜夜,杨老五他们泛起的口水像山间小溪一样从来就没有停止过。他们似乎过着煎熬的日子,乞求的目光一直等待着春夏之交那个能够让杏子成熟的季节的到来。

这期间,杨老五他们的心动完全处于一种过速的状态。一连串的白日梦连同他们异想天开的心绪,时不时地游荡在倒座庙的天空和蛮河之滨的那个冲积平原上。

几乎从杏子基本成熟的那一天起,杨老五他们就时刻算计着何老先生和他的儿子、儿媳们下地干活和晌午歇晌的每一个机会,然后在杨老五的

271

带领下，像进村扫荡的鬼子一样，顺着沟边的那条羊肠小道，鬼鬼祟祟地窜进杏子树周围的那片竹林中潜伏下来。待仔细观察四周确实没有任何动静之后，一个个猴子般爬到杏子树上，狼吞虎咽地偷吃起来。

他们就这样神不知鬼不觉地偷着乐，但是，随着时间的绵延和推移，最终还是露出了自己的"狐狸尾巴"。何老先生从杏子树的小枝不明不白地被折断，和杏子树的周围掉着三三两两的杏子树叶的迹象中，突然意识到了杏子被人偷摘的事实。于是他秘密地躲在杏子树旁守株待兔，看究竟是谁在偷摘他的杏子。

那天晌午，杨老五吸取了在铁猫子家偷梨不成反被捉的教训，决定调整部署，他让信得过的杜强国前去望风。片刻之后，随着杜强国的三声咳嗽，杨老五胳膊一挥："走，都给老子上！"

迎河子和搬招子听罢，尾随在杨老五的身后三下五除二地爬了上去。正当他们把摘到的杏子吃得吧唧吧唧响的时候，何老先生慢声细语地说："娃子们啊，你们过细点，千万莫绊下来了啊！"

听见何老先生的这句不紧不松、不知从什么地方发出来的话，他们顿时感到了天旋地转。此时此刻，虽然他们没有挨打，但是无地自容的尴尬处境，简直比打他们的嘴巴子还狠。杨老五飞快地转着他的两只眼睛珠子，像是在寻找一条天路，恨不得马上从这里消失。

迎河子说："杨老五，我们赶快下去吧，免得何大奶奶晓得了在大街上大吵大闹，让我们再掉一次大底子。"

杨老五第一次无奈地听进了迎河子的话，乖乖地从树上溜了下来，然后和迎河子他们老实地站在那里，等待着何老先生的处罚。

何老先生并没有生他们的气，而是带着商量和遗憾的口气说："娃子，你们以后莫搞了好吧，我有好几年没有吃到像样的杏子了！"就是这句话，把他们四个人的脸说得通红发涨，连平时在任何人面前都不跌扁的杨老五，也有了一种无地自容的感觉。

"你们慢点走，招呼竹签子戳到你们的脚了。"何老先生显得十分关怀和心疼地说。

杨老五听罢此话，对迎河子、杜强国和搬招子暗暗地使了一个眼色，接着不顾一切地向有利于自己逃窜的方向跑去。

经过杨老五的一番冷静思考，他认为何老先生是在运用一种"钝刀子杀人"的方式给他们以杀人不见血的教训。为此，他再次决定与迎河子、搬招子和杜强国携起手来，对何老先生的杏子树共同采取一场致命性的报复行动。

杨老五把迎河子他们召集到自己屋里，一步一步地提出了实施报复行动的具体计划。

"你们千万不要觉得狗日的何老先生那天放了老子们一马是什么好事，其实这个老家伙是在捉弄老子们。所以从现在起，老子们要以血还血，以牙还牙，非把他的那棵杏子树搞死不可！"

"咋搞？"搬招子问。

"太简单球了！"杨老五神乎其神地说，"只要你按我说的搞，保准没错。"

"光说搞，究竟咋搞？"迎河子埋怨地问。

"老子硬是没啥子好说的，你个狗日的从小就是一个急性子，你狗日的会急,那天何老先生逮住我们的时候,你个狗日的咋不好神急呢?!"迎河子话音刚落,就被杨老五狠狠地训了一顿。

杜强国见状,随机对杨老五赔着不是说:"算球了,莫吵球了,听你的,你说咋搞,我们就咋搞!"

"这样搞!"杨老五双手抔腰地说,"我负责找一把锤子,你们三个人负责找一些钉子,我们每隔三两天就去何老先生的杏子树上钉上十几个钉子。我老爹说书上说过,所有的果树都最怕钉铁钉了,只要钉子钉进去生锈了,果树非死不可!"

杨老五说这番话的时候,手舞足蹈、神采飞扬,把一贯受他指挥的迎河子和搬招子他们说得心服口服。

杨老五的这个报复计划,很快得到了顺利实施。

树老叶黄和秋风扫落叶的那些日子,何老先生的杏子树好像比别人的果树先行了一步。性情温和的何老先生全然不知道杨老五他们对杏子树玩了这个鬼把戏,他在相信杨老五他们能够改邪归正的同时,也默默地等待着新一年杏子树的开花、结果和成熟。

第二年,何老先生在那个春意盎然、万物复苏的春天,突然发现自己的杏子树始终没有一点催枝发芽的样子,常年挂着很多杏子的那些枝条竟然在春风的吹拂下显得无动于衷。他迷惑不解地走去近看,只见树根上部的周围钉满了已是锈迹斑斑的铁钉。他心酸地摇了摇头,什么也没有说,什么也没有怪。因为他晓得这棵杏子树为什么会死于非命,也知道这棵杏子树应该到了生命的尽头……

何老先生虽是倒座庙的富裕人家,但是性情温和,待人实在,一生克俭,用非常平等、文明的方式,成功地哺育了一代又一代的何氏儿女。20 世纪 90 年代,何老先生在度过他的九十岁生日之后走完了他人生的全部旅程。

第三十四章　倒插葱

当迎河子从那场吓得魂不附体的"恶作剧"里回过神来的时候,他才认识到小强国差点死于非命完全是他自找的。

迎河子清楚地记得,在那个热得让人喘不过气来的夏天,那个上午,根本还没有到抹澡的时候,才学会了一点点抹澡技能的小强国就兴致勃勃地跑到迎河子、搬招子、杨老五和他的本家兄弟杜强国家里,催着喊着要他们去迎河子屋后头的那个齐他们腰窝子深的河套里去抹澡。迎河子和杨老五他们在心里根本不想去,但是看在小强国可怜的分上,最后还是听从了他的意见。

因为迎河子和杨老五他们几个都知道,小强国是个跟迎河子差不多遭业(湖北方言,遭罪、家庭困难之人)的童年伙伴,一家六口人住在仅有的一间又破又烂的草房里。前两年,小强国饱受贫困煎熬的母亲,在饥寒交迫的困境中禁不住诱惑和欺骗,被一个河南人拐到了河南。从那以后,在迎河子和杨老五、搬招子他们的心灵深处,都无时无刻不疼爱遭遇不幸的小强国,平时只要他有需要他们帮助的地方,他们都会用有限的力量尽力地去帮他。所以,今天既然小强国对抹澡有这么浓厚的兴趣,迎河子和搬招子他们不管怎么说,也会去尽量满足他的要求。

到迎河子屋后头的那个河套去抹澡,是小强国在反复观察以后主张和选择的。他说,这里的水不深不浅,河床底下全是沙石子,既没有泥浆,也没有杂草,在这里扎迷渡、打躺躺,硬是美得没啥说的。

迎河子他们见小强国越说越有劲,并且经由他那眉飞色舞和手舞足蹈的动作,都被说服了,觉得那个河套是个抹澡的好地方。

到了河套边,小强国生怕迎河子他们没有完全听进去,一边挎着自己的裤头,一边指着河套自信地说:"你们看,我真的没有说错吧?!"

迎河子他们边听边看,连连称是。就连平时眉毛都是空心的杨老五也乐呵呵、笑哈哈地三呼啦两扯地脱下了身上的全部衣服,首先用一个简单弹跳动作,第一个跳进了河套,接着扎下一个迷渡之后,双手抹掉脸上的河水,顿时大声吆喝:"快点下来,快点下来,真是妈的好球得很!"

小强国听罢,立马右手一挥,斩钉截铁地说:"走,老子们都下去!"

迎河子、搬招子和杜强国见状,没有一点迟疑,接着便扑扑通通地跳了下去。顷刻间,激烈的水仗,简直把这个不知宁静了多长时间的河套闹得天翻地覆。

一阵穷追猛打之后,杨老五一声令下,差点把小强国置于死地。

杨老五号召迎河子、搬招子和杜强国,说:"现在我们来玩一个游戏,把小强国颠起来倒插在河底下推磨转圈,争取把他娃子搞快。来,老子们现在说上就上。"

于是,杨老五、迎河子他们负责对小强国进行围追堵截,待杜强国、搬招子抓住他了以后,一起动手把小强国迅速地倒插在河床下面,然后两人一组,抱住小强国的两腿开始在水里推起磨来。

就在他们一个两个笑得脸上恨不得乐开了花的时候,他们根本不知道头倒插在河水中的小强国由于长时间的窒息,这时已经接近了死亡的边缘。在他那双腿从拼命反抗到无力动弹的过程中,迎河子突然意识到了事情的不妙。他赶紧叫杨老五他们住手,迅速把小强国倒插在水下的身子颠倒过来。

几个人个个呆若木鸡地看着小强国的状况,只见他两眼发直,脸色苍白,鼻孔和嘴里的河沙使他无法呼吸和说话。杜强国连忙拍打着小强国的头部和背部,胆战心惊地望着小强国说:"兄娃,兄娃,你说话呀?你没得事吧?!"

好一会儿之后,小强国才缓过气来,"妈呀"一声的一个喷嚏,喷出了呛在鼻孔和嘴里的河沙,也喷出了止不住的鲜血……

小强国接着被迎河子他们捂着鼻子扶上岸来。杨老五见自己惹了一个天大的祸,丢下一句"反正不是老子一个人搞的"的话,顺手抱起自己的衣服,一丝不挂地拔腿飞跑在逃脱和推卸责任的回家路上……

后来,小强国没有留下什么后遗症,迎河子、杜强国、杨老五和搬招子他们对此也守口如瓶。事到如今,小强国的父亲仍不知晓在他身后曾经发生过这惊心动魄的一幕。

第三十五章　唐六爷

从开始懂事那天起,迎河子就把住在街中间的唐六爷当作倒座庙的神仙对待。唐六爷不仅是一位民间医生,他每年端午节的早上都会上山,用采集回来的百种以上药草制成各种方子,治好了无数的倒座庙人的刀伤,他还是这一带家喻户晓的风水先生,许多倒座庙人的阴地阳宅都是他一手指点和调理的。这让纯朴的倒座庙人产生了一个谁也无法推翻和否认的共识,那就是要想改变自己的命运,是绝对不能离开唐六爷的……

十三四岁的那几年,迎河子一直在和唐六爷套近乎,他用自己有限的体力,帮这位膝下无子的老人做了不少端茶递水和挑水劈柴的事情。

唐六爷似乎看出了迎河子的心计和用意,每当迎河子尾随其后的时候,他总会给迎河子一番预测式的夸奖。这让在虔诚中期待唐六爷为他指点迷津的迎河子,简直像在梦幻中一样,看到了唐六爷为他描绘的锦绣前程和指日可待的灿烂希望。为此,迎河子对唐六爷的崇拜和敬仰简直到了极致。

迎河子毕竟是个没有甄别能力和逆反心理的十几岁的小娃子,他对唐六爷对他所说的那些话从来没有半点怀疑。他至真至诚地做着唐六爷叫他去做的那些事情,生怕因为自己的怠慢和不慎,失去了唐六爷为自己把握的人生航向。

那年夏天的一个下午,迎河子跟着唐六爷去蛮河岸边放牛,他问唐六爷在滚滚东去的蛮河之水当中,怎样才能提高自己的抹澡本领。唐六爷说,水是外刚内柔之物,表面上河面上的水看似势不可当,其实河底下的水则是无动于衷,要想从这里游到对岸,就要讲究抹澡的方法和技巧,要毫不迟疑地一头扎进水里,然后迅速沉入河底,憋足气力,屏住呼吸,这样直接向对岸游去。

迎河子问,他虽然会抹澡,但这样游过去有没有危险。唐六爷说,只要会抹澡,就能游过去。

唐六爷说得眉飞色舞、手舞足蹈,迎河子信以为真,立即脱掉衣服,按照唐六爷教的方法,一下子跳入水中。

入水片刻后,川流不息的河水使迎河子无法沉入河底,不停地把他翻到他怎么也驾驭不住的河面上。惊慌失措的迎河子顿时手脚大乱,他赶紧昂头呼吸,不料阵阵河浪将他紧紧压住。他张口大喊救命,不料又被河水呛住了气管。迎河子感到大事不妙,连忙掉头回岸,伸手拽住河面的树枝,方才幸免于难。

唐六爷毫无愧疚地来到迎河子身边,遗憾地说:"唉,娃子呀娃子,你为啥子不按我说的意思搞呢,从一开始我就发现你的姿势不对,结果你没有搞上架,你干脆长大点了再试吧!"

听完唐六爷的这番话,迎河子没敢犟嘴,因为他始终认为唐六爷的每一句话都是真的。

第二年的夏季,唐六爷又教了迎河子一招怎么去逮白鳝的技术。他说,一些脑袋瓜子笨的人只会在河沟里钓黄鳝和麻鳝,这样既费神又费力,一天到晚钓不到几条。如果在两三天的时间里,要想钓到几十斤的白鳝,用一个十分简单的方法就能轻而易举地达到这个目的。

迎河子问他用啥简单的方法。唐六爷说,先要想办法打死一条活狗子,拖到那个浅水滩里,把狗子的脑壳埋在浅水滩的沙里面,到了晚上,那些白鳝嗅到狗子的气味之后,就会钻进死狗子的肚子里。等到第二天上午,你就可以带着鱼篓,把篓口对准狗子的屁股,然后站在狗子的肚子上,那些钻进狗子肚子里的白鳝就会乖乖地溜进你的篓子,这样,你就可以轻而易举地得到一些很有营养价值的白鳝。

迎河子听后相当佩服唐六爷知识的渊博和经验的丰富,他几乎立刻就沉浸在收获白鳝的美好联想之中。他巴不得马上找到搬招子、杨老五和杜强国他们,现在就去实施这个诱人得不能再诱人的宏伟计划。

晚上,迎河子三呼啦两扯地吃了几个馍馍之后,就急忙把这个天大的好消息告诉给杨老五他们。

搬招子和杜强国是两个比迎河子还要老实的娃子,他们一直用信任的目光和灿烂的笑容看着迎河子绘声绘色做安排。连一肚子是花花肠子的杨老五也听得如痴如醉,没有说出半个"不"字。

按照迎河子的部署,杨老五负责在自己家里拿一块半斤重的腊肉,搬招子负责找一个麻袋,杜强国负责找一根绳子,晚上十点钟时候听到迎河子学的三声鸡叫之后,就到"翘嘴白"的屋后头集合。然后,把那块腊肉拴在细绳子的一头,由迎河子负责向"翘嘴白"的那只狗子扔去,一旦狗子吞下那块腊肉,立即收起那根绳子,把狗子装进麻袋,取道直奔浅水滩。

就是这一回,迎河子比害了一场大病还严重。

那天晚上,迎河子带领搬招子他们如期地弄死了"翘嘴白"喂的那只狗子,然后把那只狗子埋头露身地放在浅水滩的中间位置上。次日下午,迎河子他们几个去那里准备把死狗子肚子里的白鳝弄出来装进鱼篓的时候,迫不及待的杨老五拿出吃奶的力气猛地一脚跺在狗子鼓囊囊的肚子上。殊不知,狗子的肚子经过一天一夜的高温质变,手持鱼篓正对准狗子屁股的迎河子和搬招子被喷了满脸奇臭无比的稀狗屎。

直到这个时候,迎河子才意识到唐六爷的良苦用心,他实际上是在收拾和调侃他们这帮成天调皮捣蛋的娃子。

一时间,他们的丑行很快传遍了倒座庙。被大人打骂、被外人嘲笑和被老师罚站的严重后果一起向他们袭来,使得迎河子几个月没有抬起头来,在极度的恐慌和被贬低的尊严中度过了孩提时代最为丢人现眼的苦难时光……

唐六爷 20 世纪 80 年代去世了,犹如一颗明星从此消失在倒座庙的上空。

第三十六章　老雁子

老雁子是倒座庙最后一位艄公的儿子,在倒座庙那群玩得热闹的十几个娃子当中,唯有老雁子是一个天马行空、独来独往的家伙。可能是由于他比迎河子、杨老五和搬招子他们大几岁而不愿意和他们在一起玩的缘故,他一个人时而在杨家寨上放声歌唱,时而在施家桥子独自游荡,时而在蛮河岸边逮鱼摸虾,时而在百亩洲上捉鸟拾趣。总之,那我行我素、特立独行的样子让倒座庙的大人和小娃子们觉得他神出鬼没的。

虽然他和迎河子、杨老五、搬招子他们在一起玩的次数很少很少,但是每玩一次,他都玩出了花样和质量。

在齐腰深的水底下,做"金鸡独立"的打躺躺动作,是老雁子一手发明创造出来的,也是他一手把迎河子、杨老五和搬招子他们教会的。他先是展开双手与水面保持水平,同时一脚立于水下,另一脚向后伸直跷起在水面,身子前倾之后,便进行一只腿弹跳、一只腿蹬水和双手划水的连环起伏的打躺躺训练。他不厌其烦地做着示范,不时地站在一旁对这些关键性的技术进行毫不保留的传授,这让迎河子和搬招子他们很快学会了这种抹澡的姿势。他们在整齐划一地玩这种姿势的时候,简直像一群南来的大雁翱翔在蓝天之上。那欢快的神态和无比的乐趣,让倒座庙的大人们连连称奇,就连平时以严肃、厉害著称的铁猫子的老爹,也不得不佩服地点头称赞:"我的一个妈呀,狗日的真玩出了个名堂!"

光这还不算,老雁子还把他唱歌的天赋发挥到了淋漓尽致。那一天下午,又是他一个人游荡路过那片田野的时候,看见迎河子、杨老五和搬招子跟着杨四疤子在田埂上打猪草,他突然停住脚步,在吆喝中做着召集他们的手势。杨四疤子见状,便立马带着迎河子他们向老雁子站的那空旷的地方走去。

一路走来,老雁子凝思片刻,满脸微笑地说:"今里我来教你们演一出好戏!"

杨四疤子急切地问:"啥戏?"

"你莫慌,我来一板一板地教你们。"

于是,他按照《沙家浜》样板戏里面的人物需要,叫身体瘦长的杨四疤子扮演刁德一,叫长得又矮又胖的小强国扮演胡司令,叫患有口吃病的搬招子扮演刁小三。经过一场翻来覆去的排练,结果还未等演出结束,就被搬招子、杨老五气得狠狠地把他打了一顿。

搬招子说,老雁子明知他是个结巴,却偏偏让他在戏中向刁德一喊报告,害得他当时结结巴巴急得脸红脖子粗的,怎么喊也喊不出来,差点没有换过气来。杨老五从一开始就不同意杨四疤子扮演刁德一那个角色,从排练到演到现在,他越看越不对劲,认为这是老雁子对他哥哥人格和尊严的极度贬低和丑化。所以他们不约而同地吼上前去对老雁子大打出手,顿时把老雁子打得狼狈不堪。

一个多月后的一个晌午,老雁子又突发奇想,把正在歇晌的迎河子和搬招子喊出来,三个人一起逮了三只青蛙。三人一起到生产队仓屋旁边的米面加工厂里,把两根铝线分别拧在三只青蛙的腿上,然后接上电源进行电击,硬是把活蹦乱跳的青蛙击得青烟直冒。这还不算,老雁子仍不松手,等到击死的青蛙烧熟之后才切断电源,接下来一人一只地吃着。这使好长时间没有吃过鸡鸭鱼肉的迎河子非常感激老雁子让他第一次尝到了青蛙肉的滋味。

老雁子就这样若即若离,而且是成个把月才跟迎河子他们接触一次,把他那“花脚乌龟”释放在倒座庙的那个属于那群小娃子时空段上。

老雁子就这样一直快乐地过着自己的孩童生活。1985年夏天,他在他最喜欢玩耍的生产队加工厂里接电线的时候触电而死,时年二十六岁。

第三十七章　伙伴们的期望

　　自从大队民兵连长把那支压着五发子弹的半自动步枪佩发给迎河子以后,他的身价一下子比杨老五、搬招子和大小强国高出了好多。他每天以民兵排长的身份,现身在倒座庙一队的大人娃子们的面前,承担起了倒座庙街上的社会治安和以杨家寨为中心的护林任务。

　　尽管这是一项与报酬毫无关系的义务性工作,但是他非常乐意利用劳作之余从事着被要求的一切,他把自己当作维护倒座庙生命财产安全的"守护神",开始在春夏秋冬的每一个夜晚,用十七八岁的火红青春,行使着神圣而崇高的使命。

　　面对迎河子这种突如其来的变化,历来喜欢出风头、以我为王的杨老五似乎没有丝毫的嫉妒,他为此专门把搬招子和大小强国喊到迎河子屋里,特意交代了一番:

　　"老子们这几个家伙三,现在过一年大一年了,迎河子,现在大队里不仅叫他当了民兵排长,而且还给他发了枪和子弹,这是老子们这几个般大般粗的娃子的骄傲,你们莫看廖山娃子、王少爷他们平时妈的不得了,真正搞起正经事来,他们妈的球闲不沾。从今以后,老子们几个都要放自觉一些,不管遇到天大的事情,都要不打折扣地支持迎河子,千万不要给老子们这一槽子的娃子丢脸抹黑,让王少爷、廖山娃子他们几个狗日的看笑话!"

杨老五说到这里,看了看搬招子和大小强国,干脆跷起自己的二郎腿,接着用手一个一个地指着他们说:"我们当中的这几个一个也不能不服气,老子今里打开窗眼子说亮话,人家迎河子是考上大学没有去读的大学生,张大伯死得早,我们就不说了,关键是王嬢嬢在世的时候,对我对你们都没得啥说的,人恋恩情狗恋食,我们不能做出一点点对不起王嬢嬢和王嬢嬢四儿子的事。如果你们不按老子今天说的去做,老子不发现便罢,如果发现了,坚决不会客气!"

杨老五的一席肺腑之言,既让迎河子无限感动,又叫搬招子和大小强国连连称是。迎河子顿时深切地感受到,当自己一夜之间成为佩带枪支的民兵排长的同时,杨老五也在一夜之间甩掉了调皮捣蛋的儿时习气,在自己步入新的征程的关键时刻,是他的这一帮子难兄难弟给了他哥哥们没有给予他的精神动力。还有坐在那两把破旧的凳子上的搬招子和大小强国用他们虔诚的目光,不断地向他传递着美好的愿望和期盼。

这时的迎河子怎么也抑制不住自己的情感,在如此温暖而简陋的空间里淌下了无言的泪水。他知道,这是自己母亲去世两年之后的一次崭新的人生转折,像一次艰难的跋涉,也像一次愉快的旅行;像一缕黎明的曙光,也像一轮初升的太阳;像一次勇敢的探险,也像一次严峻的考验;像一曲粗犷的歌声,更像一首美丽的诗篇。

回想起母亲去世后的这两年,迎河子真不敢相信是什么给了自己这么大的勇气,让他从孤独无援的岁月里一步一步走到了现在,特别是一年前的那个喊天天不应、叫地地不灵的夜晚,在二哥和他分完家后,他来到母亲坟前抱头痛哭的时候,他已经完全失去了生活的信心和力量,如果不是搬招子的妈闻声赶来苦口婆心地好言相劝,说不定他早已浪迹天涯了。

他没有这样继续想下去,他缓过神来问杨老五,他今后应该怎样去做出自己的努力。

"什么怎么努力?王嬷嬷走了以后,三个哥哥跟你分家,你在这半间屋里都挺过来了,还有啥子能把你难倒?"说到这里,杨老五举头望着迎河子才建好的新房子说,"我实话告诉你,民兵排长并不是一个什么大不了的官,你不要把自己看低了,从现在起,你要看准目标,争取今年去当兵,过上三五年回来之后,搞不到大队书记,也要搞个民兵连长,你们说是吧?!"搬招子和大小强国觉得言之有理,一个劲地点着自己的脑壳。

"我没有想过这些,只想早点成个家。你们以后如果谈恋爱了,通过她们给我介绍一个,行吧?"迎河子带着乞求的目光,眼巴巴地望着他们说。

他的话音刚落,杨老五兀地从坐着的椅子上站了起来,气不打一处来地说:"老子说你个狗日的就是没得出息,竹笋子刚冒一点钻子出来,你个狗日的就胡思乱想的。走,老子们莫理球他的了!"说着说着,拉起搬招子他们,愤然地从迎河子屋里离去。

迎河子望着杨老五的背影和搬招子、大强国、小强国三步一回头的样子,木然地陷入了沉思……

他们走了,迎河子没有理由去怪他们,怪只怪自己目光短浅,惹怒了对自己寄予厚望的一群伙伴……

第三十八章　张家玉

　　迎河子弄不清住在街中间的张家玉是怎样知道他中午和二哥张志文的谈话内容的。那天早晨,已经在县公安局收容审查站当了四个多月临时看守民兵的迎河子,骑着自行车从县城来到二哥家里,当着二嫂子的面,厚着脸皮向二哥提出了两个请求。一是请他们给他三十斤大米,由他交到收容审查站的食堂里换取一个月的饭票;二是冬季来了,请二哥把那件穿着不算合身的衣服送给他用于换洗和御寒。因为在这之前几个月粮食都是大哥家里给的,迎河子想通过找三个哥哥分头轮流给米的办法,解决自己在外漂流期间的吃饭问题。

　　在迎河子近似乞求的言语面前,二哥并没有完全拒绝他的请求。除了说明那件衣服自己需要穿以外,他一再说明自己的困难,在半推半就中给了迎河子二十五斤大米。迎河子知道这已是二哥给予他的了不起的大人情了。尽管没有完完全全实现自己的愿望,但是二哥带有几分吝啬的施舍已经足以使他对二哥感恩戴德了。

这是迎河子离开倒座庙到县城独自寻求新的生活以来,第一次向二哥伸出的求援之手。四个多月来,他一方面想彻底了却他们兄弟之间在贫困状态下的恩恩怨怨,带着自己的奢望,向往和勾画着自己今后的美好生活;另一方面又在矛盾交织的心绪里思念着生他养他的故乡和那些曾与他朝夕相处的童年伙伴。他不愿想起让他伤心的倒座庙,但又在孤独无援的县城里,不得不从脑海里不断回想倒座庙。而在倒座庙演绎了不少童年故事的这片土地上,有着亲情并且在他看来在现实情况下能够为他提供帮助的,则是和他同样处在困境中的三个同胞哥哥。

今天,他在二哥面前,虽然要到了大米,但没有要到衣服,这无疑是一种落空。临走的时候,他请求二哥说,如果那件衣服穿旧了或者不愿穿了,一定要送给他穿。迎河子清楚地记得,他的这句话,当时是含着心酸的泪水说出来的。

随后,他把二哥给他的那二十多斤大米用绳子牢牢地系在自行车的后座上,感谢了二哥二嫂之后,推着自行车,走在返回那个现在还不属于他的县城的路上。

离开二哥的家,没有多大一会儿的工夫,直面走来的张家玉似乎是有备而来,他打着手势,大声招呼迎河子:"兄娃,你等哈,我跟你说个事。"

迎河子顿感莫名其妙:"家玉哥,你说啥子?"

"兄弟,你现在是县城的临时工,我晓得你平时虽然在几个哥哥家里要的米,换成了饭票,但是根本没有买菜票的钱和买换洗衣服的钱。我跟你廖嫂子商量了一下,把我屋里积攒的几块钱拿给你用。"

迎河子听后连忙推辞："不行不行，你们也很困难，你要顾你自己的一大家人，我一个顾我一个的，困难小一些，说破天我也不能收下！"

"兄娃呀，你莫说这些了。你我从小都是无爹无妈的穷苦娃子，我虽然受罪在前头，但是现在已经成家立业，受人歧视和饥寒交迫的时候已经熬过来了，你廖嫂子贤惠，你三个侄女又非常听话，我在外面做点砌活，挣了一点力气钱，日子尽管过得不是很好，但比起别人来也算强得多，你就拿着用吧，千万不要说啥时候还给我的话，等到你在县城春风得意、娶个县城的兄弟媳妇之后，一是你还我的钱，二是我坚决到你家里喝顿酒！"

张家玉的这番话，说得很诚恳，让迎河子一时不知说啥是好。他万万没有想到，这位犹如苦瓜藤子上结出的苦瓜的邻里兄长，在他最需要和最渴望帮助的关键时刻，给予了他最特殊、最无私的关爱。现在，他不知道用什么样的语言来表达自己的感激之情，唯有把这感激深深地藏在自己的心中，在今后的人生长河中依靠自己的拼搏和努力迈开坚实的步伐。

他最终还是收下了这位孤儿出身的邻里兄长送给他的那几块钱，并暗自发誓有朝一日一定要对这位邻里兄长进行几倍甚至几十倍的回报。

临走的那一刻，迎河子紧紧地握着张家玉的那只粗糙的大手问道："家玉哥，我和二哥中午在一起说话的内容你都听见了吗？你咋晓得我现在这么缺钱用呢？"

"兄娃，实不相瞒，我中午吃饭以后准备找你二哥说个事的，快要走到门口的时候听见你和你的二哥好像在理论什么，结果站在门口细一听，才晓得你到县城以后过得这么心酸，所以我赶紧回到家里跟你廖嫂子商量了一下，决定把家里仅有的几块钱拿给你用，帮你渡过目前的难关。"

听完这位兄长的这席话，迎河子一方面感到万分的感动，另一方面又不敢相信自己的耳朵。他在恍惚中镇静了一下自己，直到认为这是真的之后，翕动的嘴唇哽咽着一个字也没有说出来。

"兄娃，就这样说，你快点走吧，别耽误了上班，等你有时间了，我们再到一起坐一坐。"

听到这里，迎河子什么也没有说，而是在泪水的伴随下，骑着自行车，走向了他向往的县城和梦寐以求的生活……

张家玉，新中国成立初期生于城关镇大竹园村，三岁那年父母去世后，即被倒座庙砌匠方明生收养为子；二十一岁时娶倒座庙孤女廖焕秀为妻，并与方明生亲子方志学同时举行婚礼，膝下育有三女，现随次女张吟竹住在襄阳市。

后来，迎河子一直没有把张家玉的那份深情厚谊用钱的形式与张家玉进行结算，他想随着岁月的流逝，继续珍藏它。

第三十九章　石应秀

　　莫看石应秀的老爹老娘是住着两间就要倒塌了的草屋和整个倒座庙没有几个人看得起、瞧得中他们的乡里人,但是千百年来倒座庙流传下来的那句"破窑烧好砖"的老话,如果用到石应秀这一家子的面前,真的是再恰当不过了。在倒座庙,从石应秀的爹妈现在的样子无论怎样往前看,长得一孬二不成的那副相貌,人们根本不会相信这老两口子竟然会生出貌若天仙的女儿来。就是这个石应秀,从十八九岁那年开始,就变成了一位人见人爱的姑娘,从肤色到面孔,从身材到不管穿什么样的衣裳,美得很。

　　先说她的长相。那张白里透红的压根儿就没有搽脂抹粉的脸上,不仅让人感觉她的眼睛、眉毛、鼻子、嘴都长在应该长的部位,与她擦身而过的时候,还有一股让人闻了还想闻的迷人的芳香。然后看那在太阳斜照下的闪闪发光的青丝,生在她额头上的那个不上不下的地方,如果稍有微风吹拂,它便十分自然地在她的肩上不定地飘逸着。平时,无论扎着"揪揪辫",

还是懒散地随意而坠,你绝对会认为她肯定专门对着镜子进行过一番精心的梳妆打扮。这个时候,不管你从正面还是从侧面看她,都会觉得美。那柳叶似的眉毛、那看上去有寸把长的睫毛、那眨巴眨巴的会说话的眼神和那张似动非动的樱桃小嘴,简直就是一个活生生的天女下凡和黛玉现世。那是一种笑也美、不笑也美的美。

再说她的身材。一米七几的个子和看上去很是修长的长腿,把她形容为窈窕淑女,一点也不为过。她无论穿什么衣裳都是那样的合身、那样的好看,红的使她更鲜艳,白的使她更白皙,花的使她更招展,黑的使她更矜持;还有,宽松的衣裳使她风流无限,紧小的衣裳让她显得无限丰满。总之,凡是能穿的任何一件衣裳,好像都是为她特意定制的,根本不需要挑选、不需要更换、不需要比对、不需要试穿,似乎一切都是上帝赐予的那样,谁都会发出她这完全是天衣无缝、美到了极致地步的感叹。

如果说石应秀的长相和身材有着无限的冲击美,那么她任意穿的不管什么样的鞋子,则又犹如桂花树上穿过的那几道斜阳,为她的整个美平添和衬托了更加美丽的光环。人们发现她时而穿着一双大口鞋,时而穿着一双绣花鞋,那鞋像是跟她出生的时候从娘肚子里带出来的一样。人们怎么也想不通,为什么她竟然与众不同地咋穿咋协调、咋看咋顺眼。即便是石应秀在田里插秧的情况下,那犹如红莲藕一样的小腿和白得不能再白的赤着的脚,没有一个人不感到上苍叫她在地上走路的不公和命运让她在田里干活的糟蹋,有的说她应该是生在官宦人家的大家闺秀,有的说她应该是供在神柜的女神。总之一切的一切,石应秀只能高高在上,不可下里巴人,只能荣华富贵,不可低三下四,世上所有美好而幸福的东西都应与她扑面而来,与她不期而遇。

然而,在石应秀的心里,她并没有真切地感到她自己的美丽,也没有在意人们投来的那一束束赞许而羡慕的目光,她日复一日地跟着爹妈过着平淡而贫穷的日子。由于她没有兄弟姐妹,所以她最大的愿望,是按照倒座庙的规矩,找到一位称心如意的上门丈夫,和他一起承担着赡养父母和让父母安享晚年的义务。

倒座庙的那些数以十计的未婚男人,似乎没有一个够意思的,他们只喜欢石应秀的漂亮和美丽,却由于受封建思想的影响,都不愿意去当"倒插门"的上门女婿,好心人多次提亲,都被这种无情的"自私"挡了回去。石应秀在一次又一次地看穿了倒座庙的那些靠不住的男人之后,不得不降低了择偶标准,放弃了对身高、五官和文化程度的选择,以愿意赡养她的爹妈为第一条件,把选择的范围放到了倒座庙以外的地方。

20世纪80年代初期,红颜薄命的石应秀经人介绍,与外县农村的一个比她大若干岁的男人结了婚,原来所希望的一切并非完全符合她的理想,那个在倒座庙过不习惯的丈夫,在她的父母还健在的时候,一直想带着妻室儿女回到他的老家。石应秀就这样一方面在艰难地抚育着自己的儿女,一方面在坚挺地尽着赡养父母的义务的矛盾中,在度日如年的岁月里任凭风霜雪雨侵蚀与吹打着美丽的容颜,无法抗争地走在倒座庙六队那条到处都是黄泥巴的路上……

第四十章　李香娃子

李香娃子是她的老爹李兆进从抗美援朝的战场上打仗回来之后生的一个独生女儿,她跟六队的石应秀一样,被倒座庙及其周围的人称为秀色可餐的姑娘。

20 世纪 80 年代初期,李香娃子虽然到了谈婚论嫁的年龄,但由于她的老爹在上甘岭战役立下了赫赫战功,加上当时他又是大队的支部委员兼四队的生产队长,所以,数不清的追她的男人,无论如何也过不了她老爹的那一关。她的老爹明确要求,要想给他当上门女婿,一要人长得好,二要看上去像个当官的,三要是革命干部的后代,只有同时具备了这三个条件,才能进入他的视线。这样一来,好多人都被她的老爹插在了门外头。唯独一个长得像《铁道游击队》里面的那个队长一样的娃子的条件完全符合这些要求,可李兆进总觉得这个娃子话多嘴长靠不住,与他的心仪女婿像是相差一段很远的距离。

说起这个长得像游击队长的娃子,他的老爹跟李兆进是战友,他们一起当兵,一起上战场,一起在部队入党立功,然后又一起转业回家,一起当上了大队干部,按说是门当户对的。李兆进思来想去,在反复分析了这个娃子的性格脾气和以后发展前途之后,认为配他的女儿还是有些悬殊,他生怕可惜了自己这个如花似玉的女儿,最后干脆果断地否定了这个想法,放眼倒座庙以外的地方,像选拔革命事业接班人一样,一丝不苟地挑选着那些媒婆提供的每一个对象。

　　李香娃子是一个十分听话的姑娘,她从不怀疑她爹妈的眼光,幸福地听从着父母的安排,也幸福地等待着自己的如意郎君。

　　那天,一位干部身份的媒人来到李兆进的家,像按照李兆进提供的尺寸进行量身定做一般,严肃而认真地给他介绍了一位"准女婿"。

　　介绍人说,这个小伙子姓周,是县城脚下的一位入了党的××大队广播员,爹妈走得早,一个人过生活,人长得白白净净,个子高挑,身高和长相与香娃子相配极了。在他们那个大队的群众看来,这个娃子人善心慈守规矩,尊重老少有教养,是南漳县最好的高级中学黄泥巴洼走出来的呱呱叫的高中毕业生。

　　李兆进听着听着,似乎听上了瘾,介绍人把所有情况介绍完了以后,他仍然支起两只耳朵静静地听,直到他发现介绍人一直睁着大眼直溜溜地等着自己回音的时候,李兆进才恍然从入迷的状态中回过神来。

　　李兆进问:"这个娃子有那个长得像游击队长的娃子那么灵光吗?"

　　"有,有,有,至少两个人差不多。"介绍人在比较之后回答道。

　　"我是问那个娃子有没有铁道游击队长那么灵光,你说差不多。如果差不多就算了。"李兆进不以为然地拿着铁道游击队长当参照说。

"比他灵光,比他灵光。而且还比他稳重,话虽然不多,但是说一句算一句。"介绍人赶紧补充说,"好像个子还比铁道游击队长高一点。"

李兆进听到了这里,不禁大喜,顿时重重地拍了一下跷在大腿上的二郎腿,兀地站了起来,大声说道:"老伴老伴,赶快杀只鸡子,弄点好吃的,叫香娃子去打酒,今里要好生招待我这个兄弟,他太对得起我们这一家子的大人娃子了!"话音刚落,满脸麻子的李兆进便哈哈大笑起来。

一阵大笑之后,突然,李兆进转过身来,板着十分严肃的面孔问介绍人:"你个狗日的千万不要骗老子呀?!"

介绍人一下子蒙了,一时不知道怎么回答。

"你个狗日的说话呀?"李兆进伸手指着坐在那里的介绍人说,"你个狗日的若是骗老子了,今后如果有一点闪失,老子要你的命!"

介绍人这时候才明白了李兆进说的那番话的意思,极其慎重地说:"老哥哥呀,你的女儿就跟我的女儿一样,我何必要骗你们啊!"李兆进听到这句话的时候,感到介绍人说得很是诚恳,他心里那块石头终于落地了。然后他十分自信地接着说:"我选的女婿,就是要有黄继光的勇敢、邱少云的冷静、杨子荣的气质、潘冬子的五官,达不到这些条件,哪个也莫想当老子的女婿!"

李兆进的担忧和疑虑绝对是情理之中的事情。首先从他的个性和经历以及他目前的工作方式方法来看,他是一个考虑问题细致入微、办起事来沉稳果断的人,他明辨是非,爱憎分明,刚毅的性格,练就了他一是一、二是二的脾气,再加上他当过兵、打过仗,遇到什么困难都敢于冲锋陷阵,见到什么干不得、不能干的事情,也敢于一针见血地批评纠正。因此他是大队班子当中除了大队书记之外的又一个德高望重的领导干部。

再说他的那个一直被他们两口视为掌上明珠的娇娇女儿,既没有林黛玉的病态,也没有杨玉环的肥身;既没有乡下女人的粗野,也没有城里女人的娇气。她犹如一轮圆月挂在天上,给漆黑的夜晚带来了融融的光明;她也恰似柔和的春风,吹拂着杨柳的绿梢也吹拂着少女的长发。那张像是一年四季始终被桃花映红了的嫩脸,白的是那样的自然,红的是那样的可爱。那妩媚而不显做作、温柔而不失呆板、美丽而落落大方的气质和顺从而又有主见、泼辣而从不张狂的形象,几乎将中国妇女的传统美德集于一身,每当人们见到她,都庆幸自己有一种天赐的福分而有幸欣赏到了她那犹如"四大美女"般的美丽,所以人们不约而同地认为她是一朵开在彩虹上的鲜花,一抹洒在百花丛中的彩霞,一幅现代的贵妃醉酒图。她美得使人目不转睛,美得如果失去了她和六队的那个石应秀,好像这个世界上就是失去了所有的爱。李兆进用他那副成天都严肃至极而现在又笑得阳光灿烂的面孔,似乎在向人们诉说着他的骄傲和自豪,也向人们讲述着发生在他家里的一个美丽的传说。

那天,李兆进除了杀猪宰羊之外,还借着正在下着的改革开放的春雨,请来了粗细两班喇叭师傅,在响彻倒座庙天空的阵阵鞭炮声中,亲手把他的宝贝女婿引进了家门。

序 与 跋

第一章　倒座庙和她的儿女们

题记:庙坐南朝北曰倒座庙,故全国各地名倒座庙者甚多,不但南漳、保康、谷城,连北京、四川也有,它就是一个普通的地名……

记忆是地理符号和生灵符号存储之后的开启与表白。这段时间,我总是在回眸一个叫"倒座庙"的地方,并用文字的形式把它记录了下来。

我的身上有着这个地理符号打下的烙印,它用无可厚非的事实,证明了我是这方千百生灵的后代。

陕西安康与神农架交会处的那条峡谷里的山间小溪,犹如一条蜿蜒的银蛇,曲曲弯弯地流经房县和保康之后,在南漳县城的西头形成了一个内地湖泊,几经盘旋和沉睡,以苏醒之后的倔强张力,恣意地冲刷着它脚下的那片土地,也咆哮地肆虐着那一方栖息的民众。束手无策的人们依它的蛮横特性,给它取了个"蛮河"的名字。嘉靖年间,生存在蛮河中游南岸的一千多号人，为了降伏龙魔和祈祷平安，在他们居住的那个冲积平原向江汉平原延伸的过渡地带修建了两座"背靠背"的寺庙，并为之取了个"倒座庙"的地名。自此以后，"弱柏倒垂如线蔓，槽头不见有枝柯。影堂香火长相续，应得人来礼拜多"。他们伴随着旺盛的香火，日出而作，日落而息，用独特的地域文化孕育了一代又一代纯朴善良和勤劳勇敢的人民，造就了南漳建制史上与县城和武安镇并驾齐驱的第三大商业古镇的繁荣与昌盛。到了1937年，日本侵略者的铁蹄开始大肆践踏中华民族的土地，倒座庙没有幸免逃脱战火纷飞、狼烟四起、山河破碎，气势恢宏的明清建筑和商贾涌动的商业气象被毁于一旦。好在最后，这里的人们走出了枪林弹雨，走进了社会主义新生活。他们在重建家园的漫长岁月里，在克服和战胜重重困难的过程中，在这片亦渔亦米土地上搭起的最底层的人生舞台上，展示着各自的精神状态和生活形态，给这个宇宙留下了一部无法尘封的记忆档案和色彩斑斓的生命剧本。

倒座庙的儿女们，经历了由苦难到幸福、由呻吟到抗争、由梦想到现实的历史性跨越。他们一代一代地贫穷并快乐着，视劳作为本分，盼日月生光辉，在"脸朝黄土背朝天"的时光里，任凭风霜雨雪的侵蚀与吹打。他们不惧煎熬，不畏困苦，不卑不亢，用毫无抱怨的豁达与向上向善的情操，迈着一双双带血的脚板走在冲破黎明前黑暗的路上，虔诚而艰难地寻找和追求着"一眼望不到头"的路上的人间幸福。于是乎，逝去的时光流淌着他们不老的传说，相同的人群便有了不同的命运。

《倒座庙的歌声》是中国中部地区20世纪60至80年代农村的一部断代史，当我们对这段历史进行回望的时候，一定会惊奇地看到这群勤劳勇敢、朴实善良的男人和为女则弱、为母则刚的女人的泪水与歌声,以及这群儿女的骨子里的刚毅、皱纹里的笑容、饥饿里的坚挺和诱人的美丽、迷人的风姿以及他们遵德守礼的动人情怀。在这种不复有的历史景象面前,我们会滋生出一种怜悯与同情的心理,为之投去一束敬仰与赞许的目光,也不得不开始丰富的联想与思绪。

这个时候,她就会像一壶老酒,喝着喝着,竟然撕碎着你的心灵,往日的酸甜苦辣会全部涌上你的心头。这个时候,她也会犹如一本泛黄的相册,无声地诉说着那些老去的故事,你听了一遍,还想再听一遍。这个时候,她还会像一曲可歌可泣的乐章,似千米长卷展现在你的眼前,如四时物语回响在你的耳边。

《倒座庙的歌声》,可以安放芸芸众生的心灵,可以倒流匆匆的时光,可以聆听生命长河的回声,可以品鉴价值走向的味道与芳香。

第二章 《屋檐下的修行》楔子

　　《屋檐下的修行》这部长篇散记是从我的一万多篇日记中摘录出来的，前后跨越了二十五年的生活时空。我从高中时期就开始写日记，算起来，1978 年至今，已有三十五年没有间断过。

　　1966 年腊月二十三"小年"这天，昂扬一身正气，历经了淮海战役和抗美援朝烽火洗礼的父亲英年早逝，这犹如一个穷人家房顶上的脊檩断了连同失去支撑的屋面一起塌了下来，整个家只剩了几堵残缺的墙和母亲用虚弱的身子拼命地撑着的这栋无法遮风避雨的房子的屋檐。1980 年正月初十，我们还没有过完那个根本算不上春节的春节，刚走了六十个年头的人生历程的母亲耗尽了最后的一丝力量，带着痛苦和遗憾撒手人寰，任凭风霜雪雨吹打着她的六个还未完全成人的儿女。

　　因此，从这个时候起，在父亲留下的和母亲曾经撑过的这个屋檐下生存了一段无法继续生存的岁月之后，我开始浪迹天涯，四处漂泊，或白天，或夜晚,为了寻找一席之地,年复一年地乞丐般地寄人篱下。在这一过程中,我执意克己认命、遵德守礼,用稚嫩而有限的力量挣扎在每时每刻;在默默的抗争与拼搏中,在伸手不见五指的黑夜里摸索着黎明前的行走方向。

没想到,这次行走,可谓穿过了一个漫长的黑夜,它让我凭着自己的直觉和借着上苍的照应整整行走了二十五个春夏秋冬。

有的时候,我很不愿意去回望这个长达二十五年的寄他人屋檐下的生活状态,因为一回望,它就让我心酸,甚至能让我大声哭出来。

有的时候,我又很想去回望这次行走留下的足迹。因为它毕竟是我走过的人生历程,更是我积累的人生财富和我教育女儿的一种资本。

正是如此,在完成长篇小说《乳臭未干的岁月》《躁动的山乡》《躁动的山城》和几部长篇文集以后的日子里,创作习惯开始驱使我进行《屋檐下的修行》的创作。这时候,我打开了我那尘封多年的几十本日记,经过若干个不眠之夜,决定用当代新文学的创作手法,以保持原有的生活状态和时序的连续性为基调,截取我1980年至2005年这二十五年的生活时光,写就了这部《屋檐下的修行》长篇散记,以此作为我已经走过的前半生风雨历程的"四部曲"之一。

武汉大学的万智先生和中国新文学界的李遇春、肖棣、王立平先生一直为本作品的创作提供鼓励与支持。他们像一盏盏明灯摆在我的案头,时刻照亮着我每个夜晚的每一张纸笺,使得我的思绪和笔墨不曾停顿下来。

出版人说,既要把书写好,又要把书发行好。让更多的书落在读者的手上和让更多的读者喜欢书,才是作家的完美追求。

我一并向他们表示衷心谢忱。

第三章 《弱弱的呼唤》序

当一个人发出某种声音的时候,所能听见的,只是那些近在咫尺的人们。因为它的局限性衍生和决定了它的微弱性。如果把这种声音置于浩瀚的宇宙里,那必将被覆压得一点儿也听不见了。因此,我在这本书里发出的声音,由于与我隔得太远的人无法听见,也由于声音本身不够响彻,所以我把它的名字叫作《弱弱的呼唤》是比较合适的。

这是一部关于我的言论或语录体的结集,一篇文章只有一句话,然后又在一句话里配了一幅画。我选择这种特殊的带有现代创意色彩的形式,是想用它来很好地衬托和印证我的某种倾向和观点的存在与成立。

这本书的内容涵盖了文化、历史、政治、经济和哲学等诸多方面,指向的多是一些社会现象、人生启示、生活误解和被实践证明正确的规矩与法则。还有一些是母亲的教诲、乡邻的教化和我在行进的路上碰到的教训。里面的所有言论或语录均是我独立概括和总结的,并没有借鉴任何书本上的语言文字,更没有嫁接任何文化名人名著的知识或成果。它是我在工作、生活、阅读过程中认识与思考的结晶,也是我运用鞭挞丑恶、启迪思维、克己复礼、教化修行的手法,帮助广大读者在减轻阅读负担的同时,轻松建立起阳光、正确的理想信念,使人生观、世界观、价值观改造得更为彻底,更为符合和更好实现普世价值的哲学追求。

这本书总共只用一百多句话,说它是一本书,其实还不如说它是一部文创产品,因为传统意义上的书的字数很多,而我这本书的字数大约只有一万字。

广大读者在看到这本书的时候,开始也许会有一种不以为意甚至不屑一顾的感觉,但是我认为,当你耐着性子看了之后,于静静思考或回味的时候,你可能会承认或看到它的价值所在。因为它向你传递和释放的一些正能量,比如公平、正义、善良、理智、敬畏、宽恕、憎恨、友爱等。它为你提供的一切,对你的人生都是有帮助的。

如果真的有了这样一种效果,便体现了我把这本书奉献给你的意义和目的。虽然它不像明灯一样照亮你的前程,但是它能为你正确地走好今后的人生之路至少起到一支拐杖的作用。

跟那些普通图书相比,这本书的语言似乎有些贫乏,也许就是它的贫乏,才让你在图文并茂中有了阅读的轻松,有了启示的快捷,有了直接的醒悟,也有了心底里的敬畏。

如果以上真正成为你的收获,感谢的应该是当代新文学的崛起与繁荣,在这个方面,中国新文学学会的常务副会长李遇春先生做出了巨大的贡献。

胡正友、丁慧斌、夏勇、谢红云、朱维平、肖棣、邱从军、张立临、赵立、徐方、杨鹏飞、冯海燕、周爱武及田武英、邱菊生以及万智先生对我的这些言论和语录体的收集与整理操了不少的心,至此,我要衷心感谢他们对我进行新文学创作提供的无私帮助,也要虔诚叩拜那些给予我厚爱的人。

第四章　字画双馨　至净至纯

我跟孙进先生不仅是老乡，而且还差不多是一起穿"衩衩裤"长大的。他十四岁开始习练书画，二十岁开始多次在省市参展和发表作品，二十九岁代表襄阳市出任《湖北省工人画廊》书画展评委。在鄂西北和荆楚大地，为数不少的人知道孙进这个人或听过孙进这个人的名字。

仅仅作为一介草根作家，对孙进先生的书画作品进行评论是根本没有资格和分量的。但由于与孙进先生是相近、相识、相知、相好的朋友，关于他的故事，也许我知道的比大家要多一些。

孙进先生有着与众不同的自然禀赋和孜孜不倦的执着追求。早在20世纪70年代中期，他就多次聆听过中国美院陆抑飞、卢坤峰和现代色彩学家伊定邦、蔡传隆这些名师讲座。进入20世纪80年代之后，他又参加了两届湖北省书画研修班，让何溶、张仕增的美学思想渗入了自己的作品。再后来，他师从画家陈立言和书法家徐本一、陈新亚先生，使他在书画的研究与修炼方向上,始终没有偏离正宗正脉的中正大道。

孙进的画,既有小写意的形似,又有大写意的气势,把泼墨大写意的气象与青绿工笔山水的清雅以及小写意山水的骨秀,铸造成自己的画风,以独特的笔墨造型和深厚的功力,直追高手和靠近大家。

"从来书画本相通。"孙进深知"书画同源"的道理,他坚持以书入画,以法促法。在隶书上,将《爨宝子碑》作为自己的主攻方向,形成了朴厚诙谐古雅的隶书特点。其行草书则以"二王"、米芾为主,保持清俊秀雅之风格,追求和平正中的古法用笔,整个作品风归自远,娴静恬淡,从容大气,不疾不厉,展现出了最终归于高古虚静、沉郁文野的书卷之风。

孙进,一位致力于传承中华书画艺术的痴迷者与守望者,书画双馨,至净至纯,大道至简,已破万难。

第五章　诗集《渔舟唱晚》序：我与汤逊湖

汤逊湖就在我家的屋后头,如果不是隔着一块菜地和那条马路,就等于在我的身边。平时只要不是出差,我的闲暇之余要么枕湖而眠或举目而望,要么在湖边席地而坐或在环湖路上悠然信步。总觉得汤逊湖犹如一个色彩斑斓和千姿百态的画廊,常常把我笼罩于这个市井之外的万花筒而令人陶醉于这个特别的世界里,一种不足为外人道的幸福感和愉悦感,常常让我心跳加快。丰富卓尔的人文景观、川流不息的匆匆过客、鸟语花香的自然景色,以及渔舟唱晚的浪漫场景,为我的文学创作提供和积累了信手拈来的素材。我曾经创作过长篇小说《躁动的山乡》《永不后悔》《乳臭未干的岁月》《倒座庙的歌声》,长篇文集《高山放歌》《我心飞翔》和长篇诗集《走进心与心》等多部文学作品,其中《乳臭未干的岁月》已改编为同名电影,北京某影视文化传媒公司拟作为青少年励志大片,正着手于拍摄前的各项准备工作。我是一个长期专注于以"三农"为创作题材的作家,大约从去年的春季开始，我收窄了我的视野，把文字的目光射向了汤逊湖，或抽象或具象地讴歌汤逊湖的旖旎风光。这是当代唯一一部颂扬汤逊湖的长篇诗集，作品以自由浪漫的诗歌形式，尽情地描绘了汤逊湖的风物、风情与风貌，使许多不被人们关注的渔夫、渔火、渔船和野鸥、野鹭、野鸬鹚以及人们习以为常的草木虫鸟的诸多形态呈现于人们眼前，这对激发人们对汤逊湖游览的兴趣是有很大益处的。汤逊湖是武昌乃至武汉人民的母亲湖，是历史上武汉人民赖以生存的空间与依托。在那些久远的年代里，武昌人民以湖为生，也以湖为荣，书写了人类生存史上可歌可泣的壮丽篇章。在改革、开放、发展和追求幸福美好生活成为主旋律的今天，汤逊湖的故事无疑是更加缤纷的。这一年多来，我用饱蘸的笔墨，扛着一位草根作家的责任和使命，怀着对皇天后土和对农业、农村、农民的深厚情感，把汤逊湖的迷人景色现于笔端，完全是心灵深处的情感抒发和对汤逊湖稽首膜拜的行为表现，相信读者们对这部作品是认可和赞许的。我的这部作品，没有华丽的辞藻，用直白易懂的文字对汤逊湖进行了现实与超现实的刻画，这与我的成长经历和生活背景是息息相关的。因为除了幼年丧父和少年丧母这个背景以外，我还在生我养我的荆山山脉的延伸地带和江汉流域的源头生活了二十个春秋，随后又在最高海拔一千四百多米的鄂西北南漳县的高山之巅板桥镇担任过镇长和镇委书记，六年的时间里，我与当地的干部群众结下了深厚的情谊。始终装在我心头的善意与禅心，在化为一个个具体而实际的行动过程中，一方面练就了我的创作灵魂和价值观念，另一方面又为我日后的创作积淀了厚重能量和后发优势。因为我曾经不计其数地跋山涉水，频繁地走村串户，带领全镇干部群众义无反顾地开展扶贫攻坚，把那方生存在贫困状态下的山民引向了致富和温饱的道路。与我情同手足和受益于我的那方民众心里至今还装着我、留恋着我。我的这部作品既彰显了对汤逊湖的热爱，又鞭挞了践踏汤逊湖的不文明行为，这不仅体现了"横眉冷对千夫指"的文化精神，也寄予了人与自然和谐共生的良好愿望。所以，我为汤逊湖有了我而高兴，也为我有了汤逊湖而骄傲。在我的这部作品里，不仅看不到我的自私，反而衬托出了我的豁达与乐观，以及我对祖国锦绣山河的呵护与敬畏。

这就是我，一个离不开人间烟火的草根作家，一个摇着祈祷的转经筒在社会底层低吟浅唱的朝圣者。

第六章 《躁动的山城》楔子

    阳春三月的早晨,欢跳的山雀在树枝上叽叽喳喳地叫个不停,朵朵白云像少女的纱巾在蓝天下随风飘逸,不远处的潺潺流水时不时地随风传来阵阵悦耳动听的声音,使满脸凝重的杨永康的复杂心情顿时轻松了许多。看上去,他现在有些心旷神怡,感到他的周围乃至整个神龙山镇到处是一派生机勃勃和春意盎然的景象。

    他习惯地点燃一支香烟,边走边想,自然地把昨天一大清早遇到的那种天象和现在的景象连到了一起。那是昨天天刚拂晓的时候,他接到市委考察组要对他和镇长进行调整的电话之后,他独自一人在神龙山镇的政府场子里悠转,看见天上出现了东西两道色彩斑斓的彩虹。他记得小时候,他出生的那个冲积平原上的老家经常出现彩虹,大人们把彩虹叫作"杠",并且每次都断定和印证了"东杠日头西杠雨"的推论。那么按照这种推论,使他现在意识到这种奇特的天象,可能会在这几天给神龙山带来一个时晴时雨的阴阳天气。杨永康想到这里，老天爷好像正迎合着他的思绪，突然一阵微风把刚才还是万里晴空的缕缕阳光渐渐收了回去，慢慢地换成了阵阵寒气，用升腾在山坳里的滚滚晨雾遮盖了他眼前的所有山峦，放眼望去，神龙山镇一时间简直就是一个大澡堂，他的可视范围变得越来越小。他站在这个平均海拔九百多米的镇政府场子里，只见往日里拔地而起的高山，巍峨气质已荡然无存，若隐若现的几个小山包在晨雾的笼罩下，显得极度的渺小和苍白。

杨永康走进燃着电灯的政府食堂，点名要与在政府食堂工作了四十多年的韩师傅共进他到神龙山工作以来的最后一顿早餐，因为他今天上午就要结束在这里历时六年的历史使命，去市交通局担任局长职务。这些年来，韩师傅作为神龙山三万多干部群众的一员，在生活上为他这个在山外长大的城里人提供了周到和热情的服务。其实从昨天下午开始，他一直在想怎么来感谢和报答韩师傅，到了晚上，他只留下了两箱子书籍，把一年四季穿的衣服、被子和日常用品分别送给了韩师傅和镇西头的那个贫困村的支部书记。昨天夜里，他思绪万千，一直没有平静下来，联想起世世代代在神龙山这片光荣而贫瘠的土地上生存的人们，他不知他们何时才能摆脱贫困的折磨和走出煎熬。他暗誓自己到了新的岗位，一定要把这里当作第二故乡，无论如何也不能有丝毫的忘记，用新的工作职能杠杆，来撬动这里的发展和进步。关于这个问题，杨永康昨夜考虑了很多。他想跟电影《赵尚志》中的赵尚志一样，把他热恋的土地和挚爱的人民当作他今生的信仰。

神龙山镇地处秦巴山脉余脉的延伸地带，山清水秀，美丽神奇。千百年来，她用所有的一切，孕育了一代又一代淳厚善良和勤劳朴实的山民。

1999年正月，命运把他带到了这里，从此，他以拳拳之心与赤子之情，和山民们一道开始了跨世纪的生命征程。

在行进的途中，杨永康深深地感到这里的人民给了他很高的礼遇：应之而不唾之，择之而不弃之，励之而不骂之，举之而不落之。像母亲对待刚刚出世的婴儿一样，如此清白、贤惠、温柔地容纳了他。

杨永康现在将肩负起新的历史使命，沿着新的航向，伴随他驶向新的彼岸。

此时此刻，杨永康终于知道了"相见时难别亦难"的深刻内涵，因为这块沸腾的热土和质朴的人民太令人难忘了。

在食堂吃饭的过程中，杨永康和对面而坐的韩师傅一直处于相对无言状态，韩师傅只见杨永康时不时地擦着湿润的眼睛，猜得出他现在心情非常复杂，但想来想去不知道怎样去安慰他，无奈之际，韩师傅将头伸向门外看了看，对杨永康说：

"杨书记，今天为您送行的同志们估计都到齐了，我现在去看一下。"

"我们一起去吧，您再陪我走走。"杨永康情真意切地说，"在神龙山，可能您这是最后一次陪我走路了。"

"杨书记，我们大家真的舍不得您走。要不是神龙山穷得很，咋说我们也要向市里请愿把您留下。"

"这叫吐故纳新，新陈代谢。我在这里几年，已经把劲使完了，几乎是'江郎才尽'了。现在让新的同志接我的手，有利于调动干部的积极性。俗话说'后生可畏'，意思是说年轻人的能力和才华是不可估量的，他们精力充沛，干劲十足，创新意识和拼搏精神远远超过我们这些年岁较大的同志，他们在一把手的岗位上,绝对会大有作为,一定会开辟一块全新的天地!"

说着说着,他们走到了镇政府的场子,现在已是党委书记的方和平同志和十几个干部已经在这里等候良久。杨永康上前紧紧握住方和平的手说:"和平同志,我把这副担子和这里的人民就交给你了,相信你不会辜负党和人民的希望。长江后浪推前浪,你要把我在这里没有做好、做成的事情做好、做成,拜托和谢谢你和同志们了!"

"请老班长放心,我们一定把您交给我们的接力棒一届一届地传下去。只是今后您到交通局工作了,一是请您多回来看看,用您的智慧和经验为我们指点迷津;二是您当交通局长了,手握全市的修路大权,在修路这个问题上多给神龙山一些倾斜。您是知道神龙山的,山大不长柴,高山挂梯田,缺水缺路缺资金。现在从神龙山走出去的大领导、老领导都已退居二线、三线,他们关照神龙山这么多年,现在再给他们添麻烦,我心里实在过意不去了。您马上就要从这里走出去了,我们别无依靠,今后神龙山人民想走上好路,只有依靠您了!"方和平深情而谦和地说。

"和平呀,现在交通局对我来说,完全是一片空白,四个屋角在什么方向我也弄不清楚。现在当着你和同志们的面,我什么态也不敢表,不过我想,在国家实施西部大开发的今天,对解决老区贫困地区的交通问题,政策上肯定是有照顾的。待我到交通局报到之后把情况搞清楚了,再给你和同志们一些说法。总之,请你和全镇人民相信,我今生不会忘记这里的一山一水,一草一木;不会忘记在艰苦环境下苦苦挣扎和顽强生存的几万名干部群众,也不会忘记我在大家面前所做出的那些承诺。希望你们今后挺起腰板,昂首前进,我今后不管走到哪里,我都会回来看看我的摇篮,看看我第二故乡的变化,看看我的父老乡亲、兄弟姐妹和全镇人民!"

方和平是一位内敛、稳重的人,戴着一副深度近视眼镜,走起路来不快不慢,说起话来不紧不松,年龄比杨永康小五六岁。2000 年 10 月,在即将实行农村税费综合改革前夕,市里把隔壁穷得叮当响的天池山乡合并给了神龙山镇,叫杨永康书记、镇长职务"一肩挑"。次年 4 月,一场号称新中国成立以来在农村实行的继土地改革、土地承包责任制之后的第三次革命正式启动,杨永康多次向市委书记艾保山提出请求,才把方和平要了过来,接替了杨永康兼任的镇长职务。现在一晃就到了 2004 年,在这几年里,方和平果然没有辜负厚望,协助杨永康带领全镇人民大搞争资立项和旅游开发、烟叶种植等主导产业建设,为山区人民脱贫致富奔小康,做了大量卓有成效的工作。为此,杨永康在那一个夜深人静的晚上,用自己多年来的文学业余爱好,专门为方和平吟了一首《镇长颂》的绝句,他以饱蘸的笔墨,颂扬了这位平时语言不多、干事踏实、不事张扬的黄牛镇长:

凛然正气溢康西,

本分理政刮目看。

伯乐慧眼识良驹,

诚实能干显非凡。

《镇长颂》这首七言绝句,热情歌颂了镇长方和平同志。

杨永康与镇长方和平共事的这几年,相互信任,精诚团结,充分体现了共产党员的坦荡襟怀和人民公仆执政为民的本质。从日常工作的点点滴滴中，杨永康认识到了方和平的正直、本分、能干。

"凛然正气溢康西"，着眼于"正气"，颂扬方和平正直的品格。"溢康西"三字，让人们仿佛看到杨永康与方和平并肩同行深入基层调查研究的情景，他们走遍神龙山山山水水，披星戴月，不辞辛苦；为了找到一条适合发展山区经济的致富路子，有时他们会激烈地争论，各抒己见，有时又会促膝谈心，推心置腹。这一切都是为了"致富山民"这一事业。"本分理政刮目看"一句，表现了杨永康对同伴深入了解的过程，这里融入了杨永康冷静的观察和理性的思考。搭档初来乍到，两人不可能一下子就产生浓厚的感情，必然要经历一个相识——相交——相信的认识过程，镇长的勤政表现使杨永康赏识和佩服。"伯乐慧眼识良驹"是对上级唯才是举的赞赏，也是对镇长的夸奖。用好一个人，带好一大片，只有树立正确的用人观，才能产生真抓实干的干部。此句一箭双雕，上下联系，借用典故，词句鲜活。尾句"诚实能干显非凡"，是诗的力量所在，是杨永康情感的集中迸发。正直、本分，品格者也；能干，乃当今领导干部的核心本质，德为才先，德助能力，有优秀的品质作保证，工作能力一定会得到超常的发挥。"非凡"二字是极高的评价，人们看到他们为神龙山经济发展勾画的蓝图正在逐步变为现实。

杨永康从镇长个人的点，透射出一级地方政府领导班子的面，一、二把手是如此心心相印、志同道合，那么在他们带动下的全体干部必然是具有强大凝聚力和向心力的。一个能干的镇长能带出一支具有超强战斗力的队伍，一支具有超强战斗力的队伍能干出一番辉煌的事业，"小康神龙山"的梦想便指日可待了。

然而让人有些不解的是由于方和平的性格缺陷和不足，杨永康每次在

序与跋

市委书记艾保山面前推荐他的时候,艾书记总是皱着眉头,似乎不太信任和不太放心。一直到第五次推荐的时候,艾书记才想出了一个万全之策,他拍着杨永康的肩膀说:"好吧,永康同志,我看这样,地委刚好给我们通天市一个到省委党校学习的名额,要求是比较优秀的乡镇党委书记,必须是当前手头上工作放得下,而且镇长在家里主持工作必须是信得过的。你先去省委党校学习三个月时间,让我仔细观察一下方和平同志在这三个月里主持镇里全面工作的表现,然后根据他的表现,再做出他是否能接替你担任党委书记职务的决定!"

市委艾书记几乎把他的心里话毫无保留地交给了杨永康,杨永康眼看他的多次推荐终于有了结果,心中顿时充满了对艾书记的感激之情。事后,杨永康生怕这件事情出了纰漏,连夜找到方和平,把市委书记的想法和安排原原本本地告诉了他。

方和平听了杨永康的这席话,那处惊不乱的样子,给杨永康留下很深的印象。其实,杨永康平时很是欣赏他这种性格,但是在这个时候,杨永康对他的这种性格第一次产生了一点异见,他忍不住说:

"和平啊,今天我要忍不住说说你,你这个人啊,我平时认为你最大的长处是心性坚忍,但是我现在认为,你还有一个最大的不足,就是太稳得住。你看你,现在遇到了这么大的好事,听到了这等好的消息,你硬是表现得无动于衷,简直跟什么也没有听到,什么也没有发生一样。如果是我啊,我硬是高兴得恨不得一蹦三尺高!"杨永康话音刚落,忍不住自己笑了起来。方和平见状,仍一本正经地说道:"老班长啊,我就是这样的性格、这样的人,爹妈生成的,看来一辈子也改变不了了。对于这个好消息,我是听在耳里,乐在心里,我很感谢艾书记的信任和你的推荐,保证在主持工作期间,把你交给我的任务完成好、落实好,给艾书记和你交一个让你们满意的答卷!"

就是这次交心谈心之后,杨永康更加对方和平放心了几分,现在,方和平终于修成了正果,杨永康除了留恋和牵挂这里之外,他还有一种伯乐的喜悦,心里感到无比的欣慰。眼下,他就要离开神龙山了,心中的话不知还有多少要说。他与为他送行的同志们一一握手,以无以言表的心情和溢出的真情的泪水中止住和代替他的千言万语,于是他狠心地坐上车子,示意司机向百公里外的市区驶去……

第七章　千古文脉一卷书

　　明代嘉靖元年(1522年)，布政司参政秦伟在南漳县城西门北一里处，置旧寺一座，建正堂、南厅、东西厢房各四间，随天井而进，建讲堂三间，东厢房七间，西耳房三间，南房三间，土坯房三间。掠"凤凰山"之意，取"凤山书院"之名。至明万历二十四年(1596年)知县乔允升赴任，此处已遭废。乔见而不治，从无顾及，看水流舟，任凭荒芜。幸清乾隆二十年(1755年)，知县吕崇谧召集绅士民众捐银三千两，重建书院，次年落成。内设讲堂五间，东西厢房各五间。堂后正房五间，旁建厨房、仓库、马厩共二十间。书院大门气势恢宏；二门贯穿子午，辉映日月；三门呼应于后，直追前屋，并留空地以旷院，掘井植树，凉亭宜坐，紫藤攀墙，篱下有菊，竹叶摇曳，婆娑生音。令明代倾废之处得以复兴，让琅琅书声荡丹霞。

　　乾隆五十五年(1790年)，中原罗山举人李芸经出任南漳知县，崇文自命、兴教为瘾，神驰情往，无以阻止，尤其佩服整个明代万名进士有五人出自南漳，更有二十八人中举，人才如雨后春笋，破土而生；栋梁似石破天惊，举国仰慕。但自清代顺治至乾隆中期，教养断代，觅无学成，唯一人中举，其余挂零，顿叹"文运不振"。究其因，"官司土者，无暇于学校兴也"，于是高倡"养育家国人才，振兴文教自我，教固为政之要"，决意再复书院，以求文昌。令出不日，响应者众。本土学士罗梦元上书《请修凤山学院启》，直呼千古南漳雄踞荆楚，泉生珍珠，山有玉溪，学而有赋，千里桃花源，私塾散书香。只惜遭遇清初以来兵荒马乱于山河破碎之厄运，治学奥秘停研，名师指引旁冷，上风上水之凤凰山迟无来人启开养育高材之龙门，如若李公亲力亲为，各界士民必定捐献。知县阅后大喜，立废墟之上，目睹来龙过峡之景象；思县令之责，乐担薪火相传之己任。踏荆山，涉鄢水，走东西，闯南北，叩拜三教九流，劝奉捐资助学。半月余，受捐白银5660两，招募工匠百十，托请风水大师，择乾隆五十七年九月之黄道吉日动土开建。立书院坐向于北南，携祛邪朱砂于左右，置天然水晶于其中，相望水镜庄，注目玉玺山；期谋士再现，掌家国正印。首栋正门前耸立奎星阁，头门后日照讲学堂，次栋居中倚靠悬挂"藏经阁"巨幅匾额的家书楼，末栋楼房为"梓潼祠"，供奉文昌帝君。全院共建房舍四十八间。整个书院摆布规整，匀称井然，上等榉木顶天立地，飞檐走壁直插云霄，三进式徽派建筑立于青山绿水之间，外显宏伟壮观，内里收敛斯文，有岳麓书院之气势。

办学期间，凤山书院设山长一名，乾隆三十年（1765年）改称院长，清末又回称山长。总领讲学院务。历届山长均由翰林院备案学士出任，任前须经绅士公议评聘，不由官荐。陈竑、谭先鼎、史铭桂、周莲先后担任山长，各自任职时限多在二十年之上。榆次西长寿人进士王格平于咸丰、同治年间主教二十余年，一时书院中人科第蝉联，名贯荆襄。南漳县城南咸阳村庞焕章及光绪年间廪生也于凤山书院教授多年，饮誉而卒。

书院届招学生二十四名，其中生员组和童生组各十二名，配有后勤两名，其中斋夫一名，膳夫一名。清末，书院又分秀才、童生两组，分别教授，生徒空前。办院以来，生徒入院始终须经考试，择优录取，膳食由书院供给。

乾隆年间，知县、山长每月均有授课。每月初六、二十六由主讲命题考试，称"正课"，考试内容分作文作诗两种。考毕，择优给奖，分昭、特、优三等，奖银二至三两。每月十六日，由知县命题考试，称"官课"。之后，为节省经费，每月减正课一次。光绪二十八年（1902年），月课内容改为经义、策论。光绪三十年（1904年），科举废，月课停。光绪三十四年（1908年），实行编班养学，学制四年。

李芸经时期，书院持有田产221.5亩，未丈量的田产165丘，年收稞粮265石5斗。书院房产除书院本部房舍外，另有房屋14所。其中，庄村房12所，街市当房1所，城内房1所。年收租银10两8钱，佃钱17串，加上政府拨入和田产收入，书院年总收入白银453两8钱。1522年以来，凤山书院历经风雨洗礼，尽领文教风骚。嘉庆至光绪，中进士1名，中举人5名，中贡生111名。光绪二十四年（1898年）朝廷诏令停办书院，仿效欧美建立学堂。1902年，改凤山书院为"养正学堂"。凤山书院几经兴废和时代变迁，在时空的穿越与文脉的延续中，至此走完了学以报国的风雨历程，在辛亥革命的前夜，把教学养育的使命交给了熊熊燃烧的革新变法的烽火与滚滚而来的民主革命的洪流，由此衍生的凤山中学成为湖北首批官办学校和荆山农民运动的革命圣地,谭明政、李协一、张道南等大批仁人志士血染红旗,在共和国的革命史上立下了不可磨灭的功勋……

今湖北南漳籍吴雪峰先生念记故土滋养之恩,秉承先贤文化情怀,弘扬明清治学精神,斥巨资以重拾,耗心血以昼夜,追寻兴学育人之足迹,将历史的印痕展示于后人眼帘,实乃磊功砌德,造吉立福,可歌可泣,叹为观止。